日本の古典をよむ ⑥

竹取物語
伊勢物語
堤中納言物語

片桐洋一・福井貞助・稲賀敬二［校訂・訳］

小学館

写本をよむ

天福《てんぷく》本 伊勢物語

天福二年（一二三四）成立の定家《ていか》自筆本を忠実に写したもので、室町時代後期の書写。三条西実隆《さんじょうにしさねたか》（一四五五―一五三七）の筆。　学習院大学日本語日本文学科蔵

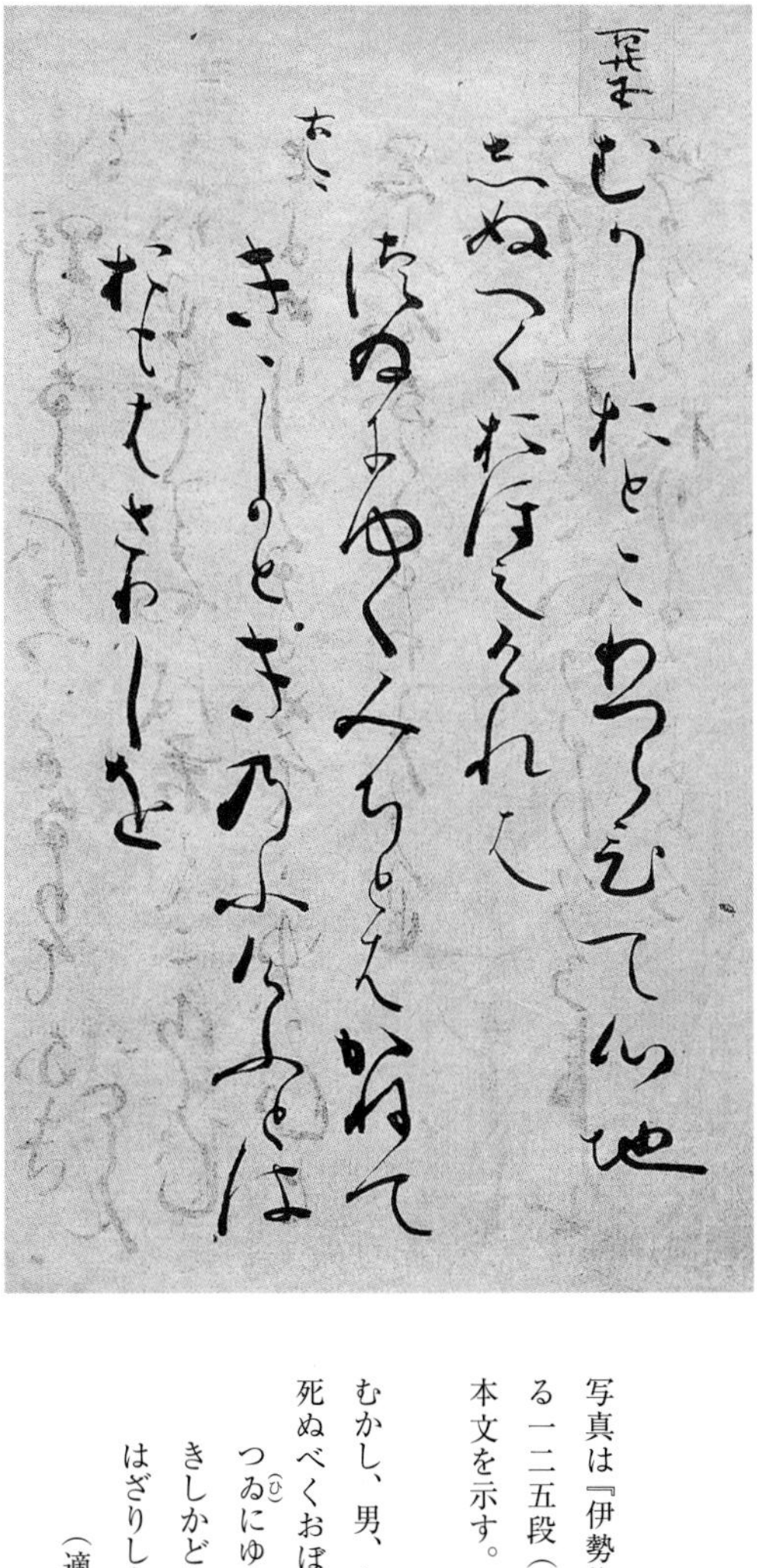

写真は『伊勢物語』最終段となる一二五段（二三七頁）。その本文を示す。

むかし、男、わづらひて、心地死ぬべくおぼえければ、

つゐ（ひ）にゆく道とはかねて聞きしかどきのふけふとは思はざりしを

（適宜漢字に改めた）

書をよむ

平仮名と物語の発生

——連続の発見

石川九楊《いしかわきゅうよう》

文字の書きぶり（書体《スタイル》）と文章の書きぶり（文体《スタイル》）の間には、人知れぬ深層に懇《ねんご》ろな繋《つな》がりがある。文字と文章の書きぶりとは、同じ表現が異った方向に展開して生れたものと言いかえてもいい。したがって、新しい文字の誕生は、新しい文体の登場を意味する。

前もって万葉歌があって、それが万葉仮名《まんようがな》で書かれたわけではない。漢字の意と音を援用する万葉仮名の発明とともに前期万葉歌が、また一字一音の音仮名（草仮名《そうがな》＝草書体漢字による宛字《あてじ》）の発明とともに後期万葉歌が誕生し、さらに女手《おんなで》（平仮名）の発明によって平仮名歌・古今和歌が生れたのである。

物語の誕生についても同じことが言える。日本文学史上の「物語の祖《おや》」である『竹取物語』も、また、初の歌物語『伊勢物語』も、新生の仮名文字である女手の成立とともにつくられ、生れた。

では、両作品は誕生時、どのような書体で書かれたか。『竹取物語』は草仮名をいくぶんか残した誕生間もない女手の姿で、また『伊勢物語』は草仮名色をほとんど消し去った女手の姿で生れたのではないかと考えられる。

草仮名と女手の違いを、「万葉仮名文書《まんようかなもんじょ》」（1）と「高野切《こうやぎれ》古今和歌集」（2）に見てみよう。女手（2）は、1に見られるような草仮名が、さらにくずされて生れた。なるほど女手は漢字の閾値《いきち》を脱した姿をしている。しかしその大きな違いは、省略された字形にではなく、連続する形状にある。たとえば「人」に対応する仮名は「比・止」（1）と二文字で書かれることから脱して、「高野切」（2）に見るように、ひとつながりの筆記体で「ひと」と書かれるようになる。

文字は言葉そのものであるから、筆記体アルファ

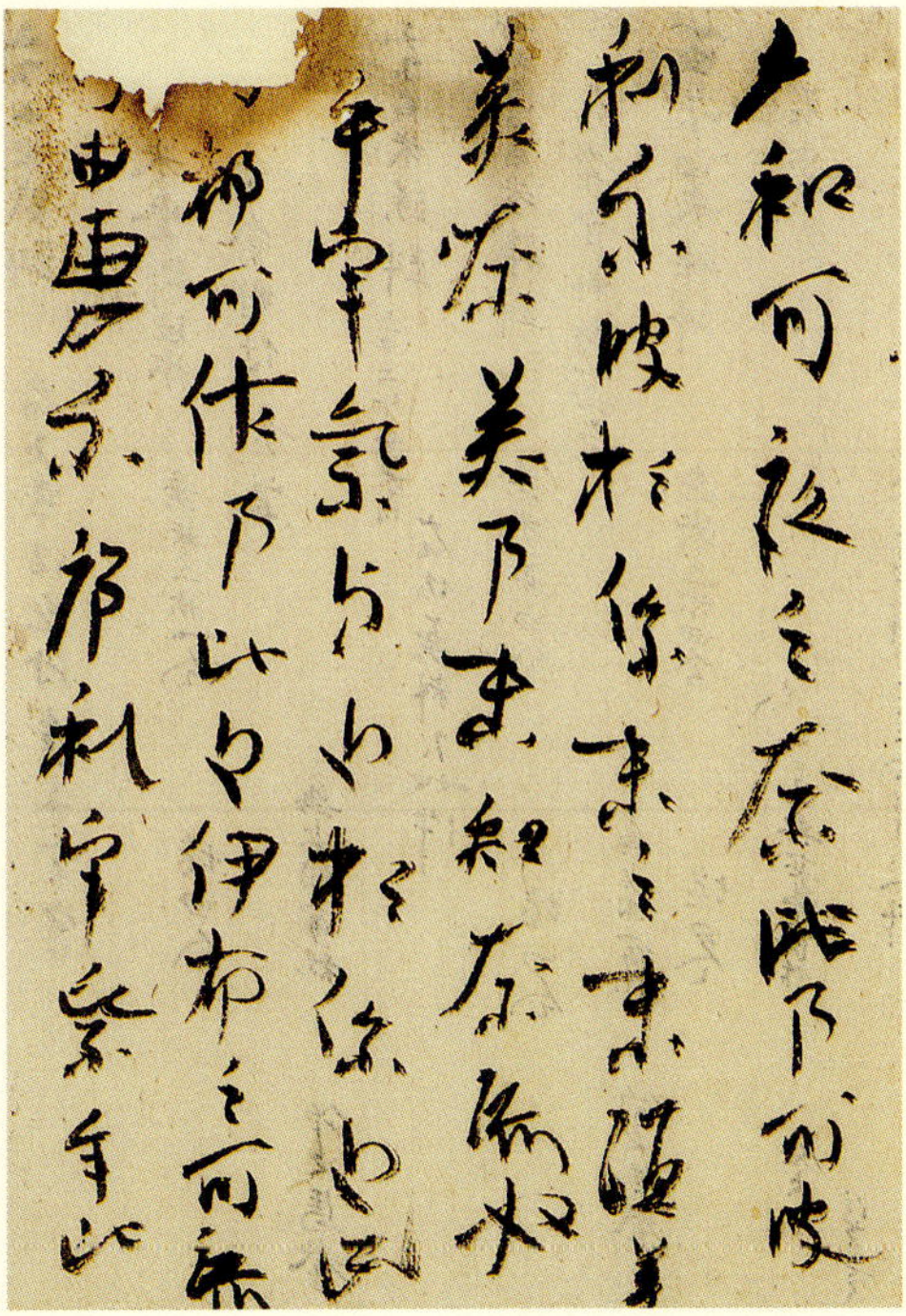

1

□和《わ》可《が》夜《や》之《し》奈《な》比《ひ》乃《の》可《か》波《は》
利《り》尓《に》波《は》於《お》保《ほ》末《ま》之《し》末《ま》須《す》□
美《み》奈《な》美《み》乃《の》末《ま》知《ち》奈《な》流《る》奴《ぬ》
乎《を》宇《う》氣《け》輿《よ》止《と》於《お》保《ほ》止《と》己《こ》
可《が》都《つ》可《か》佐《さ》乃《の》比《ひ》止《と》伊《い》布《ふ》。之《し》可《か》流《る》
可《が》由《ゆ》惠《ゑ》尓《に》序《そ》禮《れ》宇《う》氣《け》牟《む》比《ひ》

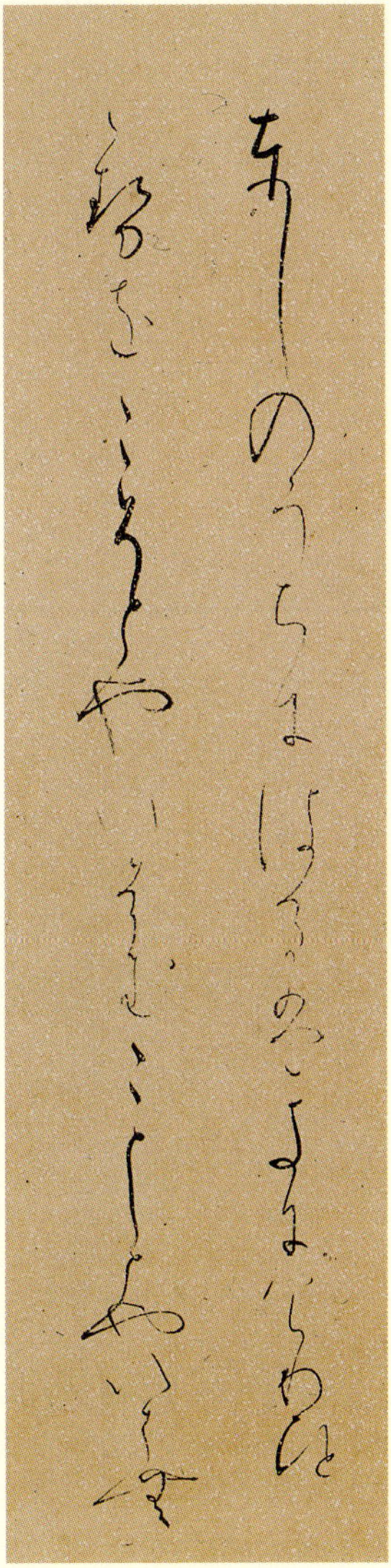

2

としのうちにはるはきにけりひと
、せをこぞとやいはむことしとやいはむ

1——「万葉仮名文書」

部分・天平宝字6年(762)以前・正倉院宝物
くずした草仮名で書かれている。

2——「高野切古今和歌集第一種」

伝紀貫之筆・部分・11世紀・重文・五島美術館蔵
現存最古の古今集写本。女手の極みともいうべき名筆。

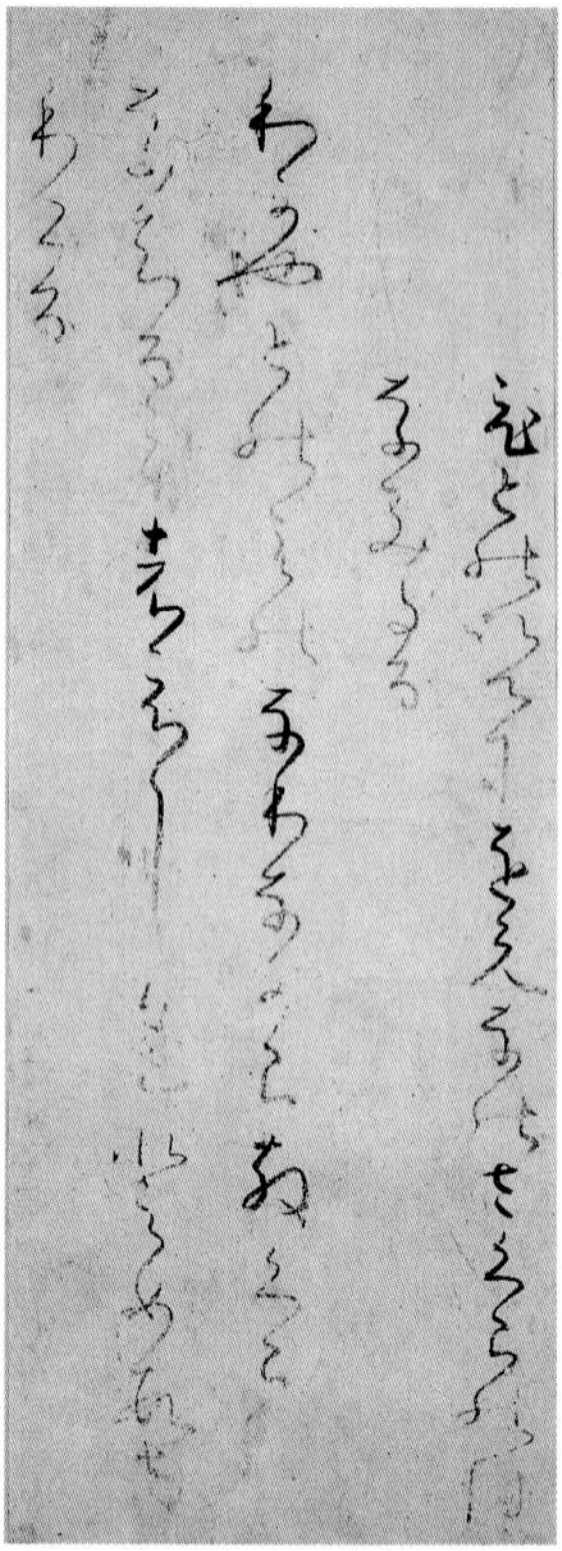

飛止能以部尓遠无奈能左久良能波
ひとのいへにをむなのさくらのは
奈美多留
なみたる
和可也止能毛能奈利奈可良散久良波
わがやどのものなりながらさくらは
奈知留乎者衣之毛登女数左
なちるをばえしもとめずざ
利介留
りける

3

3——「自家集切」

伝紀貫之筆・部分・10世紀
東京国立博物館蔵
Image: TNM Image Archives

ベットのごとく語の単位で連続し、分かち書きされようとする。この連続の必要が、一字を単位にぽつりぽつりと切り離して書く草仮名からの飛躍をもたらした。それを実現した仮名の書体《スタイル》が女手である。「あ・お・す」などの文字を書いてみればわかるように、平仮名の下部は「の」型の右回転で次の字へ連続する形状を見せる字が多い。このように流麗な連続段階に達した仮名を女手と呼ぶのである。

　女手の誕生によって、はじめて書き手の側の思念《おもい》も漢文訓読体のたどたどしさを脱してなめらかに生れ出るようになり、まず『竹取物語』が、そして『伊勢物語』などの物語が次々と書かれることが可能になった。『竹取物語』が草仮名風をいくぶんか残したかと推定するのは、文体上、漢文訓読体が多分に残るからである。草仮名から女手への途上にある書の遺品が、伝紀貫之筆「自家集切《じかしゆうぎれ》」（3）である。過剰なつながりから、女手誕生以降の連続体の草仮名とも考えられるが、『竹取物語』は、この書にも似た半草仮名・半女手の書きぶりで書かれ、『伊勢物語』はこの書よりももっと筆画が簡略化され進化した女

4――「白楽天詩句」

醍醐天皇宸筆・部分・10世紀・宮内庁蔵
草書体の文字が連続する狂草を示す。

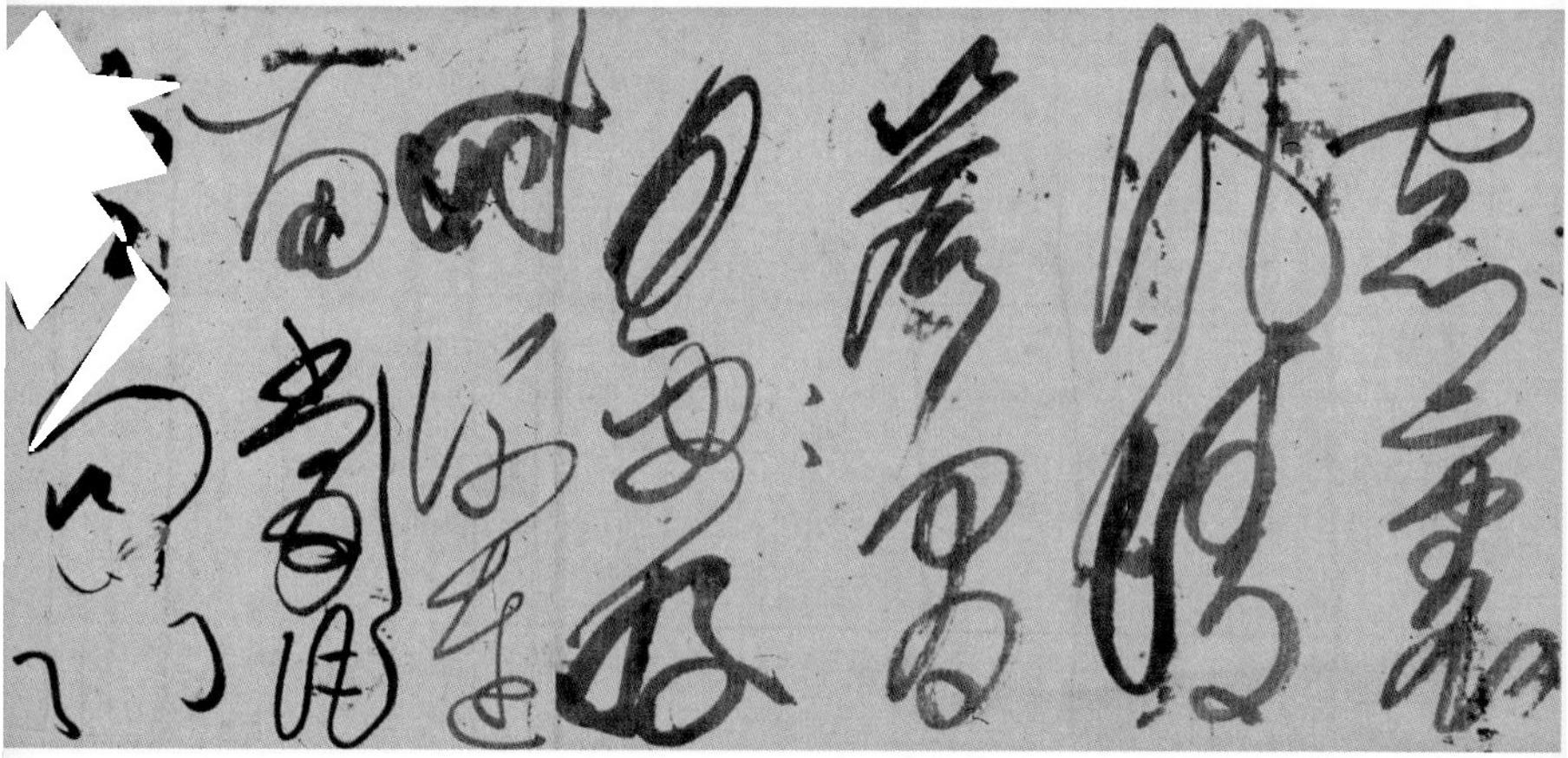

4

窓裏
風清
簷間
月更好
時流連
留嘗酒
客句引

手で書かれたのではないだろうか。

草仮名から女手への飛躍には、文字は単体で綴《つづ》られるだけではなく、連続することができるのだということを確信し、実践する契機が必要である。その手本が、八世紀後半の中国の張旭《ちょうきょく》(生没年不詳)や顔《がん》真卿《しんけい》(七〇九〜七八五)、懐素《かいそ》(七二五〜七八五)等に始まる、草書体の文字が次々と連続する狂草《きょうそう》(連綿《れんめん》草《そう》)であり、狂草学習の珍しい遺品が醍醐《だいご》天皇の「白《はく》楽天詩句《らくてんしく》」(4)である。これらの書に接し、文字の連続の仮名への援用に気づいた時、女手への道は拓《ひら》かれた。初の女手の勅撰《ちょくせん》和歌集たる『古今和歌集』が醍醐天皇の勅によって生れたことは、むべなるかなと腑《ふ》に落ちる。

なお、平仮名が弘法大師《こうぼうだいし》空海によって作られたというのは俗説である。女手(平仮名)の完全なる誕生は、九〇〇年を少し遡《さかのぼ》る頃、つまり『竹取物語』『古今和歌集』が書かれた頃のことであろうと推測されるのである。

(書家)

美をよむ

物語の姫君たち

佐野《さの》みどり

私は、平安文学に登場する姫君のなかで、『堤中《つつみちゅう》納言《なごん》物語』の虫愛《むしめ》ずる姫君（二五八頁）が一番のお気に入りである。

「人は、みめをかしきことをこそ好むなれ」（二六二頁）という説教も物ともせず、化粧もせず髪も耳挟《みみはさ》みと実際的ないでたちで、ひたすら虫を観察する姫君は、物事のゆえを尋ね真理をもっぱらとする気構えがじつに格好良い。お歯黒など「うるさし、きたなし」ときっぱりさっぱり言い放つのだ。

毛虫を手のひらにのせて可愛《かわい》がる姫君も、蛇はちょっと苦手で、造り物の蛇に、ついと声がうわずり落ち着きをなくしてしまうそのありようは、まるで我がことのように思われてくる。恐れをなして近づけない女房達を尻目に、けら男《お》、ひき麿《まろ》、いなご麿なとど名づけた男童《おのわらわ》たちと、日々虫観察に余念がないこの姫君は、平安文学の中では珍しく肉声を響かす姫君である。この姫君にとっては、虫たちは小さく可愛い美しきものであり、物事の本地《ほんじ》を示すものなのであるが、もし画家がこの物語を描くとしたら、いったいどのような画面としていただろうか。

そんなことを思い浮べてしまうのが、「伊勢物語絵巻」の第五段の絵（1）である。正月の準備にと手ずから夫の袍《うえのきぬ》を洗ってみたものの、慣れぬ仕事に失敗してしまった女。それを気の毒がって、姉妹の夫は新しい衣を贈ってやった。『伊勢物語』第四一段「紫」（一八四頁）である。貧しい男と結ばれた高貴な女が慣れぬ洗い張りをするというこのエピソードは、よく知られていた。洗濯、干し物、物思いする女といったモチーフが描かれていれば、人々はただちにそれをこの四一段の絵として認知したようだ。

たとえば図2の「扇面法華経冊子《せんめんほけきょうさっし》」。人々は、この

1

2

1——「伊勢物語絵巻」
第五段

部分・鎌倉時代・重文
和泉市久保惣記念美術館蔵
幾何学的な構図が印象的。暖簾のそよぎに人の気配が感じられる。矢印の先には小さな生き物の気配も…。

2——「扇面法華経冊子」

巻六第一扇・平安時代後期
国宝・四天王寺蔵
洗濯や井戸端を描く下絵の上に写経している。扇紙を二つに折った冊子。

3——「伊勢物語図色紙」より芥川図
伝俵屋宗達画・江戸時代初期・大和文華館蔵

下絵に『伊勢物語』のみやびを想起し、そのような男と女の〈世の中〉を超越するものとしての法華経世界を渇仰《かつぎよう》したのであろう。

　さて、絵巻に戻ろう。人は居ないが画面右上部、わずかに伸子《しんし》張《は》り（洗い張りによる皺《しわ》を防ぐため、布の両端を棒にかけて伸ばし乾かす）のさまが描かれている。これで、きまりだ。この絵は、謎《なぞ》かけのような画面作りが見どころなのである。よく知られたエピソードだからこそ可能な遊びである。だがこの絵の面白さはこれだけではない。読み解くための鍵を探して、画面をじっくり眺めていくと、左上の菜園の垣根の横に鼬《いたち》らしき小動物を見つけ、菜っ葉には蝸牛《かたつむり》が、左下の木の枝には蓑虫《みのむし》がぶら下がり、右下の屋内では土間の水瓶《みずがめ》の横に青大将《あおだいしょう》まで描かれていることに気づく。いささかトリッキーな主題の描写という趣向の本絵巻は、このような生活の細部、普段は見過ごしている小さき生き物の世界へと鑑賞者の目を誘うという点でも、遊びに満ちている。

　さて、虫愛ずる姫君と対極にいるのが、『伊勢物語』第六段「芥河《あくたがわ》」（一四五頁）の姫君である（3）。逃避行のさなか、草の上の露を「あれは何？」と尋ねた深窓の姫君は、雷鳴の夜、兄弟たちに連れ戻されてしまうのだ。手ずから洗い張りをする姫君、虫を愛ずる姫君、露すら知らぬ姫君。物語の姫君たちはさまざまである。

（美術史家）

竹取物語
伊勢物語
堤中納言物語

装丁　川上成夫
装画　松尾たいこ
本文デザイン　川上成夫・千葉いずみ
解説執筆・協力　吉田幹生（成蹊大学）
コラム執筆　佐々木和歌子
編集　土肥元子・師岡昭廣
編集協力　松本堯・兼古和昌・原千代・原八千代
校正　中島万紀・小学館クォリティーセンター
写真提供　内藤貞保・知立市・牧野貞之
向日市文化資料館・小学館写真資料室

はじめに――平安の物語とは

平安時代、「物語」という言葉は、雑談や世間話を意味していました。そのため、文学ジャンルとしての物語も、本来的には気楽なお喋《しゃべ》りというような意味合いであったと思われます。つまり、物語には、ある話をそのままの形で語り継いでいく神話や伝承の類とは異なり、語り手の創意工夫がかなりの程度認められていたということです。逆に言うと、神話伝承の論理や枠組みに縛られることなく、話を自由に語ることができるようになった段階で、物語文学は誕生したということになります。

実際、現存最古の物語である『竹取物語《たけとりものがたり》』には、そのような伝承と創作のせめぎ合いの跡を見て取ることができます。たとえばこの物語には、異世界の女が地上で数年を過ごし再び異世界に帰るという天人女房型説話の話型が認められます。しかし本来は飛行の道具であったはずの「天《あま》の羽衣《はごろも》」がここでは人間らしい心を失わせるものとして機能していたり、かぐや姫が地上の男性と結婚することなく昇天したりしているように、その話型に完全に従っているわけではありません。このような逸脱は決して偶然の産物ではなく、伝承の枠組みを利用しつつもそこから一歩踏み出したところに新たな話を創作しようとした結果だと考えられます。

このようにして誕生した平安朝の物語文学は、一〇世紀になると数多くの作品が作られるようになりました。残念ながら、そのほとんどは今日に伝わっていませんが、それらの多くは非現実的な内容を中心とするものであったと推察されます。しかし、一〇世紀も後半になると、そうした既存の物語に飽き足らない人々の間から、より現実を踏まえた作品が要求されるようになりました。少し時代は下りますが、『枕草子』には定子中宮の御前で人々が物語の良し悪しを議論したということが記されています。また、前後して、『うつほ物語』や『源氏物語』などの長編物語が生み出されるようになっていきました。また同時に、一〇世紀には、和歌を中心にその制作事情などを語る歌語りを母胎とした「歌物《うたもの》語《がたり》」というジャンルも生まれました。六歌仙の一人である在原業平《ありわらのなりひら》の歌を中心に編纂《へんさん》された『伊勢物語《いせものがたり》』はその代表的作品ですが、そこでは語りの方法を駆使して奥行きのある物語世界が作り出されています。これは物語文学全般に当てはまることですが、たとえば第二段で、男の詠歌《えいか》行為に対して向けられた「いかが思ひけむ」という語り手のおぼめかすような言葉が、かえってそのような歌を詠まずにいられなかった男の内面に読者の注意を誘う、という具合にです。

さて、一一世紀初頭に誕生した『源氏物語』の影響力は大きく、それ以降の物語は『源氏物語』の内容を踏まえつつ、独自の方法を模索するようになりました。様々な引用により文章に彫琢《ちょうたく》を施した『狭衣《さごろも》物語』、舞台を中国にまで広げ輪廻転生《りんねてんしょう》を取り込んだ『浜松《はままつ》中納言《ちゅうなごん》物語』や、長大な心内語を駆使して登場人物の内面に迫ろうとした『夜《よる》の寝《ね》覚《ざめ》』などが書かれましたが、同時に短編物語においても、既存の物語世界を踏まえた上での効果を狙《ねら》った作品が書かれるようになりました。『堤中納言物語《つつみちゅうなごんものがたり》』に収められた「逢坂越《おうさかこ》えぬ権中納言《ごんちゅうなごん》」（本書未収録）には『源氏物語』の薫を思わせるような主人公が登場しますし、「花桜折《はなざくらお》る少将」や「はいずみ」は、読者に馴染《なじ》みの物語世界をパロディ化したような内容になっています。

このように、様々な方法で既存の物語を乗り越えようとする動きが一一世紀以降の物語作品には見られます。新しい時代の好尚《こうしょう》にも対応しつつ、このような動きの中からやがて中世の物語が生み出されていくようになりました。

（吉田幹生）

目次

伊勢物語

堤中納言物語

伊勢物語の風景――

「竹取物語絵巻」（小学館蔵）より、かぐや姫の昇天

凡例

◎本書は、新編日本古典文学全集第一二巻『竹取物語・伊勢物語・大和物語・平中物語』および第一七巻『落窪物語・堤中納言物語』（小学館刊）の中から、「竹取物語」「伊勢物語」「堤中納言物語」の現代語訳と原文を掲載したものである。

◎「竹取物語」については全文を掲載した。

◎「伊勢物語」については全一二五段より著名な章段三三段を選び、掲載した。

◎「堤中納言物語」については全一〇編（と一つの断簡）より「花桜折る少将」「虫めづる姫君」「はいずみ」の三編を選び、掲載した。

◎すべて本文は、現代語訳を先に、原文を後に掲出し、編集部で便宜的な見出しを付した。

◎現代語訳でわかりにくい部分には、（　）内に注を入れて簡略に解説した。

◎本文中に文学紀行コラムを設け、巻末に「伊勢物語人物系図」を掲載した。

◎巻頭の「はじめに――平安の物語とは」、各作品の「あらすじ」、巻末の「解説」は、吉田幹生（成蹊大学）の書き下ろしによる。

竹取物語

片桐洋一［校訂・訳］

竹取物語

❖ あらすじ

『竹取物語《たけとりものがたり》』は平安時代前期に成立した、仮名で書かれた現存最古の物語である。舞台は大和国《やまとのくに》の飛鳥《あすか》・藤原《ふじわら》の地。作者は未詳である。本書ではその全文を掲載した。全体のあらすじを記す。

ある日、野山に入った竹取《たけとり》の翁《おきな》は、根元の光る竹の中にとても小さな女の子を発見する。翁が連れて帰り嫗《おうな》とともに養育すると、三か月ほどで美しい女性に成長した。かぐや姫と名づけられたこの女性の噂《うわさ》を聞きつけて、世の男性達が求婚に訪れるようになる。特に色好みと言われる五人の求婚者は熱心であった。

かぐや姫はそんな彼らを相手にしなかったが、彼らの行動に心打たれた翁に説得され、やむなくある条件を提示する。五人の求婚者達に難題を与えて、それを手に入れた男性と結婚するというのである。その難題とは、石作《いしつくり》の皇子《みこ》には仏の御石の鉢《はち》、くらもちの皇子《みこ》には蓬莱《ほうらい》の玉《たま》の枝、阿倍右大臣《あべのうだいじん》には火鼠《ひねずみ》の皮衣《かわぎぬ》、大伴大納言《おおとものだいなごん》には龍《たつ》の頸《くび》の玉、石上中納言《いそのかみのちゅうなごん》には燕《つばくらめ》の子《こ》安貝《やすがい》というものであった。これを聞いた求婚者達は落胆するが、やはりかぐや姫を諦《あきら》めきることができず、五者五様の方法でこの難題に取り組むようになる。

見通しのきく人であった石作の皇子は、天竺《てんじく》にも二つとない鉢を手に入れることは不可能と思い、大和国にある寺の鉢を偽ってかぐや姫に差しだしたが、すぐに見破られて失敗してしまう。策略に長けたくらもちの皇子は、工匠《たくみ》達に頼んで要求通りの玉の枝を作らせ、嘘《うそ》の苦労談までしてかぐや姫に迫る。さすがにかぐや姫も窮地に追い込まれるが、代金請求に来た工匠達の出現で嘘が露顕し、くらもちの皇子の求婚も失敗に終わる。

財力のある阿倍右大臣は、唐《もろこし》の商人王《おう》けいから火鼠の皮衣を手に入れようとするが、偽物《にせもの》を買わされてしまう。かぐや姫の目の前で燃えないことを示そうとした右大臣であったが、皮衣があっけなく燃え、失敗する。武門の家柄である大伴氏の一員である大納言は、家来に命じて龍の頸の玉を手に入れようとするがかなわず、自ら玉を取りに出かけると今度は暴風雨に遭ってしまい、結局かぐや姫をののしるようになる。

最後の石上中納言も、自ら燕の子安貝を手に入れようとするが失敗し、息絶えてしまう。しかし、このことを聞いたかぐや姫は「すこしあはれ」と思うようになる。かぐや姫は、思いがけない彼らの行動に接して、理屈では割り切れない人間の不可思議な心のありようを思い知るようになるのであった。

そのような折、今度は帝《みかど》から出仕を要請される。かぐや姫は、この申し出を断固拒否するが、諦めきれない帝は狩《かり》を装いかぐや姫に会いに来る。しかし、かぐや姫がぱっと影になり異界のものとしての属性を示すと、帝も漸《ようや》く断念するようになる。ただ、かぐや姫に心奪われた帝から歌を贈られると、かぐや姫もさすがに拒むようなことはせず、互いに文をやりとりして心を慰め合う関係となる。

そのようにして三年が経過した頃、月から迎えの使者が来ることを知り、かぐや姫は人知れず思い悩む。翁や帝はなんとかしてかぐや姫の帰還を阻止しようと大軍を派遣するが、天人の前ではあまりに無力であった。翁たちとの別れを悲しむかぐや姫は別れの手紙をしたため、帝に宛《あ》てては和歌も読み添えて献上させる。しかし、天《あま》の羽衣《はごろも》を着せられると翁への憐憫《れんびん》の心も失せてしまい、八月十五夜に月へと帰ってしまう。最愛のかぐや姫を失い悲しみに沈む翁夫婦は病み臥《ふ》せり、帝はかぐや姫に与えられた不死の薬を天に最も近い山で燃やしてしまうのであった。

かぐや姫の発見と成長

一　かぐや姫のおいたち

今では、もう昔のことになるが、竹取の翁《おきな》という者がいたのである（「……けり」と念押ししながら語る『竹取物語』の文体の特徴を示すため、原文「……けり」を「……のである」と訳した）。その翁は山野に分け入っていつも竹を取り、その竹を種々《くさぐさ》の物を作るのに使っていたのである。翁の名は、散吉《さぬき》（大和国《やまとのくに》の地名。奈良県北葛城郡河合町辺り。この物語は奈良時代以前の飛鳥《あすか》・藤原京の時代を舞台とする）の造《みやつこ》といったのである。

ところで、ある日のこと、翁がいつも取っている竹の中に、なんと根元《ねもと》の光る竹が一本あったのである。ふしぎに思って、そばに寄って見ると、竹筒の中が光っている。その筒の中を見ると、三寸（約九センチ。この物語には「三」という数字が頻出する）ばかりの女の子が、たいそうかわいらしい姿でそこにいる。

翁が言うことには、「私が毎朝毎晩見る竹の中にいらっしゃったご縁で、あなたを知りました。竹の中にいらっしゃったから駄洒落《だじゃれ》で言うわけじゃないが、あなたは籠《こ》ではなく、私の子《こ》になる運命の人のようですよ」と言って、小さいので抱くこともならず、掌《てのひら》に入れて、家へ、文字どおり「持って」帰った。妻の嫗《おうな》にまかせて育てさせる。そのかわいらしいこと、このうえもない。たいそう幼いので、そこはそれ、商売柄たくさんある籠の中に入れて育てる。

竹取の翁が竹を取るとき、この子を見つけてからのちに竹を取ると、節《ふし》で隔てられた空洞の一つ一つに、黄金《こがね》が入った竹を見つけることが、たび重なった。こうして、翁はしだいに裕福になってゆく。

この女の子は、育てるうちに、ぐんぐんと大きく成長してゆく。そして三か月ほどになるころに、一人前の大きさの人になってしまったので、髪上げ（成人した女子が髪を結い上げること）の祝いなどをあれこれとして、髪上げさせ、裳《も》（成人女子の正装）を着せる。まったくお姫様のあつかいで、几帳《きちょう》の中から一歩も出させず（貴族の女子のような育て方）、たいせつに育てる。

この女の子の容貌《ようぼう》のあざやかさは世にたぐいがなく、輝くばかりに美しいので、建物の中は暗い所とてなく、光が満ち満ちている。翁は、気分が悪く苦しいときも、この子を見ると、苦しいこともなくなってしまう。腹立たしいこともまぎれてしまうのである。

その後も、翁は、黄金の入った竹を取ることが、長くつづいた。だから富豪になったのである。この子がたいそう大きくなったので、御室戸斎部《みむろどいんべ》（斎部氏は朝廷の祭祀《さいし》を司《つかさど》る氏族）の秋田《あきた》という者を招いて、名をつけさせる。秋田は、「なよ竹のかぐや姫」（「なよ竹」は、しなやかな竹の意。また、ちらちらと揺れて光ることを「かがよふ」という）とつけた。このとき、三日間というものは、命名式を祝って、声をあげて歌をうたい、管絃《かんげん》を奏する。あらゆる音楽を奏したのである。男という男、だれでもかまわず招き集めて、たいそう盛大に管絃を奏する。

いまはむかし、たけとりの翁《おきな》といふものありけり。野山にまじりて竹をとりつつ、よろづのことにつかひけり。名をば、さぬきのみやつことなむ

いひける。

その竹の中に、もと光る竹なむ一《ひと》すぢありける。あやしがりて、寄りて見るに、筒《つつ》の中《なか》光りたり。それを見れば、三寸ばかりなる人、いとうつくしうてゐたり。

翁いふやう、「我《われ》朝ごと夕ごとに見る竹の中におはするにて知りぬ。子になりたまふべき人なめり」とて、手にうち入れて、家へ持ちて来《き》ぬ。妻《め》の嫗《おうな》にあづけてやしなはす。うつくしきこと、かぎりなし。いとをさなければ、籠《こ》に入れてやしなふ。

たけとりの翁、竹を取るに、この子を見つけて後《のち》に竹取るに、節《ふし》をへだてて、よごとに、黄金《こがね》ある竹を見つくることかさなりぬ。かくて、翁やうやうゆたかになりゆく。

この児《ちご》、やしなふほどに、すくすくと大きになりまさる。三月《みつき》ばかりになるほどに、よきほどなる人になりぬれば、髪あげなどとかくして髪あげさせ、裳着《もき》す。帳《ちやう》の内《うち》よりもいださず、いつきやしなふ。

この児のかたちの顕証《けそう》なること世《よ》になく、屋《や》の内は暗き所なく光満ちたり。翁、心地《ここち》悪《あ》しく苦しき時も、この子を見れば苦しきこともやみぬ。腹立たしきこともなぐさみけり。

翁、竹を取ること、久しくなりぬ。勢《いきほひ》、猛《まう》の者《もの》になりにけり。この子いと大きになりぬれば、名を、御室戸斎部《みむろどいむべ》の秋田《あきた》をよびて、つけさす。秋田、なよ竹のかぐや姫と、つけつ。このほど、三日、うちあげ遊ぶ。よろづの遊びをぞしける。男《をとこ》はうけきらはず招《よ》び集《つど》へて、いとかしこく遊ぶ。

二 多くの貴公子たち、争って求婚す

この世に住む宮仕人《みやづかえびと》は、身分の高い低いの区別なく、みな、「なんとかして、このかぐや姫をわが物にしたい、妻にしたい」と、噂《うわさ》に聞いて感じ入って心を乱す。そこらあたりの垣根近くやら、家の門の近くやらに、仕えている人たちでさえそう簡単に見られようはずもないのに、夜はぐっすり眠りもせず、見えるはずもない闇夜《やみよ》にも出かけてきて、垣根に穴をあけたりして、中をのぞいては、みな心を乱している。そのときから、あの「よばい」という言葉ができたのである（本来は結婚を求めて「呼ぶ」ことから始

まった言葉だが、ここは「夜這《は》い回ることから始まった」とする新解釈の語源を示すことで、いかにも現実にあった事件のように思わせる)。

世界の男《をのこ》、あてなるも、賤《いや》しきも、いかでこのかぐや姫を得てしかな、見てしかなと、音《おと》に聞きめでて惑《まと》ふ。そのあたりの垣《かき》にも家の門《と》にも、をる人だにたはやすく見るまじきものを、夜《よる》は安《やす》きいも寝《ね》ず、闇《やみ》の夜《よ》にいでても、穴をくじり、垣間見《かいまみ》、惑《まと》ひあへり。さる時よりなむ、「よばひ」とはいひける。

かぐや姫の難題と石《いし》作《つくり》の皇子《みこ》

一　かぐや姫をあきらめぬ五人の貴人

かぐや姫を求める宮仕人《みやづかえびと》たちは、ふつうの人が問題にもしないような場所にまで心を惑《まど》わしつつ行ってみるが、何のききめもありそうに見えない。家の人たちに何か言うだけでもと思って、言葉をかけてみるが、相手は問題にしない。それでも近辺を離れぬ貴公子たちは、相変らずそこで夜を明かし日を暮らす者が多い。しかし、いっぽう熱意のそれほどでもない人は、「むだな出歩きはつまらないことだよ」と思って、しだいに来なくなったのである。

そんななかで、依然として結婚を申し入れていたのは、当代の色好みといわれる五人、その五人が五人ともあきらめもせずに、夜となく昼となく通《かよ》ってきていたのである。それらの人の名は、石作《いしつくり》の皇子《みこ》、くらもちの皇子、右大臣阿倍御主人《あべのみうし》、大納言《だいなごん》大伴御行《おおとものみゆき》、中納言石上麿足《いそのかみのまろたり》、この人々なのであった。

この人たちは、世間にいくらでもいる程度の女《ひと》でさえ、すこしばかり容貌《ようぼう》がよいという噂《うわさ》を聞くと、わが物にしたがる人たちであったのだから、かぐや姫の評判を聞いて、ただもう、わが物といたしたく、食う物も食わず思いつづけ、姫の家へ行って、たたずんだり歩きまわったりするのだが、ききめがありそうにもない。恋文を書いて送るのだが、返事もない。もうどうにもならぬと苦しい心を歌に吐露して送るのだが、やはりききめがない。だから、何をしてもききめがないと思うものの、あきらめもせず、十一月、十二月の雪が降り氷が張るときにも、六月（太陽暦の七月後半から八月）の真夏の太陽が照りつけ雷《かみなり》がはげしく鳴りとどろくときにも、休まずにやってきている。

この人々は、やってくるたびに、竹取の翁《おきな》を呼び出して、「娘さんを私に下さい」と、伏し拝み、手をすりあわせておっしゃるが、翁は、「私がつくった子でないのだから、思うとおりにはならないでおります」と言って、そのまま月日を過ごしている。こんな状態だから、この人々は、家に帰って、物思いにふけり、神仏に祈り、願《がん》をかける。しかし、姫に対する思いはおさまりそうにもない。心中、「そうはいっても、一生涯結婚させないでいられようか」と思って、期待をしている。そして、ことさらに、姫に対する切《せつ》なる愛情を見せつけるようにして歩きまわる。

これを見つけて、翁が、かぐや姫に言うには、「私のたいせつな人よ。あなたは変化《へんげ》の人(神仏が人間の姿に変身した人)とは申しますものの、こんなにも大きくなるまで養い申しあげている私の気持はひととおりではありません。このじじいの申しますこと、なんとか聞いてくださらぬか」と言うと、かぐや姫は、「おっしゃることは、どんなことでも、うけたまわらないことがありましょうか。変化の者であるとおっしゃいますわが身のほどをも知らずに、親とばかり思い申しあげておりますのに」と言う。翁は、「うれしいことをおっしゃるねえ」と言う。

翁は、「じじいは、もう七十歳をこえてしまった(一一二頁には「今年五十ばかり」とある。数人の作者によってまとめられたために生じた矛盾か)。命のほどは今日とも明日ともわからぬ。この世の中の人は、男は女と結婚する。また、女は男と結婚する。そうした結果、一門が繁栄するのです。どうして結婚をせずにいらっしゃってよいでしょうか」と言う。かぐや姫の言うことには、「どうしてまた、結婚などをするのでしょうか」と言うと、翁は「変化の人といっても、あなたは女の身でいらっしゃる。もっとも、このじじいのいる間は独身のままでもいらっしゃれましょうよ。しかし、いまにどうにもならなくなりましょう。この五人の人々が、長い間、いつもこのようにおいでになっておっしゃることをよく考え定めて、その中のお一人と結婚してさしあげなさい」と言うので、かぐや姫は「私の容貌《ようぼう》がとくに美しいというわけでもありませんのに、相手の愛情の深さを確かめもしないで結婚して、あとで相手が浮気心をいだいたら、後悔するにちがいないと思うだけなのです。この上なく高貴なお方《かた》でも、愛情の深さを確かめないでは、結婚を決意できないと思っています」と言う。

翁の言うには、「私の考えと同じことをおっしゃるねえ。しかし、ではいったい、どんな愛情をお持ちの方と結婚しようとお思いか。いま申し込んでいるのは、どなたも、なみたいていでない愛情をお持ちの方々のように見えるのだが」。すると、かぐや姫は、「どれほどの深い愛情を見たいと言いましょうか。ほんの少しのことなのです。この五人の方々の愛情は、同じ程度のようにうかがわれます。このままでは、どうして、五人の中での優劣がわかりましょうか。五人の中で、私が見たいと思う品物を目の前に見せてくださる方に、ご愛情がまさっているとして、お仕えいたしましょうと、その、そこにいらっしゃるらしい方々に申しあげてください」と言う。翁は「結構だ」と承知した。

人の物ともせぬ所に惑《まと》ひ歩《あり》けども、何《なに》のしるしあるべくも見えず。家の人どもに物をだにいはむとて、いひかくれども、ことともせず。あたりを離れぬ君達《きんだち》、夜を明かし、日を暮らす、多かり。おろかなる人は、「用《よう》なき歩《あり》きは、よしなかりけり」とて来《こ》ずなりにけり。

その中《なか》に、なほいひけるは、色好《いろごの》みといはるるかぎり五人、思ひやむ時なく、夜昼来《よるひるき》たりけり。その名ども、石作《いしつくり》の皇子《みこ》、くらもちの皇子《みこ》、右大臣阿倍御主人《あべのみうし》、大納言《だいなごん》大伴御行《おおともものみゆき》、中納言石上磨足《いそのかみのまろたり》、この人々なりけり。

世の中に多かる人をだに、すこしもかたちよしと聞きては、見まほしうする人どももなりければ、かぐや姫を見まほしうて、物も食はず思ひつつ、かの家に行きて、たたずみ歩《あり》きけれど、甲斐《かひ》あるべくもあらず。文《ふみ》を書きて、やれども、返《かへ》りごともせず。わび歌など書きておこすれども、甲斐なしと思へど、十一月《しもつき》、十二月《しはす》の降り凍《こほ》り、六月《みなづき》の照りはたたくにも、障《さは》らず来《き》たり。

この人々、在《あ》る時は、たけとりを呼びいでて、「娘《むすめ》を我に賜《た》べ」と、伏《ふ》し拝《をが》み、手をすりのたまへど、「おのが生《な》さぬ子なれば、心にもしたがはずなむある」といひて、月日《つきひ》すぐす。かかれば、この人々、家に帰りて、物を思ひ、祈りをし、願《ぐわん》を立つ。思ひ止《や》むべくもあらず。「さりとも、つひに男《をとこ》あはせざらむやは」と思ひて頼みをかけたり。あながちに心ざしを見え歩《あり》く。

これを見つけて、翁《おきな》、かぐや姫にいふやう、「我《わ》が子の仏《ほとけ》。変化《へんぐゑ》の人と申しながら、ここら大きさまでやしなひたてまつる心ざしおろかならず。翁の申さむこと、聞きたまひてむや」といへば、かぐや姫、「何事《なにごと》をか、のたまはむことは、うけたまはらざらむ。変化《へんぐゑ》の者にてはべりけむ身とも知らず、親とこそ思ひたてまつれ」といふ。翁、「嬉《うれ》しくものたまふものかな」といふ。

「翁、年《とし》七十に余《あま》りぬ。今日《けふ》とも明日《あす》とも知らず。この世の人は、男は女にあふことをす。女は男にあふことをす。その後《のち》なむ門《かど》広くもなりはべる。

いかでかさることなくてはおはせむ」。かぐや姫のいはく、「なんでふ、さることかしはべらむ」といへば、「変化の人といふとも、女の身持《も》ちたまへり。翁の在《あ》らむかぎりはかうてもいますかりなむかし。この人々の年月《としつき》を経《へ》て、かうのみいましつつのたまふことを、思ひさだめて、一人一人にあひたてまつりたまひね」といへば、かぐや姫のいはく、「よくもあらぬかたちを、深き心も知らで、あだ心つきなば、後《のち》くやしきこともあるべきを、と思ふばかりなり。世のかしこき人なりとも、深き心ざしを知らでは、あひがたしとなむ思ふ」といふ。

翁のいはく、「思ひのごとくものたまふかな。そもそも、いかやうなる心ざしあらむ人にかあはむと思《おぼ》す。かばかり心ざしおろかならぬ人々にこそあめれ」。かぐや姫のいはく、「なにばかりの深きをか見むといはむ。いささかのことなり。人の心ざしひとしかんなり。いかでか、中におとりまさりは知らむ。五人の中に、ゆかしき物を見せたまへらむに、御心ざしまさりたりとて、仕《つか》うまつらむと、そのおはすらむ人々に申したまへ」といふ。「よきことなり」と受けつ。

二 かぐや姫、五人の求婚者に難題を提示

日が暮れるころに、いつものように求婚者は集まった。ある者は笛を吹き、ある者は歌をうたい、ある者は声歌《しょうが》（旋律を口でうたうこと）をし、ある者は口笛を吹き、ある者は扇で拍子をとりなどしているときに、翁《おきな》が出てきて言うことには、「もったいなくも、このみすぼらしい拙宅に、長い間お通いになること、このうえなく恐縮です」と申しあげる。

翁は求婚者たちに、「私が姫に、『じじいの命は今日明日ともわからぬのだから、こうまでおっしゃる若殿方に、よく考え定めてお仕え申しあげよ』と申しますと、姫も、『ごもっともです。五人の方々はどなたも優劣がつけがたくていらっしゃるので、私の見たいものさえご用意くだされればご愛情のほどがはっきりするでしょう。お仕えすることは、その結果によって決めましょう』と言うので、私も、『それはよいことだ。そうすれば、他の人のお恨みもありますまい』と言いました」と言う。

五人の人々も「結構だ」と言うので、翁は中に入って、かぐや姫にその由《よし》を告げる。

かぐや姫が翁に告げて言うには、石作の皇子《いしつくりのみこ》には「仏の御石の鉢《はち》という物があります。それを取って私に下さい」と言う。また、くらもちの皇子《みこ》には「東の海に蓬萊《ほうらい》という山（古代中国人の考えた仙郷）があるということです。そこに、銀《しろがね》を根とし、金《こがね》を茎とし、白玉《はくぎょく》を実《み》として立っている木があります。それを一枝折ってきていただきたい」と言う。さらにまた、いま一人（右大臣阿倍御主人《あべのみうし》。「いま一人」とは、原形が求婚者が三人であった名残）には「唐土《もろこし》（中国）にある火鼠《ひねずみ》の皮衣《かわぎぬ》を下さい」。大伴《おおとも》の大納言《だいなごん》には「龍《たつ》の頸《くび》に五色《ごしき》に光る玉があります。それを取って下さい」。石上《いそのかみ》の中納言には「燕《つばくらめ》の持っている子安貝《こやすがい》（宝貝の一種。形が女陰に似ているため安産のお守りにする。燕から生じるというのは未詳）を取って下さい」と言う。

翁は、「どれもみな、むずかしいことのようだなあ。この日本にあるものでもない。こんなにむずかしいことを、どのように申しましょう」と言う。かぐや姫が、「どうしてむずかしいことがありましょうか」と言うので、翁は、「とにかく、申しあげてみよう」と言って、出てきて、「このように申しております。娘の申すようにお見せくださ い」と言うと、皇子たち（石作の皇子、くらもちの皇子）と上達部《かんだちめ》（右大臣阿倍御主人、大伴の大納言、石上の中納言）はこれを聞いて、「素直に、『この付近を通って歩くことさえ許せない』とおっしゃってくださったほうがまだましだのに」と言って、がっくりとして、みな帰ってしまう。

日暮るるほど、例《れい》の集まりぬ。あるいは笛を吹き、あるいは歌をうたひ、あるいは声歌《しやうが》をし、あるいは嘯《うそ》を吹き、扇《あふぎ》を鳴らしなどするに、翁《おきな》、いでて、いはく、「かたじけなく、穢《きたな》げなる所に、年月を経《へ》てものしたまふこと、きはまりたるかしこまり」と申す。

「『翁の命、今日明日とも知らぬを、かくのたまふ君達《きんだち》にも、よく思ひさだめて仕《つか》うまつれ』と申せば、『ことわりなり。いづれも劣《おと》り優《まさ》りおはしまさねば、御心ざしのほどは見ゆべし。仕うまつらむことは、それになむさだむべき』といへば、『これよきことなり。人の御恨《うら》みもあるまじ』」といふ。

五人の人々も、「よきことなり」といへば、翁入りていふ。

かぐや姫、石作《いしつくり》の皇子《みこ》には、「仏の御石の鉢《はち》といふ物あり。それを取りて賜《たま》へ」といふ。くらもちの皇子《みこ》には、「東《ひんがし》の海に蓬萊《ほうらい》といふ山あるなり。

それに、銀《しろかね》を根とし、金《こがね》を茎《くき》とし、白き玉を実《み》として立てる木あり。それ一枝折《を》りて賜《たま》はらむ」といふ。いま一人には、「唐土《もろこし》にある火鼠《ひねずみ》の皮衣《かはぎぬ》を賜へ」。大伴《おほとも》の大納言《だいなごん》には、「龍《たつ》の頸《くび》に五色《ごしき》に光る玉あり。それを取りて賜へ」。石上《いそのかみ》の中納言《ちゅうなごん》には、「燕《つばくらめ》の持《も》たる子安《こやす》の貝《かひ》取りて賜へ」といふ。

翁、「難《かた》きことにこそあなれ。この国に在《あ》る物にもあらず。かく難きことをば、いかに申さむ」といふ。かぐや姫、「なにか難からむ」といへば、翁、「とまれ、かくまれ、申さむ」とて、いでて、「かくなむ。聞《きこ》ゆるやうに見せたまへ」といへば、皇子たち、上達部《かんだちべ》聞きて、「おいらかに、『あたりよりだにな歩《あり》きそ』とやはのたまはぬ」といひて、倦《う》んじて、皆《みな》帰りぬ。

三 石作《いしつくり》の皇子《みこ》と、仏《ほとけ》の御石の鉢

しかし、そうはいっても、石作《いしつくり》の皇子《みこ》はこの女と結婚しないではこの世に生きていられそうもない気持がしたので、「天竺《てんじく》（インド）にある品物でも、持ってこられないことがあろうか」と、いろいろ考えて、石作の皇子は目端《めはし》のきく人であったので、「いやいや、天竺にも二つとない鉢を、百千万里の距離を行ったところで、どうして取ることができようか」と思って、かぐや姫の所には「今日、天竺に石の鉢を取りに出発させていただきます」と知らせて、三年ほどののち、大和《やまと》の国十市《とおち》の郡《こおり》（奈良県桜井市辺り）にある山寺の賓頭盧《びんずる》（十八羅漢《らかん》の一つ。中国では寺院の食堂《じきどう》に安置して食物を供えた）の前にある鉢《はち》の、真っ黒に煤墨《すすずみ》のついたのを手に入れて、錦《にしき》の袋に入れて、造花の枝にむすびつけて、かぐや姫の家に持ってきて、見せたので、かぐや姫が半信半疑で見ると、その鉢の中に手紙がある。広げて見ると、つぎのようにある。

海山《うみやま》の道《みち》に心をつくしはてないしのはちの涙ながれき

――石の鉢を求めるために、筑紫《つくし》を出発してから天竺までの海路山路に、精魂《せいこん》をつくしはて、果てない旅をつづけ、ほんとうに泣きの涙、血の涙まで流れたことでしたよ

かぐや姫が、「光はあるかしら」と見ると、蛍ほどの光すらない。

置く露《つゆ》の光をだにもやどさまし小倉《をぐら》の山《やま》にて何《なに》もとめけむ

――本当の仏の石鉢なら紺青《こんじょう》の光があるということです。せめて、お流しになったという

涙の露ほどの光でもあればよいのに。あなたは、光がなくて暗いという名前をもつ小倉山《おぐらやま》（大和にある山）で、いったい何を求めていらっしゃったのでしょうか

と言って、かぐや姫は、その鉢を出して返す。

皇子は鉢を門口《かどぐち》に捨てて、この歌の返歌をする。

白山《しらやま》にあへば光の失《う》するかとはちを捨てても頼まるるかな

――光っている鉢を持ってきたのですが、白山のように光り輝く美女に会ったので、おし消され光が失《う》せているだけで、本当は光る鉢だったのではないかと、鉢を捨ててしまってからも、恥《はじ》を捨ててあつかましく期待されるのですよ

と詠んで、姫のもとに入れた。

かぐや姫は、もう返歌もしなくなった。耳にも聞き入れなかったので、皇子は弁解や口実を口にしながら帰ってしまった。

あの偽《にせ》の鉢を捨ててからも、また、あつかましくも、「頼《たの》まるるかな」などと言ったことがもとになって、あつかましいことを、「はぢ（じ）を捨てる」と言うのであった。

なほ、この女見《み》では世《よ》にあるまじき心地《ここち》のしければ、「天竺《てんぢく》に在る物も持《も》て来《こ》ぬものかは」と思ひめぐらして、石作《いしつくり》の皇子《みこ》は、心のしたくある人にて、天竺に二つとなき鉢を、百千万里のほど行《い》きたりとも、いかでか取るべきと思ひて、かぐや姫のもとには、「今日《けふ》なむ、天竺に石の鉢取りにまかる」と聞かせて、三年ばかり、大和《やまと》の国十市《とをち》の郡《こほり》にある山寺に賓頭盧《びんづる》の前なる鉢《はち》の、ひた黒《ぐろ》に墨《すみ》つきたるを取りて、錦《にしき》の袋《ふくろ》に入れて、作り花の枝につけて、かぐや姫の家に持《も》て来《き》て、見せければ、かぐや姫、あやしがりて見れば、鉢の中に文《ふみ》あり。ひろげて見れば、

海山《うみやま》の道《みち》に心をつくしはてないしのはちの涙ながれき

かぐや姫、光やあると見るに、蛍《ほたる》ばかりの光だになし。

置く露《つゆ》の光をだにもやどさまし小《を》倉《ぐら》の山《やま》にて何《なに》もとめけむ

とて、返《かへ》しいだす。

鉢を門《かど》に捨てて、この歌の返しをす。

白山《しらやま》にあへば光の失《う》するかとはちを捨てても頼まるるかな

とよみて、入れたり。

かぐや姫、返しもせずなりぬ。耳にも聞き入れざりければ、いひかかづらひて帰りぬ。

かの鉢を捨てて、またいひけるよりぞ、面《おも》なきことをば、「はぢをすつ」とはいひける。

くらもちの皇子《みこ》と蓬《ほう》萊《らい》の玉の枝

一 くらもちの皇子の謀略

くらもちの皇子《みこ》は策略に秀でた人で、朝廷には「筑紫《つくし》の国に湯治《とうじ》に行かせていただきます」と言って休暇を申し出て、かぐや姫の家には「玉の枝を取りに行きます」と使いの者に言わせて、お下《くだ》りになるので、家来たちはみな難波《なにわ》（大阪市から尼崎市にかけての海岸）までお送りしたのである。皇子は、「しごくこっそりと行くのだ」とおっしゃって、供人《ともびと》も多くは連れていらっしゃらない。おそば近くお仕えしている者だけを連れて出港なさった。お見送りの人々は、お送り申しあげて都へ帰った。

このように「出発なさった」と人には見られるようにしておかれて、三日ほどたってから、船で帰っていらっしゃった。

かねてから、なすべきことはすっかり命令なさってあったので、その当時、国宝的な存在であった鍛冶工《かじこう》六人をさっそく招集なさり、簡単には人が寄ってくることができまいと思われる家を造って、竈《かまど》を作り、周囲を三重に囲いこんで、その中に工匠《たくみ》たちをお入れになり、皇子も同じ所におこもりになって、領有なさっている土地のすべて十六か所をはじめ、蔵の全財産を投じて、玉の枝をお作りになる。

このようにして、かぐや姫のおっしゃるのと少しも違《たが》わぬ姿にこしらえあげてしまった。たいへん上手に計略をこらし、難波の浦にこっそり持ち出した。「船に乗って帰ってきたのだ」と、ご自分の御殿に連絡しておいて、たいそうひどく疲れて苦しがっているようなようすをしてすわっていらっしゃる。迎えのために人がたくさん参上している。玉の枝を長櫃《ながびつ》（長持のような箱）に入れ、覆いをかけて、都へ運んでのぼる。いつ聞いたのか、人々は、「くらもちの皇子は優曇華《うどんげ》の花（三千年に一度花開く霊花）を持って上京なさった」と騒いでいる。

これを、かぐや姫が聞いて、「私は、この皇子に負けてしまうにちがいない」と、ふさぎこんで物思いをしていたのである。

くらもちの皇子《みこ》は、心たばかりある人にて、朝廷《おほやけ》には、「筑紫《つくし》の国《くに》に湯《ゆ》あみにまからむ」とて暇《いとま》申して、かぐや姫の家には、「玉の枝《えだ》取りになむまかる」といはせて、下《くだ》りたまふに、仕《つか》うまつるべき人々、みな難波《なには》まで御送りしける。皇子、「いと忍びて」とのたまはせて、人もあまた率《ゐ》ておはしまさず。近う仕うまつるかぎりしていでたまひぬ。御送りの人々、見たてまつり送りて帰りぬ。

「おはしましぬ」と人には見えたまひて、三日ばかりありて、漕《こ》ぎ帰りたまひぬ。

かねて、事《こと》みな仰《おほ》せたりければ、その時、一《いち》の宝《たから》なりける鍛冶工匠《かぢたくみ》六人を召しとりて、たはやすく人寄《ひとよ》り来《く》まじき家を作りて、竈《かまど》を三重《みへ》にしこめて、工匠らを入れたまひつつ、皇子も同じ所に籠《こも》りたまひて、領《し》らせたまひたるかぎり十六所《そ》をかみに、蔵《くら》をあげて、玉の枝を作りたまふ。

かぐや姫ののたまふやうに違《たが》はず作りいでつ。いとかしこくたばかりて、難波にみそかに持《も》ていでぬ。「船に乗りて帰り来《き》にけり」と殿《との》に告げやりて、いといたく苦しがりたるさましてゐたまへり。迎へに人多く参りたり。

玉の枝をば長櫃《ながびつ》に入れて、物おほひて持ちて参る。いつか聞きけむ、「くらもちの皇子は優曇華《うどんぐゑ》の花持《も》ちて上《のぼ》りたまへり」とののしりけり。これを、かぐや姫聞きて、我はこの皇子に負けぬべしと、胸つぶれて思ひけり。

二　くらもちの皇子《みこ》、偽りの苦労談を語る

こうしているうちに、門の戸をたたいて、「くらもちの皇子《みこ》がいらっしゃった」と皇子の従者が告げる。「旅のご服装のままでいらっしゃった」と言うので、翁《おきな》がお会い申しあげる。

皇子のおっしゃることには、「命を捨てるほどの苦労をして、あの玉の枝を持ってやってきましたと言って、かぐや姫にお見せ申しあげてください」と言うので、翁はその玉の枝を持って奥に入った。

皇子はこの玉の枝に、手紙をつけていたのである。

いたづらに身はなしつとも玉の枝《え》を手折《たを》らでさらに帰らざらまし

――危難に遭ってわが身を破滅させたとしても、ご依頼の玉の枝を手折らずに帰ってくるということは、けっしてしなかったでしょう

玉の枝はもちろん、この歌をも、心を打つ歌とは思わないでいると、竹取の翁が姫の部屋に走って入ってきて、かぐや姫に言うには、「あなたがこの皇子に申しあげなさった蓬萊《ほうらい》の玉の枝を、一点の違いもない形で持っていらっしゃった。いまはもう、どういう理由で、あれこれ申せましょうか。しかも、旅のご服装のままで、ご自身のお宅へもお寄りにならないでいらっしゃったのです。はやく、この皇子の妻としてお仕え申しあげなさい」と言うので、姫はもう物も言わず、頰杖《ほおづえ》をつく姿で、たいそう嘆かわしそうに物思いに沈んでいる。

この皇子は、「いまとなっては、あれこれ言うこともない」と言うと同時に、縁側に這《は》いのぼりなさった。翁はもっともだと思っている。

「これは、この日本では見ることのできぬ玉の枝です。もう、今度は、どうしてお断り申せましょうか。人柄もよい方でいらっしゃる」などと翁は言って、かぐや姫の前にす

わっている。

かぐや姫の言うには、「親がおっしゃることを、むげにお断り申しあげることが気の毒ゆえ、あのように申しましたのに」と、取ることがむずかしい物であるのに、このように意外なほどにちゃんと持ってきたことを、いまいましく思う。翁は、もうすっかりその気になり、寝室の中を調えたりなどしている。

翁が皇子に申しあげるには、「どのような所に、この木はございましたのでしょうか。ふしぎなほどうるわしく、すばらしい物でございますね」と申しあげる。


かかるほどに、門《かど》を叩《たた》きて、「くらもちの皇子《みこ》おはしたり」と告《つ》ぐ。「旅の御姿ながらおはしたり」といへば、あひたてまつる。

皇子ののたまはく、「命を捨てて かの玉の枝持ちて来たるとて、かぐや姫に見せたてまつりたまへ」といへば、翁《おきな》持ちて入《い》りたり。

この玉の枝に、文《ふみ》ぞつけたりける。

いたづらに身はなしつとも玉の枝《え》を手折《たを》らでさらに帰らざらまし

これをもあはれとも見でをるに、たけとりの翁、走り入りて、いはく、「この皇子に申したまひし蓬萊《ほうらい》の玉の枝を、一つの所あやまたず持《も》ておはしませり。何をもちて、とかく申すべき。旅の御姿ながら、わが御家《おほんいへ》へも寄りたまはずしておはしましたり。はや、この皇子にあひ仕《つか》うまつりたまへ」といふに、物もいはず、頰杖《つらづゑ》をつきて、いみじく嘆《なげ》かしげに思ひたり。

この皇子、「今さへ、なにかといふべからず」といふままに、縁《えん》に這《は》ひのぼりたまひぬ。翁理《ことわり》に思ふ。

「この国に見えぬ玉の枝なり。このたびは、いかでか辞《いな》びまうさむ。人ざまもよき人におはす」などいひゐたり。

かぐや姫のいふやう、「親ののたまふことをひたぶるに辞《いな》びまうさむことのいとほしさに」と、取りがたき物を、かくあさましく持《も》て来《く》ることを、ねたく思ふ。翁は、閨《ねや》のうち、しつらひなどす。

翁、皇子に申すやう、「いかなる所にかこの木はさぶらひけむ。あやしくうるはしくめでたき物にも」と申す。

皇子《みこ》が答えておっしゃるには、「一昨々年《さきおととし》の二月の十日ごろに、難波《なにわ》から船に乗って、海上に出て、目的とする方向すらわからぬほど心細く思ったが、『自分の思うことが成就できないで、世の中に生きていてもしかたがない』と思ったので、ひたすらに、どちらに吹くかわかりもしない風にまかせて航行しました。『命がなくなればしかたがないが、生きているかぎりはこのように航海をつづけ、いつかは蓬萊《ほうらい》とかいう山に会うだろうよ』と思い、海を漕《こ》ぎただよって、わが日本の領海を離れて行きましたところ、あるときは、浪《なみ》の荒れがつづいて海底に沈みそうになり、あるときは、風の方向のままに知らぬ国に吹き寄せられ、鬼のような怪物が目の前に立ち現れて、私を殺そうとしました。あるときには、また海上で方向を失い後《あと》も先もわからなくなり、そのまま海で行方不明になりそうになりました。あるときには、食糧がつきはて、偶然上陸した島で草の根を取って食糧にしました。またあるときは、言いようもなく気味悪い妖怪《ようかい》が出現して、私に食いかかろうとしました。またあるときには、海の貝を取って命をつないだこともあります。旅の道中で、助けてくださる人もない所であるのに、種々の病気をして、行く方向までもさだかではなくなりました。

こんな調子で、ただ船の行くのにまかせて海上を漂流していましたが、海に出て五百日目という日の午前八時ごろに、海上に、かすかに山が見えます。船の楫《かじ》を島に近づけるように操作して、それを見たところ、海上にただよっているその山は、たいそう大きい。そして、その山のようすは、高くうるわしい。『これこそ私が求めている山であろう』と思ってうれしくはあるが、やはり恐ろしく思われて、山の周囲を漕ぎまわらせて、二、三日ほど、ようすを見ながら航行させていますと、天人の服装をした女が、山中から出てきて、銀の鋺《わん》を持って、水を汲《く》み歩いています。これを見て、船からおりて、『この山の名は何と申しますか』とたずねる。女が答えて言うには、『これは蓬莱の山です』と答えます。これを聞いたときのうれしさはかぎりない。『このようにおっしゃるあなたはだれですか』と問うと、この女は、『私の名はうかんるり』と言って、すうっと、山の中に入ってしまいます。

その山は、見ると、まったく登る手段がないほどに険しい。その山の崖下《がけした》の道をめぐってゆくと、この世の物とも思えぬ花の木が多く立っています。金色、銀色、瑠璃《るり》色の水が、山から流れ出ています。その川には、さまざまな色の玉で造った橋が渡してあります。その近辺に照り輝いているような木が多く立っています。その中で、ここにいま持参しましたのは、たいそう劣っていたのですが、せっかくよいのを取ってきても、あなたのおっしゃったのと違ったら困るだろうと思いまして、この花を折って持参したのです。

山はかぎりなくすばらしい。そのさまは、まったくこの世の物にたとえもできぬほどでしたが、この枝を折ってしまいましたので、ただもう心が急がれて、船に乗ったところ、追い風が吹いて、四百余日で、帰って参りました。ほんとうに仏《ほとけ》の大願力《だいがんりき》のおかげでありましょうか。昨日、難波から都へ帰参したのです。潮《しお》で濡《ぬ》れた衣をも、まったく脱ぎ替えもしないで、こちらに直接参上しました」とおっしゃると、翁《おきな》が、これを聞いて嘆息《たんそく》して詠んだ歌は、

くれたけのよよのたけとり野山にもさやはわびしきふしをのみ見し

――何世代も生き、年老いたこの竹取ですが、竹を取る野山での生活においても、こんなに苦しい目ばかりを見たことはございませんよ

これを、皇子が聞いて、「長い間苦しく思っておりました心は、今日そのお言葉を聞いて、すっかり落ち着きました」とおっしゃって、返歌、

我《わ》が袂《たもと》今日かわければわびしさの千種《ちぐさ》の数も忘られぬべし

――海の潮と涙に濡れた私の袂は、目的を達した今日はすっかり乾きましたので、いままでの多くの艱難辛苦《かんなんしんく》も、しぜんに忘れてしまうでしょう

とおっしゃる。

皇子《みこ》、答へてのたまはく、「一昨々年《さをととし》の二月《きさらぎ》の十日ごろに、難波《なには》より船に乗りて、海の中にいでて、行《い》かむ方《かた》も知らずおぼえしかど、思ふこと成《な》らで世《よ》の中に生きて何かせむと思ひしかば、ただ、むなしき風にまかせて歩《あり》く。命《いのち》死なばいかがはせむ、生きてあらむかぎりかく歩きて、蓬莱《ほうらい》といふらむ山にあふやと、海に漕《こ》ぎただよひ歩きて、我《わ》が国のうちを離《はな》れて歩きまかりしに、ある時は、浪《なみ》荒れつつ海の底にも入りぬべく、ある時には、風につけて知らぬ国に吹き寄せられて、鬼《おに》のやうなるものいで来《き》て、殺さむとしき。ある時には、来《き》し方行《かたゆ》く末《すゑ》も知らず、海にまぎれむとしき。ある時には、糧《かて》つきて、草の根を食物《くひもの》としき。ある時は、いはむ方《かた》なくむく

つけげなる物来《き》て、食ひかからむとしき。ある時には、海の貝を取りて命をつぐ。旅の空に、助けたまふべき人もなき所に、いろいろの病《やまひ》をして、行《ゆ》く方《かた》そらもおぼえず。

船の行《ゆ》くにまかせて、海に漂《ただよ》ひて、五百日といふ辰《たつ》の時ばかりに、海のなかに、はつかに山見ゆ。船の楫《かぢ》をなむ迫《せ》めて見る。海の上にただよへる山、いと大《おほ》きにてあり。その山のさま、高くうるはし。これや我《わ》が求むる山ならむと思ひて、さすがに恐《おそ》ろしくおぼえて、山のめぐりをさしめぐらして、二三日ばかり、見歩《あり》くに、天人のよそほひしたる女、山の中よりいで来《き》て、銀《しろかね》の金鋺《かなまる》を持《も》ちて、水を汲《く》み歩《あり》く。これを見て、船より下《お》りて、『この山の名を何とか申す』と問ふ。女、答へていはく、『これは、蓬莱《ほうらい》の山なり』と答ふ。これを聞くに、嬉《うれ》しきことかぎりなし。この女、『かくのたまふは誰《たれ》ぞ』と問ふ、『我が名はうかんるり』といひて、ふと、山の中に入りぬ。

その山、見るに、さらに登るべきやうなし。その山のそばひらをめぐれば、世《よ》の中になき花の木ども立てり。金《こがね》、銀《しろかね》、瑠《る》璃《り》色《いろ》の水、山より流れいでたり。それには、色々《いろいろ》の玉の橋わたせり。そのあたりに照《て》り輝《かかや》く木ども立てり。その中に、この取りて持ちてまうで来《き》たりしはいとわろかりしかども、のたまひしに違《たが》はましかばと、この花を折《を》りてまうで来たるなり。

山はかぎりなくおもしろし。世にたとふべきにあらざりしかど、この枝を折りてしかば、さらに心もとなくて、船に乗りて、追風《おひかぜ》吹きて、四百余日になむ、まうで来にし。大願力《だいぐわんりき》にや。難波より、昨日《きのふ》なむ都《みやこ》にまうで来《き》つる。さらに、潮《しほ》に濡《ぬ》れたる衣《きぬ》だに脱ぎかへなでなむ、こちまうで来つる」とのたまへば、翁《おきな》、聞きて、うち嘆《なげ》きてよめる、

くれたけのよよのたけとり野山にもさやはわびしきふしをのみ見し

これを、皇子聞きて、「ここらの日ごろ思ひわびはべりつる心は、今日《けふ》なむ落《お》ちゐぬる」とのたまひて、返し、

我《わ》が袂《たもと》今日かわければわびしさの千種《ちぐさ》の数も忘られぬべし

とのたまふ。

三　工匠《たくみ》の訴えにより、万事は露顕

こうしている間に、労働者たち六人が、つれだって、庭に現れた。一人の労働者が、文挟み《ふみばさ》（細い竹の先を二つに割って貴人への書状を挟むもの）に申《もう》し文《ぶみ》をはさんで、愁訴《しゅうそ》するには、「内匠寮《たくみづかさ》（宮中の造営や器物を司《つかさど》る役所）の工匠《たくみ》、漢《あや》部《べ》の内麻呂《うちまろ》が申しあげますのは、玉の枝を奉仕製造させていただきましたことですが、五穀《ごこく》を断って、千余日の間に努力いたしましたこと、なみたいていではありません。それにもかかわらず、報奨をまだいただいておりません。これをいただいて、貧しい弟子に分けたいのです」と言って、文挟みをささげている。竹取の翁《おきな》は、「この工匠どもが皇子《みこ》に申しあげていることは何事だろうか」と首をかしげて控えている。皇子は茫然自《ぼうぜんじ》失《しつ》のていで、肝《きも》をつぶしてすわっていらっしゃる。

これを、かぐや姫が聞いて、「この工匠が差し出している申し文を取れ」と言って、取らせて、見ると、その文で愁訴していることは、

「皇子の君は、千日の間、身分の低い工匠たちといっしょに、同じ所に隠れ住み、り

っぱな玉の枝を作らせなさって、できあがったら褒美に官職も下さろうとおっしゃいました。このことを、このごろになって考えてみますと、御側室《ごそくしつ》としていらっしゃるはずのかぐや姫が必要となさっているのだったよと承知いたしまして。ですから代りに、このお邸《やしき》からいただきたいのです」

と上申書に書いてあって、口でも、「当然いただくべきです」と言っているのを聞いて、かぐや姫は、日が暮れるにしたがって「皇子と契《ちぎ》らねばならぬか」と思い悩み苦しんでいた心が愉快になって、晴れ晴れしく笑って、翁を呼び寄せて言うには、「ほんとうに蓬萊《ほうらい》の木かしらと思っていましたよ。けれど、このように意外な偽りごとだったのですから、早くお返ししてください」と言うと、翁が答えるには、「たしかに、作らせた物だと私も聞きましたので、お返しすることは、いとも簡単です」とうなずいて控えている。

かぐや姫の心はすっかり晴れて、先刻《さつき》の皇子の歌の返歌として、

まことかと聞きて見つれば言《こと》の葉《は》をかざれる玉の枝にぞありける

——ほんとうの玉の枝かと思い、皇子の話をよく聞き、また、玉の枝をよく見ましたとこ

ろが、金《こがね》の葉《は》ならぬ、言《こと》の葉《は》で飾りたてた偽りの玉の枝でございましたよ

と言って、歌とともに玉の枝も返してしまった。

いっぽう、竹取の翁は、あれほどまで皇子と意気投合していたことが、ぐあい悪く思われて、眠ったような顔をしてすわっている。当の皇子は、立つのも落ち着かず、すわっているのもきまりが悪いというようすで、すわっていられる。そして、日が暮れたので、これ幸いと、こっそり脱け出してしまわれた。

あの愁訴《しゅうそ》をした工匠を、かぐや姫が呼んで庭に控えさせ、「うれしい人たちですよ」と言って、ご褒美をたいそう多くお与えになる。工匠どもは大いに喜んで、「期待していたとおりだったな」と言って、帰る。その帰り道で、くらもちの皇子が、工匠たちを血の流れるまで打擲《ちょうちゃく》させなさる。工匠たちは褒美を得た甲斐《かい》もなく、皇子がみな取りあげて、捨てさせなさったので、無一物になって逃げ失《う》せてしまった。

さて、この皇子は、「生涯においてこれ以上の恥はなかろう。女を自分のものにできなくなったばかりではなく、世間の人が、自分を見、いろいろと思うのが恥ずかしいことだ」とおっしゃって、ただお一人で、深い山中に入ってしまわれた。お邸の執事《しつじ》や、

お仕えしている人々が、みな手分けをしておさがし申しあげたが、あるいはお亡くなりにでもなったのだろうか、見つけ申しあげぬままになってしまった。それは、皇子が、恥ずかしくて、ご家来の前から自分の姿をお隠しになろうと思って、何年もの間、姿をお見せにならないのであったよ。

そののち、何年もたって、ひょっこりと姿をお見せになったのだろうか、この玉の枝事件を起りとして、「たまさかに」という言葉を、言いはじめるようになったのである。

かかるほどに、男《をのこ》ども六人、つらねて、庭にいで来《き》たり。

一人の男、文挟《ふんばさ》みに文《ふみ》をはさみて、申す、「内匠寮《たくみづかさ》の工匠《たくみ》、あやべの内《うち》麻呂《まろ》申《まう》さく、玉の木を作り仕《つか》うまつりしこと、五穀《ごこく》を断《た》ちて、千余日に力《ちから》をつくしたること、すくなからず。しかるに、禄《ろく》いまだ賜《たま》はらず。これを賜ひて、わろき家子《けこ》に賜はせむ」といひて、ささげたり。たけとりの翁《おきな》、この工匠らが申すことは何事ぞとかたぶきをり。皇子《みこ》は、我《われ》にもあらぬ気《け》色《しき》にて、肝《きも》消えゐたまへり。

これを、かぐや姫聞きて、「この奉《たてまつ》る文《ふみ》を取れ」といひて、見れば、文

に申しけるやう、
「皇子《みこ》の君《きみ》、千日、いやしき工匠らと、もろともに、同じ所に隠れゐたまひて、かしこき玉の枝《えだ》を作らせたまひて、官《つかさ》も賜はむと仰《おほ》せたまひき。これをこのごろ案《あん》ずるに、御使《つかひ》とおはしますべきかぐや姫の要《えう》じたまふべきなりけりとうけたまはりて。この宮《みや》より賜はらむ」
と申して、「賜はるべきなり」といふを、聞きて、かぐや姫、暮るるままに思ひわびつる心地《ここち》、笑ひさかえて、翁を呼びとりていふやう、「まこと蓬萊《ほうらい》の木かとこそ思ひつれ。かくあさましきそらごとにてありければ、はや返《かへ》したまへ」といへば、翁答《こた》ふ、「さだかに作らせたる物と聞きつれば、返さむこと、いとやすし」と、うなづきをり。
かぐや姫の心ゆきはてて、ありつる歌の返し、
まことかと聞きて見つれば言《こと》の葉《は》をかざれる玉の枝にぞありける
といひて、玉の枝も返しつ。
たけとりの翁、さばかり語らひつるが、さすがにおぼえて眠《ねぶ》りをり。皇《み》

子《こ》は、立つもはした、ゐるもはしたにて、ゐたまへり。日の暮れぬれば、すべりいでたまひぬ。

かの愁訴《うれへ》せし工匠をば、かぐや姫呼びすゑて、「嬉《うれ》しき人どもなり」といひて、禄《ろく》いと多く取らせたまふ。工匠らいみじくよろこびて、「思ひつるやうにもあるかな」といひて、帰る。道《みち》にて、くらもちの皇子、血の流るるまで打《ちやう》ぜさせたまふ。禄得《え》し甲斐《かひ》もなく、みな取り捨てさせたまひてければ、逃げうせにけり。

かくて、この皇子は、「一生《いつしやう》の恥《はぢ》、これに過ぐるはあらじ。女《をんな》を得ずなりぬるのみにあらず、天下《てんか》の人の、見思《おも》はむことのはづかしきこと」とのたまひて、ただ一所《ひとところ》、深き山へ入《い》りたまひぬ。宮司《みやづかさ》、さぶらふ人々、みな手を分《わか》ちて求めたてまつれども、御死《おほんし》にもやしたまひけむ、え見つけたてまつらずなりぬ。皇子の、御供《おほんとも》に隠したまはむとて、年《とし》ごろ見えたまはざりけるなりけり。

これをなむ、「たまさかに」とはいひはじめける。

阿《あ》倍《べ》の右大臣と火《ひ》鼠《ねずみ》の皮《かわ》衣《ぎぬ》

一　阿《あ》倍《べの》御《み》主《う》人《し》、火鼠の皮衣を入手

右大臣阿《あ》倍《べの》御《み》主《う》人《し》は、財産が豊かで、一門が繁栄している人であったのである。その年に来日して関係ができていた唐土《もろこし》（中国）の貿易船の王けいという人のもとに手紙を書いて、「火鼠《ひねずみ》の皮とかいう物が、そちらにはあるらしいが、買って届けてくれ」といって、お仕えしている人の中から、心のしっかりしている者を選んで、選ばれた小野房《おののふさ》守《もり》という人に手紙を持たせて派遣する。

房守は手紙を持って、かの地に到着して、あの唐土にいる王けいに、金《かね》を受け取らせる。王けいは、手紙を広げて見て、返事を書く。

「火鼠の皮衣《かわぎぬ》は、この唐土の国にない品物です。噂《うわさ》には聞いていますが、まだ見たことのない物です。しかしおっしゃるように、この世に存在する物であるならば、天竺《てんじく》（インド）の人たちがこの国に持って参るでしょう。なんとしてもこれはたいへんむずかしい交易《こうえき》です。しかし、もし、産地から天竺に、たまたま持って入国していることがあったなら、ひょっとしたら長者の家などをたずねて求め得ましょうよ。もし、どこにもない物であれば、使者に託して金をばお返し申しあげましょう」

と手紙に書いてある。

その唐土の船がやってきた。小野房守が日本国に帰参して、都へ参上するということを聞いて、右大臣が、使者を足のはやい馬で走らせて迎えさせなさるときに、房守はその馬に乗って、筑紫《つくし》から、なんと七日間（当時大宰府から都までの正式の行途は十四日）でやってきた。持参した王けいからの手紙を見ると、つぎのように書いてある、

「火鼠の皮衣は、やっとのことで人を出張させて求めましたので、お届け申します。今の世にも昔の世にも、この皮は容易には手に入らぬ物だったのです。昔、尊い天竺の聖者が、この唐土の国に持って渡っておりましたものが、西の山寺にあると聞きつけて、朝廷に申して、お上《かみ》の力にてやっとのことで買い取って、このように持参する

のです。「代価の金が少ない」と、買い上げをおこなってくれた国司が使いに申しましたので、この王けいの物を加えて買いました。ですから、もう五十両の金をいただかねばなりません。船が帰るとき、その船に託してお送りください。万一、お金がいただけないのなら、あの代物《しろもの》の皮衣を、返してください」

と記してあるのを見て、右大臣は、「なにをおっしゃる。あと、わずかな金のことだよ。それにしても、うれしいことに、よくまあ送ってきてくれたな」とおっしゃって、唐土の方に向って、伏し拝みなさる。

この皮衣を入れてある箱を見ると、種々《くさぐさ》のりっぱな瑠璃《るり》（金銀と並ぶ貴石）をとりまぜ彩色して作ってある。中の皮衣を見ると、紺青《こんじよう》の色である。毛の末《すえ》に、金色の光が輝いている。まさしく宝物と思われるほどに、りっぱなこと、くらべることのできる物がない。火に焼けないということが特徴とされているが、なによりも、華麗なことにおいて最高である。

「なるほど、かぐや姫がほしがりなさるほどの物だわい」とおっしゃり、「ああ、もったいない」と、箱にお入れになって、なにかの木の枝につけ、ご自身の化粧も入念になさり、「このまま婿《むこ》としてかぐや姫邸に泊ることになろうよ」とお思いになって、その

木の枝に歌を詠んでつけ加えて、持っておいでになった。その歌には、

かぎりなき思ひに焼けぬ皮衣《かはごろも》袂《たもと》かわきて今日《けふ》こそは着《き》め

――かぎりのないわが思ひの火にも焼けないという皮衣を手に入れて、苦しい恋の思ひに泣きぬれていた私も、今日は、泣くこともないので、乾いた袂《たもと》のままで着られましょうよ

と書いてある。

右大臣阿倍御主人《あべのみうし》は、財《たから》豊かに家《いへ》広き人にておはしけり。その年来《き》たりける唐船《もろこしぶね》の王《わう》けいといふ人のもとに文《ふみ》を書きて、「火鼠《ひねずみ》の皮《かは》といふなる物、買ひておこせよ」とて、仕《つか》うまつる人の中に心確《こころたし》かなるを選びて、小野《をの》のふさもりといふ人をつけてつかはす。持《も》て到《いた》りて、かの唐土《もろこし》にをる王けいに金《かね》をとらす。王けい、文をひろげて見て、返《かへ》りごと書く。

「火鼠《ひねずみ》の皮衣《かはぎぬ》、この国になき物なり。音《おと》には聞けども、いまだ見ぬ物なり。世《よ》にある物ならば、この国にも持《も》てまうで来《き》なまし。いと難《かた》き

交易《あきなひ》なり。しかれども、もし、天竺《てんぢく》に、たまさかに持《も》て渡《わた》りなば、もし長者《ちやうじや》のあたりにとぶらひ求めむに。なきものならば、使《つかひ》にそへて金《かね》をば返したてまつらむ」

といへり。

かの唐船来《き》けり。小野のふさもりまうで来て、まう上《のぼ》るといふことを聞きて、歩《あゆ》み疾《と》うする馬をもちて走らせ迎へさせたまふ時に、馬に乗《の》りて、筑紫《つくし》より、ただ七日にまうで来たる。文《ふみ》を見るに、いはく、

「火鼠の皮衣、からうじて人をいだして求めて奉《たてまつ》る。今の世にも昔の世にも、この皮は、たやすくなき物なりけり。昔、かしこき天竺の聖《ひじり》、この国に持て渡りてはべりける、西《にし》の山寺にありと聞きおよびて、朝《おほ》廷《やけ》に申して、からうじて買ひ取りて奉る。価《あたひ》の金少《かねすくな》しと、国司《こくし》、使に申ししかば、王けいが物くはへて買ひたり。いま、金《かね》五十両賜《たま》はるべし。船の帰らむにつけて賜《た》び送れ。もし、金《かね》賜はぬものならば、かの衣《ころも》の質《しち》、返《かへ》したべ」

といへることを見て、「なに仰《おほ》す。いま、金すこしにこそあなれ。嬉《うれ》しく

してをこせたるかな」とて、唐土の方《かた》に向《むか》ひて、伏《ふ》し拝《をが》みたまふ。

この皮衣《かはぎぬ》入れたる箱を見れば、くさぐさのうるはしき瑠璃《るり》を色《いろ》へて作れり。皮衣を見れば、金青《こんじやう》の色なり。毛の末《すゑ》には、金《こがね》の光《ひかり》し輝《かかや》きたり。宝《たから》と見え、うるはしきこと、ならぶべき物なし。火に焼けぬことよりも、けうらなることかぎりなし。

「うべ、かぐや姫好《この》もしがりたまふにこそありけれ」とのたまひて、「あな、かしこ」とて、箱に入れたまひて、物の枝につけて、御身の化粧《けさう》いといたくして、やがて泊《とま》りなむものぞとおぼして、歌よみくはへて、持《も》ちていましたり。その歌は、

かぎりなき思ひに焼けぬ皮衣袂《かはごろもたもと》かわきて今日《けふ》こそは着《き》め

といへり。

㈡ 火鼠《ひねずみ》の皮衣《かわぎぬ》、あっけなく燃える

右大臣は、かぐや姫の家の門にその宝物を持って行って、立っている。竹取の翁《おきな》が出てきて、それを受け取って、かぐや姫に見せる。かぐや姫が、皮衣を見て、言うには、「りっぱな皮のようですね。でも、これがほんとうの火鼠の皮だという証拠はとくにありません」。竹取の翁が答えて言うには、「とにかく、まず大臣を招き入れてさしあげましょう。この世においては見ることができぬ皮衣のようですから、これを本物だと思いなされ。あの方をあまり困らせ申しあげなさいますな」と言って、右大臣を招き入れ、お席をおすすめした。

このように席にすわらせて、「今度はかならず結婚することになろう」と嫗《おうな》も、翁と同じく心に思っている。この翁は、かぐや姫が独り身であることを、嘆かわしく思っていたので、りっぱな人と結婚させようと思いはかるのだが、きつく「いやだ」と言うため、強《し》いることができずにいるので、この期待も当然である。

かぐや姫が翁に言うことに、「この皮衣を、火にくべて焼いても、焼けなければ、そのときこそ、『本物の火鼠の皮衣だろう』と思って、あの方のお言葉にも従いましょう。あなたは『この世にまたとない物で、くらべようがないから、それを疑うことなく本物だと思おう』とおっしゃる。でも、やはり、これを焼いて、本物かどうか確かめてみたいと私は思うのです」と言う。

翁は、「それも、もっともな言い分だ」と言って、大臣に、「姫がかように申しています」と言う。大臣が答えて言うには、「この皮は、唐土《もろこし》にもなかったのを、やっとのことでさがし出して手に入れた物です。なんの疑いがございましょうか」。翁、「私もそうとは申したのですが、とにかく早く焼いてごらんください」と言うので、火の中にくべてお焼かせになったところ、めらめらと焼けてしまう。「こうなったのですから、やはり偽物《にせもの》の皮なのですね」と翁は言う。大臣は、これをご覧になって、顔は草の葉のように青ざめた色になって、すわっていらっしゃる。かぐや姫のほうは、「ああ、うれしい」と喜んでいる。

先刻、大臣がお詠みになった歌の返歌を、皮衣が入れてあった箱に入れて、返す。

名残《なご》りなく燃ゆと知りせば皮衣《かはごろも》思ひのほかにおきて見ましを

——あとかたもなく燃えるとわかっていたなら、この皮衣など問題にしませんでしたのに……。焼いたりせずに火の外に置いて見ていましたでしょうに……

と返歌が書いてあった。そこでしかたなく、大臣はお帰りになったのである。

世間の人々は、「阿倍《あべ》の大臣が火鼠の皮衣を持っていらっしゃって、かぐや姫と結婚なさるということだな。ここにおいでになるのか」などと問う。仕えている人が言うには、「皮は、火にくべて焼いてみたところ、めらめらと焼けてしまったので、結局、かぐや姫は結婚なさらなかったのだ」と言ったのであるが、これを聞いてから、遂行できなくてがっかりというような場合を、「阿倍《あべ》」にちなんで、「あへ（え）なし」と言うようになったのである。

——家《いへ》の門《かど》に持《も》て到《いた》りて、立てり。たけとりいで来《き》て、取り入れて、かぐや姫に見す。かぐや姫の、皮衣《かはぎぬ》を見て、いはく、「うるはしき皮なめり。わきてまことの皮ならむとも知らず」。たけとり、答へていはく、「とまれかくまれ、まづ請《しやう》じ入れたてまつらむ。世の中に見えぬ皮衣のさまなれば、これをと思ひたまひね。人ないたくわびさせたてまつらせたまひそ」といひて、呼《よ》び据《す》ゑたてまつれり。

かく呼び据ゑて、このたびはかならずあはむと嫗《おうな》の心にも思ひをり。この翁《おきな》は、かぐや姫のやもめなるを嘆《なげ》かしければ、よき人にあはせむと思ひはかれど、せちに、「否《いな》」といふことなれば、えしひねば、理《ことわり》なり。

かぐや姫、翁にいはく、「この皮衣は、火に焼かむに、焼けずはこそ、まことならめと思ひて、人のいふことにも負けめ。『世《よ》になき物なれば、それをまことと疑ひなく思はむ』とのたまふ。なほ、これを焼きて試《こころ》みむ」といふ。

翁、「それ、さもいはれたり」といひて、大臣に、「かくなむ申す」といふ。大臣答《こた》へていはく、「この皮は、唐土《もろこし》にもなかりけるを、からうじて求め尋《たづ》ね得たるなり。なにの疑ひあらむ」。「さは申すとも、はや焼きて見たまへ」といへば、火の中にうちくべて焼かせたまふに、めらめらと焼けぬ。「さればこそ、異物《こともの》の皮なりけり」といふ。大臣、これを見たまひて、顔は草の色にてゐたまへり。かぐや姫は、「あな、嬉《うれ》し」とよろこびてゐたり。

かのよみたまひける歌の返し、箱に入れて、返す。

名残《なご》りなく燃ゆと知りせば皮衣《かはごろも》思ひのほかにおきて見ましを

とぞありける。されば、帰りいましにけり。

世の人々、「阿倍《あべ》の大臣、火鼠《ひねずみ》の皮衣《かはぎぬ》持ていまして、かぐや姫にすみたまふとな。ここにやいます」など問《と》ふ。ある人のいはく、「皮は、火にくべて焼きたりしかば、めらめらと焼けにしかば、かぐや姫あひたまはず」といひければ、これを聞きてぞ、とげなきものをば、「あへなし」といひける。

大《おお》伴《とも》の大納言と龍《たつ》の頸《くび》の玉

一 大《おお》伴《とも》御《み》行《ゆき》、龍の頸の玉を取れと命ずる

大伴御行《おおとものみゆき》の大納言は、自分の家にいるありったけの人を集めて、おっしゃるのに、「龍《たつ》の頸《くび》に、五色《ごしき》の光を放つ玉があるということだ。それを取って献上する人には、願いごとをかなえてやろう」とおっしゃる。

家来たちが、ご命令をうけたまわって申しあげるには、「ご命令は、まったく尊重すべきことと存じます。ただし、この玉は簡単には取ることのできぬものですが……。まして、龍の頸にある玉なのですからどうして取れましょうか」と口々に申しあげる。

大納言のおっしゃるには、「主君に派遣されている者は、命を捨ててでも、みずから

の主君の命令をかなえようと思うべきだ。この日本にない物ではない、まして天竺《てんじく》や唐《もろ》土《こし》の物でもない。龍は、この日本の海や山から、昇り降りするものなのだ。おまえたちは、どう思ってそれを困難だと申すのか」。家来たちが申しあげるには、「そのご命令とあらば、どうしようもございません。たとえ困難であっても、ご命令に従って、さがし求めに行きましょう」と申しあげると、大納言は、ご機嫌がなおって、「おまえたちは、主君の家来として、世間に知られている。その主君の命令に、どうしてそむけようか」とおっしゃって、龍の頸の玉を取るために、家来たちを出発させなさる。この家来たちの道中の糧物《りょうもつ》、すなわち食物のほかに、お邸《やしき》にある絹、綿《わた》、銭《ぜに》などを、あるだけすべて取り出して、持たせておやりになる。

「この連中が帰るまで、私は斎戒沐浴《さいかいもくよく》（精進潔斎）していよう。この玉を取ることができなければ、家に帰ってくるな」とおっしゃるのである。各自、ご命令を拝誦《はいしょう》して出発した。

しかし、それは表向き、「龍の頸の玉を取ることができなければ帰ってくるな」と、おっしゃっているので、「どっちでもよい、足の向いた方へ行ってしまおう」とか、「こんな物好きなことをなさって！」とか、文句を言いあっている。下賜《かし》されたものは、おのおので分けて取る。そして、ある者は自分の家に籠居《ろうきょ》し、ある者は自分が行きたい所へ行ってしまう。「親や主君とは申しても、こんな不都合なご命令は……」と、事が事で、簡単に運ばぬゆえに、大納言をそしりあっている。

「かぐや姫を妻に据えるには、ふだんのままでは見苦しい」と大納言はおっしゃって、りっぱな建物をお造りになって、漆《うるし》を塗り、蒔絵《まきえ》をもって壁をお造りになり、建物の上には、糸を染めていろいろの色彩に葺《ふ》かせ、屋内のしつらいは、言葉で言いあらわせないほど豪華な綾織物《あやおりもの》に絵を描いて、柱と柱の間すべてに張ってある。前からいた妻たちは別居させて、かぐや姫とかならず結婚しようと考え、準備して、一人で生活していらっしゃる。

大伴御行《おほとものみゆき》の大納言は、我《わ》が家にありとある人集めて、のたまはく、「龍《たつ》の頸《くび》に、五色《ごしき》の光ある玉あなり。それを取りて奉《たてまつ》りたらむ人には、願《ねが》はむことをかなへむ」とのたまふ。

男《をのこ》ども、仰《おほ》せのことをうけたまはりて申さく、「仰せのことは、いとも尊《たふと》し。ただし、この玉、たはやすくえ取らじを。いはんや、龍の頸に玉はいかが取らむ」と申しあへり。

大納言ののたまふ、「君《きみ》の使《つかひ》といはむ者は、命《いのち》を捨《す》てても、おのが君の仰せごとをばかなへむとこそ思ふべけれ。この国になき、天竺《てんぢく》、唐土《もろこし》の物にもあらず。この国の海山より、龍は下《お》り上《のぼ》るものなり。いかに思ひてか、汝《なんぢ》ら難《かた》きものと申すべき」。男《をのこ》ども申すやう、「さらば、いかがはせむ。難きものなりとも、仰せごとに従ひて、求めにまからむ」と申すに、大納言、御腹《みはら》ゐて、「汝ら、君の使と名を流しつ。君の仰せごとをば、いかがはそむくべき」とのたまひて、龍の頸の玉取りにとて、いだし立てたまふ。この人々の道の糧《かて》、食物《くひもの》に、殿《との》の内《うち》の絹《きぬ》、綿《わた》、銭《ぜに》など、あるかぎり取りいでて、そへて、つかはす。

「この人々ども帰るまで、斎《いも》ひをして、我はをらむ。この玉取り得《え》では、家に帰り来《く》な」とのたまはせけり。各々《おのおの》、仰《おほ》せうけたまはりてまかりぬ。「龍の頸の玉取り得ずは帰り来《く》な」と、のたまへば、「いづちもいづちも、足の向《む》きたらむ方《かた》へ往《い》なむず」、「かかるすき事《ごと》をしたまふこと」とそしりあへり。賜《たま》はせたる物、各々《おのおの》、分《わ》けつつ取る。あるいは己《おの》が家に籠《こも》りゐ、あるいは己《おの》が行《ゆ》かまほしき所へ往《い》ぬ。「親《おや》、君《きみ》と申すとも、かくつきなきことを仰せたまふこと」と、事ゆかぬ物ゆゑ、大納言をそしりあひたり。

「かぐや姫据《す》ゑむには、例《れい》のやうには見にくし」とのたまひて、うるはしき屋《や》を作りたまひて、漆《うるし》を塗《ぬ》り、蒔絵《まきゑ》して壁《かべ》したまひて、屋の上には糸を染《そ》めて色々《いろいろ》に葺《ふ》かせて、内々《うちうち》のしつらひには、いふべくもあらぬ綾織物《あやおりもの》に絵《ゑ》をかきて、間毎《まごと》に張《は》りたり。元《もと》の妻《め》どもは、かぐや姫をかならずあはむまうけして、ひとり明かし暮《く》らしたまふ。

二 大納言みずから海上に出て大難にあう

派遣した家来は、大納言が夜も昼も待っていらっしゃるのに、年を越すまで連絡してこない。大納言は待ちどおしくなって、たいそう人目を忍んで、舎人《とねり》（朝廷から貴人に賜う雑用係）ただ二人を召継《めしつ》ぎとして連れて、人目にたたぬ服装に身をおやつしになり、難波《なにわ》のあたりにいらっしゃって、お尋ねになることには、「大伴《おおとも》の大納言邸の家来が、船に乗って、龍《たつ》を殺して、その頸《くび》にある玉を取ったとは聞かないかね」と問わせなさると、船人《ふなびと》が答えて言うには、「ふしぎなお言葉ですね」と笑って、「そのようなことをする船はまったくありません」と答えると、大納言は、「ばかなことを言う船人だなあ。何も知らないであんなことを言っている」とお思いになって、「私の弓の力からすれば、龍がいたら、さっと射殺《いころ》して、頸の玉を取ってしまえるだろう。おくれてやってくる家来どもなど、待つまい」とおっしゃって、船に乗り、龍をさがしにあちこちの海をおまわりになるうちに、たいそう遠いことだが、筑紫《つくし》の方の海にまで漕《こ》ぎ出しなさった。

ところが、どうしたことか、疾風《はやて》が吹きだし、あたり一面暗くなって、船を翻弄《ほんろう》する。どちらの方角ともわからず、ただもう海の中に没してしまうほどに風が船をきりきり舞いさせ、波は幾度も船にうちかかって海中に巻き入れんばかりになり、雷《かみなり》は落ちかかるようにひらめきかかるので、大納言は当惑して、「こんな苦しい目に遭ったことは、まだない。どうなるのだ」とおっしゃる。

船頭が答えて申すには、「長い間、船に乗ってあちこち参りましたが、いままでこんな苦しい目に遭ったことはありません。お船が海の底に沈没しなければ、雷が落ちかかってくるにちがいありません。万一、幸いに神の助けがあるならば、南海に吹かれて漂着なさるでしょう。情けない主人のおそばにお仕え申しあげて、不本意な死に方をしなければならぬようですよ」と船頭が泣く。

大納言が、これを聞いて、おっしゃるには、「船に乗ったときは、船頭の申すことだけを、高き山のようにゆるぎなきものとして頼りにするものなのに、どうして、こんなに頼りないことを申すのか」と青反吐《あおへど》を吐きつつおっしゃる。船頭が答えて申しあげるには、「私は神ではないのだから、どんなことをしてさしあげられましょうか。風吹き、浪《なみ》激しく、そのうえ、雷まで頭の上に落ちかかるようなのは、ふつうではなく、龍を殺そうとさがしていらっしゃるから、こうなっているのです。疾風《はやて》も龍が吹かせているのです。はやく、神様にお祈りなさってくだされ」と言う。

大納言は、「それはよいことだ」とおっしゃって、「船頭がお祭りする神様、お聞きください。ばかばかしく心幼く龍を殺そうと私は思ったことでした。いまからのちは、龍の毛一本すら動かし奉ることはありますまい」と、誓願の詞《ことば》を放って、立ったり、すわったり、泣きながら神様に呼びかけなさることを、千度ほども申しあげなさった効果があったのだろうか、やっとのことで雷が鳴りやんだ。しかし、まだ少し光って、風は、やはりはやく吹いている。船頭が言うには、「やはりこれは、龍のしわざであったのだ。いま吹いてきた風は、よい方向へ吹く風だ。悪い方向へ吹く風ではない。南海ではなく、よい方向へ向って吹いているようだ」と言うが、大納言は、この言葉もお耳にお入れにならない。

三、四日順風が吹いて、船を陸地に吹き返し寄せた。船頭が浜を見ると、なんと、それは播磨《はりま》（兵庫県西部）の明石《あかし》の海岸であった。大納言は、これは南海の浜に吹き寄せられたのであろうと思い、息もあらく、はいつくばっておられる。船に乗っていた家来たちが、国府《こくふ》（国司の役所）に告げたけれども、また、国司の播磨の守《かみ》がお見舞にやってきたのにも、起き上がることがおできにならないで、船底に寝ていらっしゃる。

松原に御むしろを敷いて、船からおろし申しあげる。そのときになって、「南海ではなかったのだよ」と思い、やっとのことで起き上がりなさったのを見ると、風病《ふうびょう》にひどくかかった人のようになり、腹はたいそうふくれ、こちらとあちらの目は、李《すもも》を二つつけたように真っ赤になっている。このさまを拝見して、国司も、さすがににやにやしている。

――

つかはしし人は、夜昼《よるひる》待ちたまふに、年越《としこ》ゆるまで、音もせず。心もとながりて、いと忍びて、ただ舎人《とねり》二人、召継《めしつぎ》として、やつれたまひて、難《なに》波《は》の辺《へん》におはしまして、問ひたまふことは、「大伴《おほとも》の大納言殿《だいなごんどの》の人や、船に乗りて、龍《たつ》殺して、そが頸《くび》の玉取れるとや聞く」と、問はするに、船人《ふなびと》、答へていはく、「あやしき言《こと》かな」と笑ひて、「さるわざする船もなし」と答ふるに、「をぢなきことする船人にもあるかな。え知らで、かくいふ」と思《おぼ》して、「わが弓の力は、龍あらば、ふと射殺《いころ》して、頸の玉は取りてむ。遅く来る奴《やつ》ばらを待たじ」とのたまひて、船に乗りて、海ごとに歩《あり》きたまふに、いと遠くて、筑紫《つくし》の方《かた》の海に漕《こ》ぎいでたまひぬ。

いかがしけむ、疾《はや》き風吹きて、世界暗《くら》がりて、船を吹きもて歩《あり》く。いづれの方《かた》とも知らず、船を海中《うみなか》にまかり入《い》りぬべく吹き廻《まは》して、浪《なみ》は船にうちかけつつ巻き入れ、雷《かみ》は落ちかかるやうにひらめきかかるに、大納言心惑《こころまと》ひて、「まだ、かかるわびしき目《め》、見ず。いかならむとするぞ」とのたまふ。

楫取《かぢとり》答へて申す、「ここら船に乗りてまかり歩《あり》くに、まだかかるわびしき目を見ず。御船《みふね》海の底に入らずは、雷《かみ》落ちかかりぬべし。もし、幸《さいはひ》に神の助けあらば、南海に吹かれおはしぬべし。うたてある主《ぬし》の御許《みもと》に仕《つか》うまつりて、すずろなる死《し》にをすべかめるかな」と、梶取泣く。

大納言、これを聞きて、のたまはく、「船に乗りては、梶取の申すことをこそ高き山と頼め、など、かくたのもしげなく申すぞ」と、青《あを》へとをつきてのたまふ。梶取答へて申す、「神ならねば、何《なに》わざをか仕うまつらむ。風吹き、浪《なみ》激しけれども、雷《かみ》さへ頂《いただき》に落ちかかるやうなるは、龍《たつ》を殺さむと求めたまへばあるなり。疾風《はやて》も、龍《りゅう》の吹かするなり。はや、神に祈りたまへ」といふ。

「よきことなり」とて、「梶取の御神聞《きこ》しめせ。をぢなく、心幼く、龍《たつ》を殺さむと思ひけり。今より後《のち》は、毛《け》の一筋《ひとすぢ》をだに動かしたてまつらじ」と、よごとをはなちて、立ち、居《ゐ》、泣く泣く呼《よ》ばひたまふこと、千度《ちたび》ばかり申したまふ験《げん》にやあらむ、やうやう雷《かみ》鳴りやみぬ。少し光りて、風は、なほ疾《はや》く吹く。梶取のいはく、「これは、龍《たつ》のしわざにこそありけれ。この吹く風は、よき方《かた》の風なり。悪《あ》しき方の風にはあらず。よき方に面《おも》向きて吹くなり」といへども、大納言は、これを聞き入れたまはず。

三四日吹きて、吹き返し寄せたり。浜を見れば、播磨《はりま》の明石《あかし》の浜なりけり。大納言、南海の浜に吹き寄せられたるにやあらむと思ひて、息づき臥《ふ》したまへり。船にある男《をのこ》ども、国に告げたれども、国《くに》の司《つかさ》まうでとぶらふにも、え起きあがりたまはで、船底《ふなぞこ》に臥《ふ》したまへり。松原に御筵《おほんむしろ》敷きて、おろしたてまつる。その時にぞ、南海にあらざりけりと思ひて、からうじて起きあがりたまへるを見れば、風《かぜ》いと重き人にて、腹《はら》いとふくれ、こなたかなたの目には、李《すもも》を二つつけたるやうなり。これを見たてまつりてぞ、国の司も、ほほゑみたる。

三 大納言、かぐや姫を断念し家来たちを許す

国府に命令を発し、手輿《たごし》（前後二人で運ぶ輿）をお作らせになって、うめきうめき荷《にな》われて、家にお入りになるのを、どのようにして聞いたのだろうか、先に大納言の命《めい》で龍《たつ》の頸《くび》の玉を取りに派遣された家来たちが帰参して申しあげるには、「龍の頸の玉を取ることができなかったので、お邸《やしき》へも帰参できませんでした。しかし、いまは、玉を取ることが困難なことをお知りになったので、おとがめもあるまいと存じ、帰参いたしま

した」と申しあげる。

大納言が起き上がりすわって、おっしゃるには、「おまえたち、龍の頸の玉をよくぞ持ってこなかった。龍は空に鳴る雷と同類であったぞ。その玉を取ろうとして、たくさんの人々が殺されようとしたのである。まして、龍を捕えたりしようものなら、また、問題なく私は殺されていただろう。おまえたちも、よく捕えずにおいてくれたことだ。かぐや姫という大悪党めが、人を殺そうとして、こんな難題を出したのだった。もう今後は、やつの邸のあたりすらも通るまい。家来どもも、あのあたりを歩いてはならぬ」とおっしゃって、家に少し残っていた財産などは、龍の玉を取らなかった功労者たちにお与えになった。

これを聞いて、離別なさった元の奥方《おくがた》は、腹わたがちぎれるほどにお笑いになる。あの、糸を葺《ふ》かせて作ったきれいな屋形《やかた》は、鳶《とび》や烏《からす》が、巣を作るために、みなくわえて持って行ってしまったのである。

世間の人が言うことには、「大伴《おおとも》の大納言は、龍の頸の玉を取っていらっしゃったのか」、「いや、そうではない。御眼《みまなこ》二つに、李《すもも》のような玉をつけていらっしゃったよ」と言うと、「ああ、その李は食べがたい」と言ったことから、世間の道理に合わぬ、常識はずれのことを「あな、堪へ（え）がた」と言いはじめたのである。

国に仰《おほ》せたまひて、手輿《たごし》作らせたまひて、によふによふ荷《にな》はれて、家に入《い》りたまひぬるを、いかでか聞きけむ、つかはしし男《をのこ》ども参りて申すやう、「龍《たつ》の頸《くび》の玉《たま》をえ取らざりしかばなむ、殿《との》へもえ参らざりし。玉の取り難《がた》かりしことを知りたまへればなむ、勘当《かんだう》あらじとて参りつる」と申す。

大納言《だいなごん》起きゐて、のたまはく、「汝《なんぢ》ら、よく持《も》て来《こ》ずなりぬ。龍は鳴る雷《かみ》の類《るい》にこそありけれ、それが玉を取らむとて、そこらの人々の害《がい》せられむとしけり。まして、龍を捕へたらましかば、また、こともなく我は害せられなまし。よく捕へずなりにけり。かぐや姫てふ大盗人《おほぬすびと》の奴《やつ》が人を殺さむとするなりけり。家のあたりだにいまは通らじ。男ども、な歩《あり》きそ」とて、家にすこし残りたりける物どもは、龍の玉を取らぬ者どもに賜《た》びつ。

これを聞きて、離れたまひし元《もと》の上《うへ》は、腹を切りて笑ひたまふ。糸を葺《ふ》かせ作りし屋《や》は、鳶《とび》、烏《からす》の、巣に、みな食《く》ひ持《も》ていにけり。

世界の人のいひけるは、「大伴《おほとも》の大納言は、龍の頸の玉や取りておはしたる」、「いな、さもあらず。御眼《みまなこ》二つに、李のやうなる玉をぞ添《そ》へていましたる」といひければ、「あな、たべがた」といひけるよりぞ、世にあはぬことをば、「あな、たへがた」とはいひはじめける。

石《いその》上《かみ》の中納言と燕《つばくらめ》の子《こ》安《やす》貝《がい》

一 石上の中納言、燕の子安貝を取らんと計画

中納言石上麿足《いそのかみのまろたり》が、その家に使われている家来たちのもとに、「燕《つばくらめ》が、巣を作ったら知らせよ」とおっしゃるのを、家来たちはうけたまわって、「何にお使いになるのですか」と申しあげる。中納言が答えておっしゃるには、「燕が持っている子安貝《こやすがい》を取ろうとするためである」とおっしゃる。

家来たちが答えて申しあげる、「燕をたくさん殺して見るときでさえ、子安貝は腹の中にはないものです。ただ、子を産むときには、どのようにして出すのでございましょうか、子安貝があるようでございます」と申しあげる。また、「人がすこしでも見れば、

なくなってしまいます」とも申しあげる。

また、他の人が申しあげるには、「大炊寮《おおいづかさ》（宮中の米の管理を司《つかさど》る役所）の飯《めし》を炊《た》く建物の棟《むね》にある、束柱《つかばしら》（梁《はり》と棟木の間に立てる小さな柱）の穴ごとに、燕は巣を作っております。そこに、忠実だと思われる家来たちを連れて行って、足場を高く組み、そこに上げてのぞかせれば、たくさんの燕が子を産んでいるはずです。そのようにして、はじめて取らせることがおできになりましょう」と申しあげる。

中納言はお喜びになって、「おもしろい発言だなあ。すこしも知らなかったよ。すばらしいことを言ってくれた」とおっしゃって、忠実な家来たち二十人ほどを大炊寮につかわして、高い足場の上にのぼらせておかれた。

さて、中納言は御殿から、使者をひっきりなしに派遣されて、「子安貝は取ったか」とお聞かせになる。燕も、人が多数のぼっているのをこわがって、巣にも上がってこない。このような次第の返事を中納言に申しあげたところ、お聞きになられて、「どうしたらよいだろう」とお悩みになっているときに、その大炊寮の官人で、くらつまろという名の翁《おきな》が申しあげるには、「子安貝を取ろうとお思いならば、作戦をさしあげましょう」と言って、御前に参上したので、中納言は、身分差をこえて直接お会いになり、額《ひたい》を合せるようにして対面なさった。

くらつまろが申すには、「いまの燕の子安貝の取り方は、まずい作戦で取っていらっしゃるようです。これでは、お取りになれないでしょう。高い足場に、仰々《ぎょうぎょう》しく二十人もの人がのぼっていますから、燕は遠のき、そばへ寄ってこないのです。私がお教えする、なさるべき方法は、この高い足場を壊し、人もみな退《しりぞ》いて、忠実だと思われる人、一人を、荒籠《あらこ》（粗く編んだ籠《かご》）に乗せてすわらせ、すぐに綱をつりあげることができるように準備しておいて、鳥が子を産もうとしている間に、綱をつりあげさせて籠《こ》を上にあげて、さっと子安貝をお取らせになるのがよいでしょう」と申しあげる。中納言がおっしゃるには、「たいへんよい方法だ」とおっしゃって、高い足場をこわし、家来の人々は、みなお邸《やしき》へ帰ってきた。

中納言が、くらつまろにおっしゃるには、「燕は、いったいどのようなときに子を産むと判断して、人を上にあげたらよいのか」とおっしゃる。くらつまろが申しあげるには、「燕が子を産もうとするときは、尾をさしあげ、七度まわって、卵を産み落とすようです。ですから、そのようにして七度まわるときに、綱のついた荒籠を引きあげて、その瞬間に、子安貝をお取らせなさいませ」と申しあげる。中納言は、お喜びになって、多くの人にはお知らせにならないで、ひそかに大炊寮に出かけられて、家来たちの中にまじって昼夜兼行で、お取らせになる。

中納言は、くらつまろがこのように申しあげたのを、ほんとうにひどくお喜びになって、おっしゃるには、「私の邸で使われている人でもないのに、願いをかなえてくれるのは、ほんとうにうれしい」とおっしゃって、みずから着ておられたご衣装を脱いで褒美としてお与えになった。そして、「もう一度、夜になったころ、この大炊寮に出頭せよ」とおっしゃって、家へお帰しになる。

中納言石上麿足《ちゅうなごんいそのかみのまろたり》の、家に使はるる男《をのこ》どものもとに、「燕《つばくらめ》の、巣《す》くひたらば告げよ」とのたまふを、うけたまはりて、「何《なに》の用《よう》にかあらむ」と申す。答へてのたまふやう、「燕の持《も》たる子安貝《こやすがひ》を取らむ料《れう》なり」とのたまふ。

男ども答へて申す、「燕をあまた殺して見るだにも、腹《はら》になき物なり。ただし、子をうむ時なむ、いかでかいだすらむ、侍《はべ》んなる」と申す。「人だに見れば、失《う》せぬ」と申す。

また、人の申すやう、「大炊寮《おほひづかさ》の飯炊《いひかし》く屋《や》の棟《むね》に、つかの穴ごとに、燕は巣をくひはべる。それに、まめならむ男ども率《ゐ》てまかりて、足座《あぐら》を結ひあげて、うかがはせむに、そこらの燕《つばくらめ》子うまざらむやは。さてこそ取らしめたまはめ」と申す。

中納言よろこびたまひて、「をかしきことにもあるかな。もつともえ知らざりけり。興《きよう》あること申したり」とのたまひて、まめなる男ども二十人ばかりつかはして、麻柱《あななひ》にあげ据《す》ゑられたり。

殿《との》より、使《つかひ》ひまなく賜《たま》はせて、「子安《こやす》の貝《かひ》取りたるか」と問はせたまふ。燕も、人のあまたのぼりゐたるに怖《お》ぢて巣にものぼり来《こ》ず。かかる由《よし》の返《かへ》りごとを申したれば、聞きたまひて、「いかがすべき」と思《おぼ》しわづらふに、かの寮《つかさ》の官人《くわんにん》くらつまろと申す翁《おきな》申すやう、「子安貝《こやすがひ》取らむと思《おぼ》しめさば、たばかりまうさむ」とて、御前《おほんまへ》に参りたれば、中納言、額《ひたひ》を合せて向ひたまへり。

くらつまろが申すやう、「この燕の子安貝は、悪《あ》しくたばかりて取《と》らせたまふなり。さては、え取らせたまはじ。麻柱《あななひ》におどろおどろしく二十人の人ののぼりてはべれば、あれて寄りまうで来《こ》ず。せさせたまふべきやうは、この麻柱をこほちて、人みな退《しりぞ》きて、まめならむ人一人を、荒籠《あらこ》に乗《の》せ据《す》ゑて、綱《つな》を構へて、鳥の子うまむ間《あひだ》に、綱を吊《つ》り上《あ》げさせて、ふと子安貝を取らせたまはむなむ、よかるべき」と申す。中納言のたまふやう、「いとよきことなり」とて、麻柱をこほち、人みな帰りまうで来《き》ぬ。

中納言、くらつまろにのたまはく、「燕《つばくらめ》は、いかなる時にか子うむと知りて、人をば上《あ》ぐべき」とのたまふ。くらつまろ申すやう、「燕《つばくらめ》子うまむとする時は、尾を捧《ささ》げて、七度《しちど》めぐりてなむうみ落とすめる。さて七度めぐらむをり、引きあげて、そのをり、子安貝は取らせたまへ」と申す。中納言よろこびたまひて、よろづの人にも知らせたまはで、みそかに寮《つかさ》にいまして、男《をのこ》どもの中にまじりて、夜《よる》を昼《ひる》になして取らしめたまふ。

くらつまろのかく申すを、いといたくよろこびて、のたまふ、「ここに使はるる人にもなきに、願ひをかなふることのうれしさ」とのたまひて、御衣《みぞ》ぬぎてかづけたまうつ。「さらに、夜《よ》さり、この寮にまうで来《こ》」とのたまうて、つかはしつ。

二 中納言みずから子安貝《こやすがい》を取ろうとして失敗

日が暮れたので、中納言は例の大炊寮《おおいづかさ》にいらっしゃって、ご覧になると、ほんとうに燕《つばめ》が巣を作っている。くらつまろが申しあげたように、尾を上へあげてまわっているので、荒籠《あらこ》に家来を乗せ、綱でつりあげさせて、その家来に命じ、燕の巣に手を差し入れさせてさぐらせたが、「何物もありません」と申しあげるので、中納言は、「さぐり方が悪いから、ないのだ」と腹を立て、「私以外のだれが、わかろうか……」と言い、「私がのぼってさぐろう」とおっしゃって、籠《かご》に乗り、綱でつりあげられて、巣の中をのぞきなさると、燕が尾を上へあげて、ひどくぐるぐるまわっている、それに合せて、手を差し出しておさぐりになると、手に平たい物がさわった、その瞬間、「わしは何かを握った。もうおろしてくれ。やったぜ、じいさん」とおっしゃるので、家来たちが、集まって早くおろそうとして、綱を引っぱりすぎて綱がなくなった瞬間に、八島《やしま》の鼎《かなえ》（大炊寮にあって、大八島《おおやしま》、つまり日本を代表する竈《かまど》の神を祀《まつ》る八つの鼎。「鼎」は煮炊きするための金属製の器）の上に、あおむけにお落ちになった。

人々はあきれて、そばに寄って、抱きかかえ申しあげる。見ると、中納言は御目《め》は白《しろ》目《め》の状態で倒れていらっしゃる。家来たちが、水をすくい入れて飲ませてさしあげる。やっとのことで生き返られたので、また、鼎の上から、手とり足とりして、下げおろし申しあげる。「ご気分はいかがでございますか」と問うと、やっとのことで、虫の息で、「意識はすこしあるが、腰が動かない。しかし、子安貝《こやすがい》をさっと握って、そのまま持っているから、うれしく思っているのだ。まず、とにかく紙燭《しそく》をつけてこい。この貝の顔を見よう」と、御頭《かしら》をもたげて、御手を広げなさると、それは子安貝ではなく燕がもらしてそのままあった古糞《ふるくそ》を握っていらっしゃるのであった。

中納言はこれをご覧になって、「ああ、かひ（貝《かい》）がないことだ」とおっしゃったときから、期待に反することを、「かひ（い）なし」と言うのである。

貝ではないと、それをご覧になったゆえに、いまではご気分もずっと悪くなり、唐櫃《からびつ》の蓋《ふた》をぴったりと合せることができないように、御腰は折れたままで、うまくつながらない。中納言は、子供っぽいことをして求婚の結末がついたことを、人に聞かせまいとなさっていたが、結局それが病《やまい》のもとになって、たいそう弱りなさったのである。

貝を取ることができなくなったことよりも、他人がこの話を聞いて笑うであろうことを、日がたつにつれてだんだんと気になさるようになったので、ただふつうに病気で死んでしまうよりも、外聞《がいぶん》が恥ずかしいとお感じになるのであった。

このようすを、かぐや姫が聞いて、お見舞に送る歌、

年を経《へ》て浪《なみ》立ちよらぬ住《すみ》の江《え》のまつかひなしと聞くはまことか

——長らく、お立ち寄りにもなりませんが、貝がなかったので、私のほうも、住の江の松ならぬ待つ甲斐《かい》がないという噂《うわさ》ですが、ほんとうでしょうか

と書いてあるのを、おそばの者が読んで聞かせる。

中納言は、たいそう心は弱っていたが、頭をもたげて、人に紙を持たせて、苦しい気分のままで、やっとのことで返歌をお書きになる。

かひはかくありけるものをわびはてて死ぬる命《いのち》をすくひやはせぬ

——貝はなかったけれども、あなたにお手紙をいただいて、甲斐はこのように、まさしくありましたよ。この「甲斐《かい》」ならぬ「匙《かい》」によって、苦しみがきわまって死ぬ私の命をすくってくださらないのですか

と書き終るやいなや、絶命してしまわれた。

これを聞いて、かぐや姫は、すこし気の毒にお思いになった。そのことから、すこしうれしいことを「甲斐あり」と言うようになったのである。

日暮《ひく》れぬれば、かの寮《つかさ》におはして見たまふに、まことに燕《つばくらめ》巣つくれり。くらつまろの申すやうに尾浮《う》けてめぐるに、荒籠《あらこ》に人をのぼせて、吊り上げさせて、燕の巣に手をさし入《い》れさせてさぐるに、「物もなし」と申すに、中納言、「悪《あ》しくさぐれば、なきなり」と腹立《はらた》ちて、「誰《たれ》ばかりおぼえむに」とて、「我のぼりてさぐらむ」とのたまひて、籠《こ》に乗りて、吊られのぼりてうかがひたまへるに、燕《つばくらめ》尾をささげて、いたくめぐるに合せて、手をささげてさぐりたまふに、手に平《ひら》める物さはる時に、「我、物《もの》にぎりたり。今はおろしてよ。翁《おきな》、し得たり」とのたまへば、集りて、とくおろさむとて、綱《つな》を引きすぐして綱絶《た》ゆるすなはちに、やしまの鼎《かなへ》の上に、のけざまに落ちたまへり。

人々あさましがりて、寄りて抱へたてまつれり。御眼《おほんめ》は白眼《しらめ》にて臥《ふ》したまへり。人々、水をすくひ入れたてまつる。からうじて生き出《い》でたまへるに、また鼎の上より、手とり足とりして、下げおろしたてまつる。からうじて、「御心地《みここち》はいかが思《おぼ》さるる」と問へば、息の下にて、「物はすこしおぼゆれど、腰なむ動かれぬ。されど、子安貝《こやすがひ》を、ふと握り持《も》たれば、うれしくおぼゆるなり。まづ紙燭《しそく》して来《こ》。この貝の顔見む」と御《み》ぐしもたげて、御手を広げたまへるに、燕《つばくらめ》のまり置《お》ける古糞《ふるくそ》を握りたまへるなりけり。

それを見たまひて、「あな、かひなのわざや」とのたまひけるよりぞ、思ふに違《たが》ふことをば、「かひなし」といひける。

貝にもあらずと見たまひけるに、御心地も違《たが》ひて、唐櫃《からびつ》の蓋《ふた》の入れられたまふべくもあらず、御腰は折れにけり。中納言は、わらはげたるわざして止《や》むことを、人に聞かせじとしたまひけれど、それを病《やまひ》にて、いと弱くなりたまひにけり。

貝をえ取らずなりにけるよりも、人の聞き笑はむことを日にそへて思ひたまひければ、ただに病《や》み死ぬるよりも、人聞《ひとぎ》きはづかしくおぼえたまふなりけり。

これを、かぐや姫聞きて、とぶらひにやる歌、

年を経《へ》て浪《なみ》立ちよらぬ住《すみ》の江《え》のまつかひなしと聞くはまことか

とあるを、読みて聞かす。

いと弱き心に、頭《かしら》もたげて、人に紙《かみ》を持たせて、苦しき心地《ここち》に、からうじて書きたまふ。

かひはかくありけるものをわびはてて死ぬる命《いのち》をすくひやはせぬ

と書きはつる、絶《た》え入《い》りたまひぬ。

これを聞きて、かぐや姫、すこしあはれとおぼしけり。それよりなむ、すこしうれしきことをば、「かひあり」とはいひける。

かぐや姫の昇天

一　帝《みかど》、かぐや姫を得ようと手をつくす

このような事件によって、かぐや姫の容貌《ようぼう》の、世に類《たぐい》なく美しいことを、帝《みかど》がお聞きあそばされて、内侍《ないし》（天皇に奉仕して奏請《そうじょう》・伝宣などを司《つかさど》る女官）の中臣《なかとみ》のふさ子におっしゃるには、「たくさんの人が身をほろぼすまでにつくしても結婚しないというかぐや姫は、いったいどれほどの女か、出かけて見てこい」とおっしゃる。ふさ子は、命令をうけたまわって、退出した。

竹取の翁《おきな》の家では、恐縮して内侍を招き入れてお会いする。応対に出た嫗《おうな》に、内侍がおっしゃる、「帝のお言葉に、『かぐや姫の容貌がすぐれていらっしゃるとのことだ。よ

く見て参るように』という趣旨のことをおっしゃられたので、参りました」と言うと、嫗は、「それでは、姫にそのように申しましょう」と言って、姫のいる所へ入った。

かぐや姫に向って、嫗が、「はやく、あの御使者《ごししゃ》にお会いしなさい」と言うと、かぐや姫は、「私はすぐれた容貌などではございません。どうして勅使《ちょくし》に見ていただけましょうか」と言うので、嫗は、「困ったことをおっしゃるね。帝の御使いを、どうしておろそかにできましょうか」と言うと、かぐや姫の答えるには、「帝が召すようにおっしゃることは、恐れ多いとも思いません」と言って、いっこうに内侍に会いそうにもない。嫗も、平素は自分が産んだ子のようにしているが、このときばかりは、こちらが気がねさせられるぐらいにそっけないようすで言うものだから、自分の思いのままに無理強いもしかねる。

嫗は、内侍のいる所に帰ってきて、「残念なことに、この小さい娘は、強情者《ごうじょうもの》でございまして、お会いしそうにもございません」と申しあげる。内侍は、「かならずお会いしてこいとのご命令がありましたのに。お会いできぬままでは、どうして帰参いたせましょうか。国王のご命令を、この世に住んでいられる人が、どうしてお受け申しあげなさらないでいられましょうか。筋《すじ》の立たぬことをなさってはいけません」と、相手が恥ずかしくなるほど威厳ある態度で言ったので、これを聞いて、なおさら、かぐや姫は承知するはずもない。「私が国王のご命令にそむいたのであれば、はやく、殺してください」と言う。

さて、かぐや姫のかたちの、世《よ》に似《に》ずめでたきことを、帝《みかど》聞《きこ》しめして、内侍《ないし》中臣《なかとみ》のふさ子にのたまふ、「多くの人の身をいたづらになしてあはざなるかぐや姫は、いかばかりの女ぞと、まかりて、見て参れ」とのたまふ。ふさ子、うけたまはりて、まかれり。

たけとりの家に、かしこまりて請《しやう》じ入《い》れてあへり。嫗《おうな》に、内侍ののたまふ、「仰《おほ》せごとに、かぐや姫のかたち、優《いう》におはすなり。よく見て参るべきよし、のたまはせつるになむ、参りつる」といへば、「さらば、かく申しはべらむ」といひて、入りぬ。

かぐや姫に、「はや、かの御使《おほんつかひ》に対面《たいめん》したまへ」といへば、かぐや姫、「よきかたちにもあらず。いかでか見ゆべき」といへば、「うたてものたまふかな。帝の御使をば、いかでかおろかにせむ」といへば、かぐや姫の答ふるやう、「帝の召《め》してのたまはむこと、かしこしとも思はず」といひて、さらに見ゆべくもあらず。うめる子のやうにあれど、いと心はづかしげに、おろそかなるやうにいひければ、心のままにもえ責めず。嫗、内侍のもとに帰りいでて、「口惜《くちを》しく、この幼き者は、こはくはべる者にて、対面《たいめん》すまじき」と申す。内侍、「かならず見たてまつりて参れと、仰《おほ》せごとありつるものを。見たてまつらではいかでか帰り参らむ。国王の仰せごとを、まさに世にすみたまはむ人の、うけたまはりたまはでありなむや。いはれぬこと、なしたまひそ」と、言葉《ことば》はづかしくいひければ、これを聞きて、まして、かぐや姫聞くべくもあらず。「国王の仰せごとをそむかば、はや、殺したまひてよかし」といふ。

この内侍《ないし》は、内裏《だいり》へ帰参して、このようすを奏上する。帝《みかど》はそれをお聞きになって、「それが、おおぜいの人を殺してしまった強い心なのだね」とおっしゃって、そのときはそのままになってしまったのであるが、やはり、かぐや姫のことを思っていらっしゃって、「この女の計略に負けられようか」とお思いになられて、竹取の翁《おきな》を召し出されてご命令を出される、「おまえが持っているかぐや姫を献上せよ。容貌《ようぼう》がすぐれているとお聞きになって（帝が自らの動作についていう自敬表現）、御使いを遣わしたが、その甲斐《かい》もなく、得ることができないままになった。このようにうまくゆかぬ状態のままにしておいてよいものか」とおっしゃる。

翁が、かしこまって、ご返事を申しあげるには、「この娘子《むすめつこ》は、まったく宮仕えに奉仕しそうにもございませんので、それをもてあまして悩んでいるのでございます。そうは申しましても、退出いたしまして、帝の仰せをなんとか拝受させましょう」と奏上する。これをお聞きになって、帝がおっしゃるには、「翁が育てあげたものであるのに、どうしてまた、心のままにならないのか。この娘を、もし、宮中に奉ることになったならば、翁に五位《ごい》の位《くらい》をかならず賜わせるぞ」とおっしゃる。

翁は、よろこんで、家に帰って、かぐや姫に相談するように言うには、「帝がこのようにおっしゃったのだ。それでもやはり宮仕えはなさらぬのか」と言うと、かぐや姫が答えて言うには、「そのような宮仕えは、まったく、いたすまいと思っておりますが、強いて宮仕えをおさせになるのなら、私は消え失《う》せてしまいたいという気持です。あなた様がご官位を賜るように宮仕えをしておいて、あとはただ死ぬだけです」。翁が答えて言うには、「そんなことをなさってはいけない。叙爵《じょしゃく》も、わが子を見申しあげなくなっては、何になろうか。それはそれとして、どうしてそんなに宮仕えをなさらないのか。どうしてまた死になさるわけがあるのですか」と言う。

かぐや姫は、「そうは言ってもやはり死ぬなどというのは嘘《うそ》だろうとお思いなら、いちおう私に宮仕えをさせなさって、死なないでいるかどうか、ご覧なさい。私に対するたくさんの人たちのなみたいていでなかった愛情を、すべてむだにしてしまったのですよ。それなのに、昨日今日、帝がおっしゃることに従うというのは、人聞きが恥ずかしいことです」と言うと、翁が答えて言うのには、「世間のことはどうあろうとこうあろうと、御命《いのち》の危険だけが最大の問題なのだから、やはりお仕え申しあげそうもないということを、参内《さんだい》して奏上しよう」と言って、参内して申しあげるには、翁「お言葉のもったいなさに、あの娘を入内《じゅだい》させようとつとめましたところ、『もし宮仕えに差し出すならば、死ぬつもりです』と申します。あの子はこの造麿《みやつこまろ》の手によって産ませた子ではありません。じつは、昔、山で見つけた子なのです。ですから、心の持ち方も、世間一般の人には似ても似つかないのでございます」と奏上する。

この内侍《ないし》、帰り参りて、この由《よし》を奏《そう》す。帝《みかど》、聞《きこ》しめして、「多くの人殺してける心ぞかし」とのたまひて、止《や》みにけれど、なほ思《おぼ》しおはしまして、この女のたばかりにや負けむと思して、仰せたまふ、「汝《なんぢ》が持《も》ちてはべるかぐや姫奉《たてまつ》れ。顔《かほ》かたちよしと聞しめして、御使《おほんつかひ》賜びしかど、かひなく、見えずなりにけり。かくたいだいしくやは慣《な》らはすべき」と仰せらる。

翁《おきな》、かしこまりて、御返《おほんかへ》りごと申すやう、「この女《め》の童《わらは》は、絶《た》えて宮仕《みやづか》へつかうまつるべくもあらずはんべるを、もてわづらひはべり。さりとも、まかりて仰せ賜《たま》はむ」と奏《そう》す。これを聞しめして、仰せたまふ、「などか、翁のおほしたてたらむものを、心にまかせざらむ。この女、もし、奉りたるものならば、翁に、かうぶりを、などか賜はせざらむ」。

翁、よろこびて、家に帰りて、かぐや姫に語《かた》らふやう、「かくなむ帝の仰せたまへる。なほやは仕《つか》うまつりたまはぬ」といへば、かぐや姫答《こた》へていはく、「もはら、さやうの宮仕へつかまつらじと思ふを、しひて仕うまつらせたまはば、消《き》え失《う》せなむず。御官《みつかさ》かうぶり仕うまつりて、死ぬばかりなり」。翁いらふるやう、「なしたまひそ。かうぶりも、わが子を見たてまつらでは、なににかせむ。さはありとも、などか宮仕へをしたまはざらむ。死にたまふべきやうやあるべき」といふ。

「なほそらごとかと、仕うまつらせて、死なずやあると、見たまへ。あまたの人の心ざしおろかならざりしを、むなしくなしてしこそあれ。昨日今日《きのふけふ》、帝《みかど》ののたまはむことにつかむ、人聞きやさし」といへば、翁《おきな》答へていはく、「天下《てんか》のことは、とありとも、かかりとも、御命《みいのち》の危《あやふ》さこそ、大《おほ》きなる障《さは》りなれば、なほ仕《つか》うまつるまじきことを、参りて申さむ」とて、参りて、申すやう、「仰《おほ》せのことのかしこさに、かの童《わらは》を参らせむとて仕うまつれば、『宮仕《みやづか》へにいだしたてば死ぬべし』と申す。みやつこまろが手にうませたる子にてもあらず。昔、山にて見つけたる。かかれば、心ばせも世の人に似ずはべり」と奏《そう》せさす。

二　帝《みかど》、狩《かり》をよそおい、かぐや姫に会う

帝《みかど》がおっしゃるには、「造麿《みやつこまろ》の家は山の麓《ふもと》に近いそうだね。御狩《かり》の行幸《みゆき》をなさる（帝の自敬表現）ようなふりをして、かぐや姫を見てしまえるだろうか」とおっしゃる。造麿が申しあげるのには、「たいへん結構なことです。いや、なあに。かぐや姫がぼんやりしているようなときに、急に行幸なさってご覧になったなら、ご覧になることができましょう」と奏上すると、帝は、にわかに日を決定して、御狩にご出発になり、かぐや姫の家にお入りになって、ご覧になると、家の中全体に光が満ちあふれるまでにすばらしいようすですわっている人がある。

「これが、あのかぐや姫であろう」とお思いになり、逃げて奥へ入るかぐや姫の袖《そで》をとらえなさると、顔を袖でかくして、おそばに控えているけれども、はじめによくご覧になっていたので、たぐいなくすばらしい女性だとお思いになって、「許しはしないぞ」とおっしゃって連れていらっしゃろうとすると、かぐや姫が答えて奏上する。「私の身は、もしこの国に生れたものでございましたならば、宮仕えさせることもおできになる

でしょうが、そうではございませんので、連れていらっしゃるのは、とてもむずかしゅうございましょう」と奏上する。帝は、「どうして連れて行けないなどということがあろう。やはり、連れておいでになる（帝の自敬表現）つもりだ」とおっしゃって、御輿《おんこし》を邸《やしき》にお寄せになると、このかぐや姫は、急に影のようになって姿（実体）を消してしまった。

「はかなくも消えてしまったことよ、残念だ」とお思いになり、「ほんとうにふつうの人ではなかったよ」とお思いになられて、「それならば、御供《とも》としていっしょに連れては行くまい。だから、もとのお姿になってください。そのお姿だけなりともう一度見てから帰ろうぞ」とおっしゃると、かぐや姫はもとの姿になった。

帝は、このようなことにはなったが、やはり、すばらしい女だとお思いになることは、とてもとめることができない。


帝仰《みかどおほ》せたまはく、「みやつこまろが家は山もと近《ちか》かなり。御狩《かり》の御幸《みゆき》したまはむやうにて、見てむや」とのたまはす。みやつこまろが申すやう、「いとよきことなり。なにか。心もとなくてはべらむに、ふと御幸して御

覧ぜば、御覧ぜられなむ」と奏すれば、帝、にはかに日を定めて御狩にいでたまうて、かぐや姫の家に入《い》りたまうて、見たまふに、光《ひかり》満ちてけうらにてゐたる人あり。

これならむと思《おぼ》して、逃げて入る袖《そで》をとらへたまへば、面《おもて》をふたぎてさぶらへど、初《はじ》めよく御覧じつれば、類《たぐひ》なくめでたくおぼえさせたまひて、「ゆるさじとす」とて、率《ゐ》ておはしまさむとするに、かぐや姫答へて奏す。「おのが身は、この国に生れてはべらばこそ、使ひたまはめ、いと率ておはしましがたくやはべらむ」と奏す。帝、「などかさあらむ。なほ率ておはしまさむ」とて、御輿《おほんこし》を寄せたまふに、このかぐや姫、きと影《かげ》になりぬ。はかなく口惜《くちを》しと思《おぼ》して、げにただ人にはあらざりけりと思して、「さらば、御供《とも》には率《ゐ》て行《い》かじ。元の御かたちとなりたまひね。それを見てだに帰りなむ」と仰《おほ》せらるれば、かぐや姫、元《もと》のかたちになりぬ。

帝、なほめでたく思しめさるること、せきとめがたし。

三　帝《みかど》とかぐや姫、歌を贈答

このようにしてかぐや姫を見せた造麿《みやつこまろ》を、帝《みかど》は嘉《よみ》しなさる。また、翁《おきな》のほうも御供《とも》として仕えている文武百官の人に対して盛大に饗応《きょうおう》する。

帝は、かぐや姫を残してお帰りになることを、飽き足らず、残念至極《しごく》にお思いになるけれども、しかたなく、魂をあとに残しとどめたような気持のままお帰りになったのである。

御輿《おんこし》にお乗りあそばしてからのちに、かぐや姫に対して歌をお詠みになられる、

帰るさのみゆき物憂《ものう》くおもほえてそむきてとまるかぐや姫ゆゑ

——帰り道の行幸《みゆき》が物憂く思われて、ついに後ろをふりむいてとまってしまう私、それも、すべて、勅命《ちょくめい》にそむいて出仕しないかぐや姫、そなたゆえであるよ

かぐや姫のご返事、

むぐらはふ下《した》にも年は経《へ》ぬる身のなにかは玉のうてなをも見む

――葎《むぐら》（つる草）の這《は》っているようなみすぼらしい家で年を過ごしてきた私が、どうして今さら、金殿玉楼《きんでんぎょくろう》を見て暮らせましょう

これを、帝がご覧になり、歌のすばらしさに、いっそうお帰りなさる場所もないようなお気持ちになられる。御心《みこころ》では、まるで帰ろうともお思いにならなかったのであるが、だからといって、ここで夜をお明かしになることができるはずもないので、しかたなくお帰りになった。

さて、内裏《だいり》において、つねにおそば近く仕えている女性をご覧になると、かぐや姫のかたわらに寄ることのできそうな人さえいなかった。いままでは他の人よりもすばらしいと思っていらっしゃった方も、あのかぐや姫と思いくらべなさると、人並にも思われない。しぜん、かぐや姫のことばかりが御心にかかって、ただ一人で暮していらっしゃる。理由もなくご夫人方のほうにもお渡りになられない。かぐや姫の御《おん》もとだけに御文を書いてお送りになる。かぐや姫もお召しには応じなかったとはいえ、ご返事はさすがに情をこめてやりとりなさって、趣深く、季節ごとの木や草につけたりして、帝は歌を

詠んでおつかわしになる。

かく見せつるみやつこまろを、よろこびたまふ。さて、仕《つか》うまつる百官の人に饗《あるじ》いかめしう仕うまつる。帝《みかど》、かぐや姫をとどめて帰りたまはむことを、あかず口惜《くちを》しく思しけれど、魂《たましひ》をとどめたる心地《ここち》してなむ、帰らせたまひける。御輿《おほんこし》にたてまつりて後《のち》に、かぐや姫に、

帰るさのみゆき物憂《ものう》くおもほえてそむきてとまるかぐや姫ゆゑ

御返《おほんかへ》りごと、

むぐらはふ下《した》にも年は経《へ》ぬる身のなにかは玉のうてなをも見む

これを、帝御覧じて、いとど帰りたまはむ空《そら》もなく思《おぼ》さる。御心《みこころ》は、さらにたち帰るべくも思されざりけれど、さりとて、夜《よ》を明かしたまふべきにあらねば、帰らせたまひぬ。

つねに仕うまつる人を見たまふに、かぐや姫のかたはらに寄るべくだにあらざりけり。異人《ことひと》よりはけうらなりと思しける人も、かれに思し合すれば、人にもあらず。かぐや姫のみ御心にかかりて、ただ独《ひと》り住みしたまふ。よしなく御方々《おほんかたがた》にも渡りたまはず。かぐや姫の御もとにぞ、御文《おほんふみ》を書きてかよはさせたまふ。御返《かへ》り、さすがに憎からず聞えかはしたまひて、おもしろく、木草につけても御歌をよみてつかはす。

四 かぐや姫、月を見て嘆く

このように、お互いに御心を慰めあわれているうちに、三年ばかりたって、ある年の春の初めごろから、かぐや姫は、月が趣あるさまに出ているのを見ては、ふだんよりも、物思いにふけっているようすである。そばにいる人が「月の顔を見るのは不吉なことですよ」と、とめるのだが、ともすれば、人の目につかない間にも、月を見ては、ひどくお泣きになる。

七月十五日の満月を見に、かぐや姫は縁側に出てすわり、ひどく物思いにふけっているようすである。姫のおそばに使われている人々が竹取の翁《おきな》に告げて言うには、「かぐや姫は、ふだんでも月をしみじみとご覧になっていらっしゃいますが、このごろになってからは、ふつうのごようすでもないようでございます。ひどく思い嘆かれることがあるにちがいありません。よくよく気をつけて見てさしあげてください」と言うのを聞いて、翁が、かぐや姫に言うには、「どんな気持がするので、このように物思わしげなようすで、月をご覧になるのですか。このすばらしい世の中に」と言う。かぐや姫は、「月を見ると、世の中が心細くしみじみとした気分になるのです。そのほかには、なんのために物思いにふけって嘆いたりしましょうか」と言う。

しかし、翁が、かぐや姫のいる場所に実際に行って、見ると、やはり物思いにふけっているようすである。これを見て、「私のたいせつな方よ、何事を思い悩んでいらっしゃるのですか。思っていらっしゃることは何事ですか」と問うと、「思い悩むことは何もございません。ただなんとなく心細く思うだけです」と言うので、翁が、「それでは、月を見なさるな。これをご覧になると、どうも思い悩むようすがありますよ」と言うと、かぐや姫は、「どうして月を見ないでいられましょうか」と言って、やはり月が出ると、縁側に出てすわり、ため息をついている。

夕方暗くなっても、月が出ていないころには、物思いのないようすである。月が出るころになると、やはり、ときどきはため息をついたり、泣いたりする。これを見て、使用人たちは、「やはりお悩みになることがあるにちがいない」とささやくが、親をはじめとして、だれもがその原因を知らない。

かやうにて、御心をたがひに慰めたまふほどに、三年ばかりありて、春のはじめより、かぐや姫、月のおもしろういでたるを見て、つねよりも、物思ひたるさまなり。在《あ》る人の「月の顔見るは、忌《い》むこと」と制《せい》しけれども、ともすれば、人間《ひとま》にも、月を見ては、いみじく泣きたまふ。

七月十五日の月にいでゐて、せちに物思へる気色《けしき》なり。近く使はるる人人、たけとりの翁《おきな》に告げていはく、「かぐや姫、例《れい》も月をあはれがりたまへども、このごろとなりては、ただごとにもはべらざめり。いみじく思《おぼ》し嘆《なげ》くことあるべし。よくよく見たてまつらせたまへ」といふを聞きて、かぐや姫にいふやう、「なんでふ心地《ここち》すれば、かく物を思ひたるさまにて月を見たまふぞ。うましき世に」といふ。かぐや姫、「見れば、世間《せけん》心細くあはれにはべる。なでふ物をか嘆きはべるべき」といふ。

かぐや姫の在《あ》る所にいたりて、見れば、なほ物思へる気色なり。これを見て、「あが仏《ほとけ》、何事《なにごと》思ひたまふぞ。思すらむこと、何事ぞ」といへば、「思ふこともなし。物なむ心細くおぼゆる」といへば、翁、「月な見たまひそ。これを見たまへば、物思《おぼ》す気色はあるぞ」といへば、「いかで月を見ではあらむ」とて、なほ月いづれば、いでゐつつ嘆き思へり。

夕やみには、物思はぬ気色なり。月のほどになりぬれば、なほ時々はうち嘆き、泣きなどす。これを、使ふ者ども、「なほ物思すことあるべし」と、ささやけど、親をはじめて、何事とも知らず。

八月十五日も近いころの月になって、縁側に出てすわり、かぐや姫は、たいそうひどくお泣きになる。いまはもう、人目もかまわずお泣きになる。これを見て、親たちも、「いったい、どうしたのです」と騒いでたずねる。

かぐや姫が、泣く泣く言うには、「前々から申しあげようと思っておりましたが、申しあげたら、かならず心を惑《まど》わしなさるであろうと思って、いままでは黙って過ごしていたのでございます。でも、いつまでもそうはいかないと思い、打ち明けているのでございます。私の身は、この人間世界のものではございません。月の都の人なのです。それなのに、前世《ぜんせ》の宿縁によって、この世界に参上していたのでございます。でも、今はもう、帰らねばならぬときになりましたので、この月の十五日（満月の夜）に、以前にいた月の国から、人々が迎えに参上しようとしております。避けることができず、どうしても行ってしまわねばなりませんゆえ、あなた方がお嘆きになるのが悲しいことですので、この春以来、私もそれを思い嘆いていたのでございます」と言って、ひどく泣くのを見て、翁《おきな》は、「これはまた、なんということをおっしゃるのですか。竹の中から見つけてさしあげましたけれども、そのときはわずかに芥子菜種《からしなたね》ほどの大きさでいらっしゃったのを、今では私の身の丈《たけ》が並ぶほどまでにお育て申しあげた私の子を、だれがお迎え申しあげられましょうか。ぜったいに許せません」と言って、「もし、そんなことになるなら、私のほうこそ死んでしまいたい」と言って、泣き騒ぐのを見ると、ひどくこらえかねるようすである。

かぐや姫が言うには、「私には、月の都の人としての父母があります。わずかな間

（天人にとってはわずかな時間が、人間界では長い年月にあたる）だと申して、あの月の国からやって参りましたが、このようにこの国において多くの年を経てしまったのでございます。あの月の国の父母のこともおぼえておりません。この地上では、このように長い間滞在させていただきまして、お親しみ申しあげました。ですから、故郷へ帰るといっても、うれしい気持もいたしません。悲しい思いでいっぱいです。でも、自分の心ではどうにもならぬままに行ってしまおうとしているのです」と言って、翁や媼《おうな》といっしょにひどく泣く。

使用人たちも、何年もの間慣れ親しんで、気だてなども高貴でかわいらしかったことを見慣れているので、別れてしまうと思うと、恋しい気持がこらえきれそうになく、湯水も喉《のど》に通らないありさまで、翁、媼と同じ心で嘆きあうのであった。

八月十五日ばかりの月にいでゐて、かぐや姫、いといたく泣きたまふ。人目も、今はつつみたまはず泣きたまふ。これを見て、親どもも、「何事ぞ」と問ひ騒ぐ。

かぐや姫、泣く泣くいふ、「さきざきも申さむと思ひしかども、かならず心惑《こころまど》はしたまはむものぞと思ひて、今まで過ごしはべりつるなり。さのみやはとて、うちいではべりぬるぞ。おのが身は、この国の人にもあらず。月の都《みやこ》の人なり。それをなむ、昔の契《ちぎ》りありけるによりてなむ、この世界にはまうで来《き》たりける。今は、帰るべきになりにければ、この月の十五日に、かの元《もと》の国より、迎へに人々まうで来《こ》むず。さらずまかりぬべければ、思《おぼ》し嘆《なげ》かむが悲しきことを、この春より、思ひ嘆きはべるなり」といひて、いみじく泣くを、翁《おきな》、「こは、なでふことをのたまふぞ。竹の中より見つけきこえたりしかど、菜種《なたね》の大きさおはせしを、わが丈《たけ》立ちならぶまでやしなひたてまつりたる我《わ》が子を、なにびとか迎へきこえむ。まさにゆるさむや」といひて、「我こそ死なめ」とて、泣きののしること、いと堪《た》へがたげなり。

かぐや姫のいはく、「月の都《みやこ》の人にて父母《ちちはは》あり。かた時《とき》の間《あひだ》とて、かの国よりまうで来《こ》しかども、かくこの国にはあまたの年を経《へ》ぬるになむありける。かの国の父母のこともおぼえず。ここには、かく久《ひさ》しく遊びきこえて、慣《な》らひたてまつれり。いみじからむ心地《ここち》もせず。悲しくのみある。されど、おのが心ならずまかりなむとする」といひて、もろともにいみじう泣く。

使はるる人も、年ごろ慣らひて、立ち別れなむことを、心ばへなどあてやかにうつくしかりつることを見慣《みな》らひて、恋しからむことの堪《た》へがたく、湯水《ゆみづ》飲まれず、同じ心に嘆かしがりけり。

五 帝《みかど》、竹取の翁《おきな》に使いを出す

このことを、帝《みかど》が、お聞きあそばされて、竹取の翁《おきな》の家に、御使者を派遣なされる。御使者の前に、竹取の翁が出頭して、泣くことかぎりがない。このことを嘆くのが原因で、翁は鬚《ひげ》も白くなり、腰もかがまり、目もただれてしまった。翁は、今年五十ばかり（一二二頁に「七十」とあるのと矛盾する。複数の作者による成立のためか）であったけれども、かぐや姫と別れる苦しみのために、瞬時に、老耄《ろうもう》してしまったように見える。

御使者が、帝のお言葉として、翁に言うには、「『たいそう心を苦しめ悩んでいるというのはほんとうか』とおっしゃる」。

竹取の翁は、泣く泣く申しあげる、「この十五日に、月の都から、かぐや姫を迎えるために参り来るとのことです。恐れ多くもおたずねくださいました。この十五日には、ご家来衆を賜って、月の都の人がやってきたならば、捕えさせましょう」と申しあげる。御使者は内裏《だいり》に帰参して、翁のようすを申しあげ、翁が奏上した言葉を申しあげるのを、お聞きになられて、帝がおっしゃる、「一目ご覧になった私のお心にさえ忘れることがおできにならぬ（帝の自敬表現）のだから、明け暮れ見慣れているかぐや姫を月の世界にやっては、翁はどう思うだろうか」。

このことを、帝《みかど》、聞《きこ》しめして、たけとりが家に、御使《おほんつかひ》つかはさせたまふ。御使に、たけとりいであひて、泣くことかぎりなし。このことを嘆くに、鬚《ひげ》も白く、腰《こし》もかがまり、目もただれにけり。翁《おきな》、今年《ことし》は五十ばかりなりけれども、物思ひには、かた時になむ、老《お》いになりにけると見ゆ。御使、仰《おほ》せごととて、翁にいはく、『いと心苦しく物思ふなるはまことにか』と仰せたまふ」。

たけとり、泣く泣く申す、「この十五日になむ、月の都より、かぐや姫の迎へにまうで来《く》なる。尊《たふと》く問《と》はせたまふ。この十五日は、人々賜《たま》はりて、月の都の人まうで来《こ》ば、捕《とら》へさせむ」と申す。
御使《おほんつかひ》帰り参りて、翁《おきな》の有様《ありさま》申して、奏《そう》しつることども申すを、聞《きこ》しめして、のたまふ、「一目《ひとめ》見たまひし御心《みこころ》にだに忘れたまはぬに、明《あ》け暮《く》れ見慣《みな》れたるかぐや姫をやりて、いかが思ふべき」。

六 帝《みかど》、かぐや姫の昇天をはばもうとする

その十五日に、帝《みかど》は、それぞれの役所にご命令になられて、勅使《ちょくし》として、中将高野《ちゅうじょうたかの》のおおくにという人を指名し、六衛《ろくえ》の司《つかさ》（宮中警固を司《つかさど》る者）をあわせて、二千人の人を、竹取の翁《おきな》の家に派遣される。家に到着して、竹取の翁の家の土塀《どべい》の上に千人、建物の上に千人、翁の家の使用人などがもともと多かったのにあわせて、あいている隙《すき》もないほどに守らせる。この竹取の翁の家の使用人で守っている人々も、朝廷からつかわされた人々と同じように、弓矢を持って控えている。その一部を建物の上から下ろし、建物の中では、当番として、嫗《おうな》たちを守らせる。

嫗は塗籠《ぬりごめ》（周囲を壁で塗りこめた部屋）の中でかぐや姫を抱えてじっとすわっている。翁も、その塗籠の戸を閉ざして戸口にすわっている。翁の言うには、「これほどまでに守っている所なのだから、天人にも負けるはずがない」と言って、建物の上にいる人々に言う、「何物かが、ちょっとでも、空に走ったならば、さっと射殺《いころ》してくだされ」。守る人々の言うには、「これほどまでして守っている所なのだから、蝙蝠《こうもり》一匹なりともいたならば、まっさきに射殺して、みせしめとして外にさらしてやろうと思っておりますよ」と言う。翁は、これを聞いて、ほっとした気持になって控えている。

これを聞いて、かぐや姫が言う、「私を塗籠に閉じこめて、守り戦う準備をしたところで、あの月の国の人と戦うことはできません。弓矢をもってしても射ることができないでしょう。このように鍵《かぎ》をしめて閉じこめていても、あの月の国の人が来たなら、みなしぜんに開いてしまうでしょう。戦い合おうとしても、あの国の人が来たならば、勇猛心をふるう人も、まさかありますまい」。

翁が言うには、「お迎えに来る人を、長い爪《つめ》をもって、目の玉をつかみつぶしてやろう。そいつの髪をとりつかんで、空からかなぐり落してやろう。そいつの尻《しり》をまくり出して、多くの役人に見せて、恥をかかせてやろう」と腹を立ててすわっている。

かぐや姫の言うには、「大きな声でおっしゃいますな。建物の上にいる人々が聞くと、たいそうみっともないことですよ。あなた様方のこれまでのご愛情をわきまえもしないで、出ていってしまうことが残念でございます。前世《ぜんせ》からの宿縁がなかったために、このようにまもなく出ていかなければならぬのだと思い、悲しゅうございます。両親に対するお世話を、すこしもいたしませぬまま出かけてしまう道中であってみれば、当然安らかではありますまいから、この数日の間も、縁側にすわって、月の国の王に、せめて今年だけでもと休暇の延長を願ったのですが、まったく許されないので、このように嘆いているのでございます。ご両親様のお心ばかりを乱して去ってしまうことが、悲しくて堪えがとうございます。あの月の都の人は、たいへん美しく、年をとらないのです。また悩みごともないのでございます。でも、そのような所へ行こうとしていますのも、いまの私には、うれしゅうございません。ご両親様の老い衰えなさるようすを見てさしあげられないことが、なによりも慕わしゅうございますので」と言うと、翁は、「胸がいたむようなことをおっしゃいますな。どんなにりっぱな姿をした天の使いが来ても、さしさわりはないだろうから」と恨み怒《いか》っている。

かの十五日、司々《つかさつかさ》に仰《おほ》せて、勅使《ちよくし》、中将高野《ちゆうじやうたかの》のおほくにといふ人を指《さ》して、六衛《ろくゑ》の司《つかさ》あはせて、二千人の人を、たけとりが家につかはす。家にまかりて、築地《ついぢ》の上に千人、屋《や》の上に千人、家の人々多かりけるにあはせて、あける隙《ひま》もなく守らす。この守る人々も、弓矢を帯《たい》してをり。屋の内には、嫗《おうな》どもを、番《ばん》に下《お》りて守らす。

嫗、塗籠《ぬりごめ》の内に、かぐや姫を抱《いだ》かへてをり。翁《おきな》も、塗籠の戸鎖《さ》して、戸口にをり。翁のいはく、「かばかりまもる所に、天の人にも負けむや」といひて、屋の上にをる人々にいはく、「つゆも、物《もの》、空に駆《か》けらば、ふと射殺《いころ》したまへ」。守る人々のいはく、「かばかりして守る所に、かはほり一つだにあらば、まづ射殺して、外にさらさむと思ひはべる」といふ。翁、これを聞きて、たのもしがりをり。

これを聞きて、かぐや姫いふ、「鎖《さ》し籠《こ》めて、守り戦ふべきしたくみをしたりとも、あの国の人をえ戦はぬなり。弓矢して射られじ。かく鎖し籠めてありとも、かの国の人来《こ》ば、みなあきなむとす。あひ戦はむとすとも、かの国の人来《き》なば、猛《たけ》き心つかふ人も、よもあらじ」。

翁のいふやう、「御迎へに来《こ》む人をば、長き爪《つめ》して、眼《まなこ》をつかみつぶさむ。さが髪《かみ》をとりて、かなぐり落とさむ。さが尻《しり》をかきいでて、ここらの朝廷人《おほやけびと》に見せて、恥《はぢ》を見せむ」と腹立ちをり。

かぐや姫のいはく、「声高《こわだか》になのたまひそ。屋の上にをる人どもの聞くに、いとまさなし。いますかりつる心ざしどもを、思ひも知らで、まかりなむずることの口惜《くちを》しうはべりけり。長き契《ちぎ》りのなかりければ、ほどなくまかりぬべきなめりと思ひ、悲しくはべるなり。親たちのかへりみを、いささかだに仕《つか》うまつらでまからむ道もやすくもあるまじきに、日ごろも、いでゐて、今年《ことし》ばかりの暇《いとま》を申しつれど、さらにゆるされぬによりてなむ、かく思ひ嘆《なげ》きはべる。御心《みこころ》をのみ惑《まと》はして去《さ》りなむことの悲しく堪《た》へがたくはべるなり。かの都《みやこ》の人は、いとけうらに、老《お》いをせずなむ。思ふこともなくはべるなり。さる所へまからむずるも、いみじくはべらず。老いおとろへたまへるさまを見たてまつらざらむこそ恋しからめ」といへば、翁、「胸いたきこと、なのたまひそ。うるはしき姿したる使《つかひ》にも、障《さは》らじ」と、ねたみをり。

七　迎えの天人来たり、かぐや姫昇天

こうしているうちに、宵《よい》も過ぎ、夜中の十二時ごろになると、家の周辺が、昼の明るさ以上に、光り輝いた。満月の明るさを十も合せたほどの明るさで、そこにいる人の毛の穴まで見えるほどである。大空から、人が、雲に乗って下りてきて、地面から五尺（約一・五メートル）ほど上がった高さの所に立ち並んだ。

これを見て、家の内や外にいる人たちの心は、なにか物《もの》の怪《け》におそわれるような気持になって、戦い合おうというような心もなくなったのである。やっとのことで、一念発起《いちねんほっき》して、弓に矢をつがえようとするけれども、手に力が入らなくなり、だらっとしている、そのなかで、気丈夫《きじょうぶ》な者が、むりにこらえて矢を射ようとするが、矢は目標からはずれて、あらぬ方《かた》へ行ったので、荒々しく戦うこともなく、気持がぼんやりとして、ただお互いに顔を見合せるばかりであった。

地上から五尺ほども上に立っている人たちは、その衣装のすばらしいこと、たとえようもない。飛ぶ車を一つともなっている。その車には薄もので張った天蓋《てんがい》がさしかけて

ある。その中にいる王と思われる人が、家に向って、「造麿《みやつこまろ》、出てこい」と言うと、いままでは猛々《たけだけ》しく思っていた造麿も、何かに酔ったような気分になって、うつぶしにひれ伏している。

天人の王の言うには、「汝《なんじ》、未熟者よ（天界と人間界では時間の感覚が違い、翁といえども「幼き人」〈原文〉なのである）。わずかばかりの善行を、おまえがなしたことによって、おまえの助けにしようと、ほんのわずかな間だと思って、かぐや姫を下界にくだしたのだが、長い年月の間、たくさんの黄金《こがね》を賜って、おまえは生れかわったように金持になった。かぐや姫は、天上で罪をなされたので（かぐや姫に敬語を用いている）、このように身分の低いおまえの所に、しばらくいらっしゃったのである。今、罪障《ざいしょう》消滅したので、このように迎えるのだが、翁《おきな》は泣いて嘆く。泣くにあたわぬことだ。はやくお返し申しあげよ」と言う。

翁が答えて申しあげる、「かぐや姫を養育し申しあげること二十余年になりました。それを『ほんのわずかな間』とおっしゃいましたので、疑わしくなりました。また別の所に、かぐや姫と申す人がいらっしゃるのでしょうよ」と言う。そして、またつづけて、「ここにいらっしゃるかぐや姫は、重い病気にかかっていらっしゃるので、外にお出になれないでしょう」と申しあげると、その返事はなくて、建物の上に飛ぶ車を寄せて、「さあ、かぐや姫、こんな汚《けが》れた所に、どうして、長くいらっしゃるのですか」と言う。

姫を閉じこめてあった塗籠《ぬりごめ》の戸も、即座に、すべてがあいてしまう。閉じてあった格《こう》子《し》（細い板を組んで作った上下二枚からなる戸で、上は吊り上げ、下は掛け金で留める）なども、人があけないのにしぜんにあいてしまう。嫗《おうな》が抱いていたかぐや姫は、外に出てしまう。とどめることができそうもないので、嫗はただそれを仰いで泣いている。

竹取の翁が心を乱して泣き伏している所に寄って、かぐや姫が言う、「私も、心ならずも、このように行ってしまうのですから、せめて昇天するのを見送ってください」と言うが、翁は、「なんのためにお見送り申しあげるのですか、こんなに悲しいのに。私を、いったいどうせよというつもりで、捨てて昇天なさるのですか。いっしょに連れていってください」と、泣き伏しているので、かぐや姫のお心は乱れてしまう。かぐや姫は、「書置きをしてお暇《いとま》しましょう。恋しいときごとに、取り出してご覧ください」と言って、泣いて書く言葉は、

「私が、この人間の国に生れたというのであれば、ご両親様を嘆かせ奉らぬ時まで、ずっとお仕えすることもできましょう。ほんとうに去って別れてしまうことは、かえ

すがえすも不本意に思われます。脱いでおく私の着物を形見としていつまでもご覧ください。月が出た夜は、私の住む月をそちらから見てください。それにしても、ご両親様をお見捨て申しあげるようなかたちで出ていってしまうのは苦しく、空から落ちそうな気がいたします」

と書置きをする。

かかるほどに、宵《よひ》うちすぎて、子《ね》の時ばかりに、家のあたり、昼《ひる》の明《あか》さにも過ぎて、光《ひか》りたり。望月《もちづき》の明《あか》さを十合《とをあは》せたるばかりにて、在《あ》る人の毛の穴さへ見ゆるほどなり。大空より、人、雲に乗りて下《お》り来《き》て、土より五尺ばかり上《あが》りたるほどに立ち連《つら》ねたり。

内外《うちと》なる人の心ども、物におそはるるやうにて、あひ戦はむ心もなかりけり。からうじて、思ひ起こして、弓矢をとりたてむとすれども、手に力もなくなりて、萎《な》えかかりたる、中《なか》に、心さかしき者、念《ねん》じて射《い》むとすれども、ほかざまへいきければ、荒れも戦はで、心地《ここち》ただ痴《し》れに痴《し》れて、まもりあへり。

立てる人どもは、装束《さうぞく》のきよらなること物にも似ず。飛ぶ車一つ具《ぐ》したり。羅蓋《らがい》さしたり。その中に、王《わう》とおぼしき人、家に、「みやつこまろ、まうで来《こ》」といふに、猛《たけ》く思ひつるみやつこまろも、物に酔《ゑ》ひたる心地して、うつぶしに伏《ふ》せり。

いはく、「汝《なんぢ》、幼《をさな》き人。いささかなる功徳《くどく》を、翁《おきな》つくりけるによりて、汝が助けにとて、かた時《とき》のほどとてくだししを、そこらの年《とし》ごろ、そこらの黄金《こがね》賜《たま》ひて、身を変へたるがごとなりにたり。かぐや姫は罪をつくりたまへりければ、かく賤《いや》しきおのれがもとに、しばしおはしつるなり。罪の限《かぎ》りはてぬれば、かく迎ふるを、翁は泣き嘆《なげ》く。あたはぬことなり。はや返したてまつれ」といふ。

翁答へて申す、「かぐや姫をやしなひたてまつること二十余年になりぬ。『かた時』とのたまふに、あやしくなりはべりぬ。また異所《ことどころ》にかぐや姫と申す人ぞおはしますらむ」といふ。「ここにおはするかぐや姫は、重き病《やまひ》をしたまへば、えいでおはしますまじ」と申せば、その返りごとはなくて、屋《や》の上に飛ぶ車を寄せて、「いざ、かぐや姫、穢《きたな》き所に、いかでか久《ひさ》しくおはせむ」といふ。

立《た》て籠《こ》めたる所の戸、すなはちただあきにあきぬ。格子《かうし》どもも、人はなくしてあきぬ。嫗《おうな》抱《いだ》きてゐたるかぐや姫、外《と》にいでぬ。えとどむまじければ、ただ さし仰《あふ》ぎて泣きをり。

たけとり心惑《まと》ひて泣き伏せる所に寄りて、かぐや姫いふ、「ここにも、心にもあらでかくまかるに、のぼらむをだに見送りたまへ」といへども、「なにしに、悲しきに、見送りたてまつらむ。我を、いかにせよとて、捨ててはのぼりたまふぞ。具《ぐ》して率《ゐ》ておはせね」と、泣きて伏せれば、御心惑《まと》ひぬ。「文《ふみ》を書き置きてまからむ。恋しからむをりをり、取《と》りいでて見たまへ」とて、うち泣きて書く言葉は、

「この国に生れぬるとならば、嘆かせたてまつらぬほどまで侍《はべ》らん。過ぎ別れぬること、かへすがへす本意《ほい》なくこそおぼえはべれ。脱ぎ置く衣《きぬ》を形見《かたみ》と見たまへ。月のいでたらむ夜《よ》は、見おこせたまへ。見捨てたてまつりてまかる、空よりも落ちぬべき心地《ここち》する」

と、書き置く。

天人の中の一人に、持たせてある箱がある。それには天《あま》の羽衣《はごろも》が入っている。また別の箱には不死《ふし》の薬《くすり》が入っている。一人の天人が言う、「壺《つぼ》に入っている御薬をお飲みください。汚《きたな》い地上の物をお召し上がりになられたので、ご気分が悪いことでしょうよ」と言って、薬を持ってそばに寄ったところ、姫はいくらかおなめになって、少しの薬を、形見として、脱いで残しておく着物に包もうとすると、そこにいる天人がこれを包ませない。天の羽衣を取り出してかぐや姫に着せようとする。

そのときに、かぐや姫は、「しばらく待て」と言う。そして、かぐや姫は「天の羽衣を着た人は、心が常《つね》の人間のそれと変ってしまうということです。一言《ひとこと》、言っておかなければならぬことがあるのでした」と言って、手紙を書く。天人は、「おそい」と言って、いらいらなさる。

かぐや姫は、「わからぬことをおっしゃるな」と言って、はなはだ静かに、帝《みかど》にお手紙を書き申しあげる。あわてず落ち着いたようすである。

「このようにたくさんのご家来をおつかわしくださり、私をおとどめさせなされましたが、避けることのできぬ迎えが参り、私を捕えて連れてゆきますことゆえ、残念で悲しいことです。おそばにお仕え申しあげられなくなってしまいましたのも、このように常人とは異なっためんどうな体ゆえのことなのです。わけのわからぬこととお思いになられたことでしょうが。私が強情にご命令に従わなかったことにつき、無礼な奴《やつ》めとお心におとどめなさっていることが、今も心残りになっております」

と書いて、

今はとて天《あま》の羽衣《はごろも》着るをりぞ君《きみ》をあはれと思ひいでける

――今はもうこれまでと天の羽衣を着るときになり、あなた様のことをしみじみと思い出しているのでございます

と歌をつけくわえて、その手紙に、壺の中に入った不死の薬をそえて、頭中将《とうのちゅうじょう》（一一四頁の「中将高野のおおくに」）を呼び寄せて、帝に献上させる。

まず、かぐや姫の手から天人が受け取って、中将に手渡す。中将が壺を受け取ったので、天人がかぐや姫にさっと天の羽衣を着せてさしあげると、翁《おきな》を、「気の毒だ、不憫《ふびん》だ」と思っていたことも、かぐや姫から脱《ぬ》け出てしまった。この天の羽衣を着た人は、物思いが消滅してしまうので、そのまま飛ぶ車に乗って、百人ばかりの天人を引き連れて、月の世界へ昇ってしまった。

天人《てんにん》の中に、持たせたる箱あり。天《あま》の羽衣《はごろもい》入れり。またあるは、不死《ふし》の薬《くすり》入れり。一人の天人いふ、「壺《つぼ》なる御薬たてまつれ。穢《きたな》き所の物きこしめしたれば、御心地悪《あ》しからむものぞ」とて、持《も》て寄りたれば、いささかなめたまひて、すこし、形見とて、脱ぎ置く衣《きぬ》に包まむとすれば、在《あ》る天人包ませず。御衣《みぞ》をとりいでて着せむとす。

その時に、かぐや姫、「しばし待て」といふ。「衣着《きぬ》せつる人は、心異《こと》になるなりといふ。物一言《ひとこと》いひ置くべきことありけり」といひて、文《ふみ》書く。天人、「遅《おそ》し」と、心もとながりたまふ。

かぐや姫、「物知らぬこと、なのたまひそ」とて、いみじく静かに、朝廷《おほやけ》に御文奉《たてまつ》りたまふ。あわてぬさまなり。

「かくあまたの人を賜《たま》ひて、とどめさせたまへど、許さぬ迎へまうで来《き》て、取り率《ゐ》てまかりぬれば、口惜《くちを》しく悲しきこと。宮仕《みやづか》へ仕《つか》うまつらずなりぬるも、かくわづらはしき身にてはべれば。心得《こころえ》ず思《おぼ》しめされつらめども。心強くうけたまはらずなりにしこと、なめげなるものに思しめしとどめられぬるなむ、心にとまりはべりぬる」

とて、

今はとて天《あま》の羽衣《はごろも》着るをりぞ君《きみ》をあはれと思ひいでける

とて、壺《つぼ》の薬そへて、頭中将《とうのちゆうじやう》呼び寄せて奉らす。中将に、天人とりて伝ふ。中将とりつれば、ふと天の羽衣うち着せたてまつりつれば、翁《おきな》を、いとほし、かなしと思しつることも失《う》せぬ。この衣《きぬ》着つる人は、物思ひなくなりにければ、車に乗りて、百人ばかり天人具《ぐ》して、のぼりぬ。

八 帝《みかど》、不死の薬を焼く

そののち、翁《おきな》と嫗《おうな》は血の涙を流して思い乱れるけれども、どうにもしかたがない。あのかぐや姫が書き残した手紙を周囲の人たちが読んで聞かせるけれども、「何をするために命を惜しむのだ。だれのために命を惜しむのだ。何事も意味がないのだ」と言って、薬も飲まない。そのまま起き上がることもなく、病床に臥《ふ》せっている。

中将は、翁の家に派遣された人々を引き連れ、内裏《だいり》に帰参して、かぐや姫を戦い留《とど》めることができなかった次第を、こと細かく奏上する。不死の薬が入った壺《つぼ》に、かぐや姫の手紙を添えて帝《みかど》に差し上げる。帝は、それを広げてご覧になって、ひどくしみじみとした気分になられ、何もお食べにならない。音楽の演奏などもなさらないのであった。

大臣や上達部《かんだちめ》を召して、「どの山が天に近いか」と帝がお尋ねになると、ある人が奏上する、「駿河《するが》の国（静岡県）にあるといわれる山が、この都にも近く、天にも近うございます」と奏上する。帝はこれをお聞きになって、

あふこともなみだにうかぶ我《わ》が身には死なぬ薬も何《なに》にかはせむ

――かぐや姫に会うことも二度とないゆえに、あふれ出る涙の中に浮んでいるようなわが身にとっては、不死の薬など、何の役に立とうぞ

かぐや姫が奉った不死の薬の壺に手紙をくわえて御使いにお渡しになる。勅使《ちょくし》には、調《つき》のいわがさ（月世界への思いを表現する仕事にふさわしい氏の名を選んだか）という人をお呼びになって、駿河の国にあるという山の頂上に持ってゆく旨をご命令になる。そして、その山頂でなすべき方法をお教えになる。お手紙と不死の薬の壺とをならべて、

火をつけて燃やすべきことをご命令になる。

その旨をうけたまわって、調《つき》のいわがさが士《つわもの》どもをたくさん引き連れて山に登ったことから、この山を「士《し》に富む山」、つまり「富士《ふじ》の山」と名づけたのである（不死の薬を燃やしたから「不死の山」だろうという読者の予想の裏をかいて、「富士の山」と名付けられた理由を新しく示した）。

そして、その不死の薬を焼く煙は、いまだに雲の中へ立ちのぼっていると、言い伝えている（富士山の噴火は平安時代に入ってからも何度かあった）。


その後《のち》、翁《おきな》、嫗《おうな》、血の涙を流して惑《まと》へど、かひなし。あの書き置きし文《ふみ》を読みて聞かせけれど、「なにせむにか命《いのち》も惜《を》しからむ。誰《た》がためにか。何事も用もなし」とて、薬も食はず。やがて起きもあがらで、病《や》み臥《ふ》せり。中将《ちゆうじやう》、人々引《ひ》き具《ぐ》して帰り参りて、かぐや姫を、え戦ひとめずなりぬること、こまごまと奏《そう》す。薬の壺《つぼ》に御文《ふみ》そへて参らす。ひろげて御覧じて、いとあはれがらせたまひて、物もきこしめさず。御遊《あそ》びなどもなかりけり。

大臣、上達部《かんだちべ》を召《め》して、「いづれの山か天に近き」と問はせたまふに、ある人奏す、「駿河《するが》の国にあるなる山なむ、この都も近く、天も近くはべる」と奏す。これを聞かせたまひて、

あふこともなみだにうかぶ我《わ》が身には死なぬ薬も何《なに》にかはせむ

かの奉《たてまつ》る不死《ふし》の薬壺に文具《ぐ》して御使《おほんつかひ》に賜《たま》はす。勅使《ちよくし》には、つきのいはがさといふ人を召して、駿河の国にあなる山の頂《いただき》に持《も》てつくべきよし仰《おほ》せたまふ。峰《みね》にてすべきやう教へさせたまふ。御文、不死の薬の壺ならべて、火をつけて燃やすべきよし仰せたまふ。

そのよしうけたまはりて、士《つはもの》どもあまた具して山へのぼりけるよりなむ、その山を「ふじの山」とは名づけける。

その煙《けぶり》、いまだ雲の中へ立ちのぼるとぞ、いひ伝へたる。

伊勢物語

福井貞助［校訂・訳］

伊勢物語

❖ あらすじ

『伊勢物語《いせものがたり》』は九世紀末から一〇世紀末までに成立した、在原業平《ありわらのなりひら》の歌を中心に編纂《へんさん》された歌物語である。本書に収録した章段を中心に、あらすじと登場人物を記す。

昔、ある男がいた。この男は元服するや旧都である奈良の春日《かすが》の里に出向き、そこで非常に優美な姉妹を垣間見《かいまみ》する。そして、惑乱した思いを即座に歌に託して女に詠み贈るのであった。このような一途で激しい振る舞いをもって開始された男の人生は、入内《じゅだい》前の二条《にじょう》の后《きさき》藤原高子《ふじわらのたかいこ》に対しても変わらない。男は、この深窓の姫君にも密かに通うようになり、また女を盗み出すことをさえ計画するのである。結局二人の関係は、男が女を連れ出した夜、女が鬼に食われたことにより終わりを迎える。すると男は我が身を無用のものと思いなし、京を離れて東国へと下っていくことになる。男は道中の三河国《みかわのくに》の八橋《やつはし》や武蔵国《むさしのくに》と下総《しもうさの》国《くに》の間を流れる隅田《すみだ》川《がわ》などで京に残してきた女への思いを歌に詠んだりもするが、しかし東国ではまた現地の女性とも関係を持つようになるのであった。

また、この男が伊勢《いせ》の国に使者として派遣された際には、こともあろうに伊勢神宮に仕える斎宮《さいぐう》と心を通じ合わせてしまうこともあった。ある夜、自分のもとを訪れた斎宮と夢とも現実ともつかぬ時間を過ごしたのである。男は「夢かうつつか」と詠んできた斎宮に対して「夢うつつとは今宵さだめよ」との返歌を送るものの、国守の接待が夜通し続いたため再会することはできず、翌朝涙ながらに尾張国《おわりのくに》へと出立するのであった。
このような反秩序的な振る舞いは、男女関係のみに留まらない。この男は、惟喬親王《これたかのみこ》のお供をして水無瀬《みなせ》に同行したり小野《おの》に訪ねたりしているが、惟喬親王は文徳《もんとく》天皇の第一皇子でありながら藤原氏を母に持つ第四皇子の惟仁《これひと》皇子（後《のち》の清和天皇）との皇位継承争いに敗れた人物であり、彼と親しくすることは当時の政治状況に鑑みてかなり危険な行為であった。
このような波乱に満ちた人生を送った男は、「つひにゆく道とはかねて聞きしかどきのうふけふとは思はざりしを」との辞世の和歌を詠んで、その生涯を終えることになる。

主要登場人物

在原業平　八二五～八八〇。父は平城《へいぜい》天皇皇子の阿保《あぼ》親王、母は桓武《かんむ》天皇皇女の伊都《いと》内親王で、父方母方ともに皇統に連なる。『日本三代実録』の卒伝によると、容姿端麗で和歌をよく詠んだらしい。六歌仙の一人でもある。

藤原高子　八四二～九一〇。父は藤原長良《ながら》。八六六年に清和天皇に入内し、二年後には後の陽成《ようぜい》天皇を出産する。晩年、僧善祐との密通を噂《うわさ》され、后位を廃された。

紀有常《きのありつね》　八一五～八七七。父は紀名虎《なとら》。娘は業平と結婚しており、業平にとっては岳父《がくふ》にあたる。

恬子内親王《てんしないしんのう》　？～九一三。父は文徳《もんとく》天皇、母は紀静子（名虎の娘）。八五九年に伊勢斎宮に卜定《ぼくじょう》され、八八〇年に退下。業平との密通により男子が産まれ、高階《たかしな》氏の養子になったという伝承が存在する。

惟喬親王　八四四～八九七。文徳天皇の第一皇子であったが、母が紀氏の静子であったため、皇位を継げなかったとされている。後に出家し、小野に隠棲《いんせい》した。

一　初冠《ういこうぶり》（第一段）

昔、ある男が、元服《げんぷく》をして、奈良《なら》の京《きょう》の春日《かすが》の里（奈良公園の辺りの村里）に、所領の縁があって、鷹狩《たかがり》に行った。その里に、たいそう優美な姉妹が住んでいた。この男は物の隙間《すきま》から二人の姿を見てしまった。思いがけず、この旧《ふる》い都に、ひどく不似合いなさまで美女たちがいたものだから、心が動揺してしまった。男が、着ていた狩衣《かりぎぬ》（狩などに用いられた軽快な男子服）の裾《すそ》を切って、それに歌を書いて贈る。その男は、信夫摺《しのぶずり》（忍草《しのぶぐさ》の茎や葉で摺り染めたもので、ねじれ模様がつく）の狩衣を着ていたのであった。

春日野《かすがの》の若むらさきのすりごろもしのぶの乱れかぎりしられず

――春日野の若い紫草（根から紫色の染料をとる）のように美しいあなた方にお逢《あ》いして、私の心は、この紫の信夫摺の模様さながら、かぎりもなく乱れ乱れております

と、すぐに詠んでやったのだった。こういう折にふれて歌を思いつき、女に贈るなりゆ

きが、愉快なこととも思ったのであろう。この歌は、

みちのくのしのぶもぢずりたれゆゑに乱れそめにしわれならなくに

――あなたのほかのだれかのせいで、陸奥《みちのく》のしのぶもじずりの模様のように、心が乱れだした私ではありませんのに。私が思い乱れるのは、あなたゆえなのですよ

という歌の趣によったのである。昔の人はこんなにも熱情をこめた、風雅な振舞をしたのである。

むかし、男《をとこ》、初冠《うひかうぶり》して、奈良の京《きやうか》春日《すが》の里に、しるよしして、狩《かり》にいにけり。その里に、いとなまめいたる女《をんな》はらからすみけり。この男かいまみてけり。思ほえず、ふる里にいとはしたなくてありければ、心地《ここち》まどひにけり。男の、着たりける狩衣《かりぎぬ》の裾《すそ》をきりて、歌を書きてやる。その男、信夫摺《しのぶずり》の狩衣をなむ着たりける。

春日野《かすがの》の若むらさきのすりごろもしのぶの乱れかぎりしられず

となむおひつきていひやりける。ついでおもしろきことともや思ひけむ。
みちのくのしのぶもぢずりたれゆゑに乱れそめにしわれならなくに
といふ歌の心ばへなり。昔人《むかしびと》は、かくいちはやきみやびをなむしける。

二 西の京 （第二段）

昔、男がいた。奈良の京は遠ざかり衰え、新たに移ったこの京は、人家がまだ定まらなかった時に、西の京にある女が住んでいた。その女は、世間の並の人以上にすぐれていた。その人は、容貌《ようぼう》よりは心がすぐれていたのだった。独《ひと》り身《み》というわけでもなかったらしい。その女に例の誠実男《まめおとこ》が、親しく話をして、帰ってきて、どう思ったのだろうか、時は三月の一日《ついたち》、雨がしょぼしょぼ降る折に、歌を詠《よ》んでやった。

おきもせず寝《ね》もせで夜《よる》を明かしては春のものとてながめくらしつ

――一夜の語らいに、私は起きてもいず、かといって眠りもしないで、夜を明かして過ごしました。朝になると、春のならいとて長雨が降っています。それを見やりながら、物思いにふけってまた一日を暮してしまいましたよ

むかし、男ありけり。奈良の京《きやう》ははなれ、この京は人の家まだ定まらざりける時に、西の京に女ありけり。その女、世人《よひと》にはまされりけり。その人、かたちよりは心なむまさりたりける。ひとりのみもあらざりけらし。それをかのまめ男、うち物語《ものがた》らひて、かへり来て、いかが思ひけむ、時は三月《やよひ》のついたち、雨そほふるにやりける。

おきもせず寝《ね》もせで夜《よる》を明かしては春のものとてながめくらしつ

三 西の対《たい》（第四段）

昔、東の京の五条《ごじよう》に、大后《おおきさい》の宮《みや》（仁明《にんみよう》天皇の后《きさき》順子）がおられたお邸《やしき》の西の対《たい》に住

む女人（二条《にじよう》の后《きさき》と呼ばれた清和天皇女御高子《にようごたかいこ》を暗示）があった。その人を、本心からというふうではなかったが、じつは深く思い慕っていた男が、訪れてはいたのだが、正月十日あたりのころに、その女人は、よそに姿を隠してしまった。どこそこにいる、とは聞き知ったが、それは特別な人でないかぎり行き通うことができる所でもなかったので、男はそのまま憂鬱《ゆううつ》な気持で、過ごしていたというわけだった。

翌年の正月がめぐってきて、梅の花が盛りと咲いている、そうした時に、男は去年を恋しく思い、五条の西の対に行って、立って見たり、すわって見たりなどして、あたりを見まわしたが、去年眺めた感じとはまるでちがう。男はさめざめと泣いて、住む人もなく、几帳《きちよう》（布を垂らした間仕切り）や敷物など取り払ってがらんとした板敷に、月が西の方に傾くまでじっと臥《ふ》せって、わいてくる去年の思い出を歌にした。

月やあらぬ春やむかしの春ならぬわが身ひとつはもとの身にして

――月は昔の月ではないのだろうか、春は昔の春ではないのだろうか、みな移ろい行ったようだ。私の身一つはもとのままなのに、あの人もいないのだ

男はこう詠んで、夜がほのぼのと明けるころに、涙ながらに帰っていった。

むかし、東《ひんがし》の五条《ごでう》に、大后《おほきさい》の宮《みや》おはしましける西《にし》の対《たい》に、すむ人ありけり。それを、本意《ほい》にはあらで、心ざしふかかりける人、ゆきとぶらひけるを、正月《むつき》の十日ばかりのほどに、ほかにかくれにけり。あり所は聞けど、人のいき通ふべき所にもあらざりければ、なほ憂《う》しと思ひつつなむありける。

またの年の正月《むつき》に、梅の花ざかりに、去年《こぞ》を恋ひていきて、立ちて見、ゐて見、見れど、去年に似るべくもあらず。うち泣きて、あばらなる板敷《いたじき》に、月のかたぶくまでふせりて、去年を思ひいでてよめる。

月やあらぬ春やむかしの春ならぬわが身ひとつはもとの身にして

とよみて、夜《よ》のほのぼのと明くるに、泣く泣くかへりにけり。

伊勢物語の風景 1

不退寺《ふたいじ》

不退寺のぼんやりとうす暗い内陣で、ご本尊の聖観音菩薩《しょうかんのんぼさつ》像を眺めると、おしろいを施した古代の深窓の女性を想起させる。秘めやかに謎《なぞ》めいて、ぞくりとするほど雅味のある美しさ。寺伝では在原《ありわらの》業平《なりひら》自作といわれ、彼の理想の女性像をかたどった仏さまだとか。平安後期の作であるため業平とは時代が少しずれるが、古拙《こせつ》な表情の中に、胡粉をまぶした白肌のすべすべと艶《つや》めかしい様子は『伊勢物語』の風趣を思わせる。

奈良市法蓮東垣内町に位置する不退寺は、正式には不退転法輪寺と称し、「業平寺《なりひらでら》」の愛称で親しまれている。平城《へいぜい》天皇が退位後にかまえた御所の跡に、第一皇子の阿保《あぼ》親王とその子業平が居住し、承和《じょうわ》一四年（八四七）に業平が寺院に変えて聖観音菩薩像を安置したと伝えられている。治承《じしょう》四年（一一八〇）の南都《なんと》焼討ちによって焼亡するものの、鎌倉時代に叡尊《えいそん》によって復興され、現在の真言律宗となる。南門と多宝塔がこの時の建造物で、本尊とともに重要文化財。

この寺のもう一つの魅力は、境内にあふれる花、花、花。戦後、荒廃した寺の復興のために庭が整備され、現在五百種もの花が競うように四季を通じて咲き乱れる。色彩の乏しくなった冬にひっそりと紅をたたえるのは、サネカヅラの実。古くは男性の鬢《びん》付け油の材料となったために、「美男葛《びなんかずら》」とも呼ばれる。その名前のせいか、どんな鮮やかな花よりも業平のおもかげを匂わせている。

四 関守《せきもり》（第五段）

昔、男がいた。東の五条《ごじょう》辺りに住む女のもとに、たいそうこっそりと訪れて行ったのである。人目を忍ぶ所なので、門からはとてもはいれなくて、童子が踏みあけた、築地《ついじ》の崩れ（土塀の壊れたところ）から通ったのだった。この邸《やしき》は人が頻繁に立ち入る場所ではないが、男の訪れがしばしばだったので、邸の主人が聞きつけて、男の通う例の場所に、毎夜番人を置いて守らせたので、男は行ってはみたけれども、女に逢《あ》うことができず、帰るはめとなった。そこで歌一首、

人しれぬわが通《かよ》ひ路《ぢ》の関守《せきもり》はよひよひごとにうちも寝《ね》ななむ

——こっそりと私の通う通い路に、関すえて守る関守は、毎夜毎夜、ちと眠ってくれればよいのだが

と詠んだので、この歌を知って、女はたいそう恨めしく思った。それで、主人はあわれに思い、男の通うのを許すようになった。

じつのところ、二条《にじょう》の后《きさき》（清和天皇女御高子《にょうごたかいこ》。これは入内《じゅだい》前の話）のもとに忍んで参上したのを、世評が立ったので、后の兄たち（藤原国経《くにつね》や基経《もとつね》）が守り固めなされたのだそうだ。

むかし、男ありけり。東《ひんがし》の五条《ごでう》わたりに、いと忍びていきけり。みそかなる所なれば、かどよりもえ入《い》らで、わらはべの踏みあけたるついひぢの崩《くづ》れより通ひけり。人しげくもあらねど、たび重なりければ、あるじ聞きつけて、その通《かよ》ひ路《ぢ》に、夜《よ》ごとに人をすゑて守らせければ、いけどもえあはでかへりけり。さてよめる。

人しれぬわが通《かよ》ひ路《ぢ》の関守《せきもり》はよひよひごとにうちも寝《ね》ななむ

とよめりければ、いといたう心やみけり。あるじ許してけり。
二条《にでう》の后《きさき》に忍びて参りけるを、世の聞《きこ》えありければ、兄《せうと》たちの守らせたまひけるとぞ。

五 芥河《あくたがわ》（第六段）

昔、男がいた。思いがかなえられそうにもなかったある女を、幾年も求婚しつづけてきたのだが、やっとのことで盗み出して、とても暗い夜に逃げてきた。芥河（淀《よど》川に流入する川、内裏《だいり》の芥《あくた》を流す大宮《おおみや》川の異称、架空の川など諸説ある）という河のほとりを、女を伴って行ったところ、女は草の上に置いた露を見て、「あのきらきらするものは、なに？」と男にたずねた。男はまだまだ逃げなくてはならないし、夜もすっかり更けたので、鬼のすむ所とも知らず、雷までひどく鳴り、雨もざあざあ降ってきたものだから、途中にあった、あけ放しで番人もいない倉に、女を奥の方に押し入れて、男は弓や胡籙《やなぐい》（矢をさして背負う具）を負って戸口にいて守っている。

「早く夜明けになってほしい」と思いながらすわって待っていた間に、鬼がたちまち女を一口に食ってしまった。「あれっ」と悲鳴をあげたのだが、雷のやかましい音にかき消されて、男の耳にはいらなかった。だんだん待望の夜明けになる、そのうす明りに見ると、倉はがらんとして、昨夜連れてきた女の姿も見えない。男は地団駄を踏んで口惜しがって泣くがいまさらしかたがない。

白玉《しらたま》か何《なに》ぞと人の問ひし時つゆとこたへて消《き》えなましものを

——白玉かしら、何かしらと愛《いと》しい人がたずねたとき、露のきらめきさと、そう答えて、露のように私の身も消えてしまったらよかったのに。こんな悲しみもなかろうに

この話は、二条《にじよう》の后《きさき》が、従姉妹《いとこ》の女御《にようご》（文徳《もんとく》天皇女御の染殿《そめどの》の后）の御もとに、お仕えするようなかたちでおいでになったが、后はたいそうな美人でいらっしゃったので、男が恋慕し、盗み出して背負って行ったところ、后の兄の、堀河大臣《ほりかわのおとど》（藤原基経《もとつね》）、ご長兄国経大納言《くにつねのだいなごん》といった方々が、その時は、まだ位も低くいらして、参内《さんだい》なさる折、ひどく泣く人がいるのを聞きつけて、男が連れて行くのを引きとどめて、后を取り返しなされたのだ。それをこのように鬼と言ったんだよ。后がまだずっとお若く、入内《じゆだい》などなさらぬ前の時のことだとかいうことだよ。

——むかし、男ありけり。女のえ得《う》まじかりけるを、年を経《へ》てよばひわたりけるを、からうじて盗みいでて、いと暗きに来けり。芥河《あくたがは》といふ河を率《ゐ》て

いきければ、草の上に置きたりける露《つゆ》を、「かれは何《なに》ぞ」となむ男に問ひける。ゆく先おほく、夜もふけにければ、鬼《おに》ある所ともしらで、神《かみ》さへいといみじう鳴り、雨もいたう降りければ、あばらなる倉《くら》に、女をば奥におし入れて、男、弓、胡簶《やなぐひ》を負ひて戸口にをり、はや夜《よ》も明けなむと思ひつつゐたりけるに、鬼はや一口《ひとくち》に食ひてけり。「あなや」といひけれど、神《かみ》鳴《な》るさわぎに、え聞かざりけり。やうやう夜《よ》も明けゆくに、見れば率《ゐ》て来《こ》し女もなし。足ずりをして泣けどもかひなし。

白玉《しらたま》か何《なに》ぞと人の問ひし時つゆとこたへて消《き》えなましものを

これは二条《にでう》の后《きさき》の、いとこの女御《にようご》の御もとに、仕《つか》うまつるやうにてゐたまへりけるを、かたちのいとめでたくおはしければ、盗みて負ひていでたりけるを、御兄《せうと》、堀河《ほりかは》の大臣《おとど》、太郎国経《くにつね》の大納言《だいなごん》、まだ下﨟《げらふ》にて、内裏《うち》へ参りたまふに、いみじう泣く人あるを聞きつけて、とどめてとりかへしたまうてけり。それをかく鬼とはいふなりけり。まだいと若うて、后のただにおはしける時とや。

伊勢物語の風景

◇2

八橋《やつはし》

見知らぬ東路《あずまじ》に迷い込み、おろおろとする在原業平《ありわらのなりひら》一行の目の前に広がったのは、幾筋もの川が乱れて流れる湿地帯。じめじめと水気だつ幽邃《ゆうすい》の地に、しっとりと色を添えるかきつばたの群れ。旅愁を抑えかねた業平は「から衣《ころも》きつつなれにしつましあればはるばるきぬるたびをしぞ思《おも》ふ」と詠《よ》んで人々の涙を誘った。この「東下《あずまくだ》り」の段における業平とかきつばたの文学的な出会いは後世の人々に愛され、歌枕《うたまくら》「八橋」は憧《あこが》れの地となる。

「蜘蛛手《くもで》」のように分流していたのは逢妻川《あいづまがわ》。下流域は湿地帯となって橋がいくつも架けられていたため、この地を八橋と称するようになったという。愛知県知立《ちりゅう》市八橋町にはかつての逢妻川の一部である逢妻男川《あいづまおがわ》が今も流れているものの、八橋はもちろん、蜘蛛手に分かれる湿地もすでにない。しかし鎌倉街道に沿って業平の供養塔や、「から衣」の歌を詠んだ場所と伝えられる「落田《おちた》中《なか》の一つ松」があり、歌枕の誇りを今に伝えている。

八橋町でかきつばたに出会えるのは奈良時代創建の無量寿寺《むりょうじゅじ》。かきつばた園の群生の中に八橋を思わせる橋が架けられ、業平の昔を偲《しの》びながら、かきつばたの中をゆったりと歩くことができる(写真)。

近くの刈谷《かりや》市にある小堤西池《こづつみにしいけ》はかつて池沼帯だったころの名残であり、自生のかきつばたの群落が広がる。業平一行が見たのも、このような野性味のあふれる小ぶりの花々だったかもしれない。

六　東下《あずまくだ》り（第九段）

昔、男がいた。その男が、わが身を無用のものであると思いこんで、京にはおるまい、東国の方に居住できる国を求めようと思って出かけて行った。古くからの友人、一、二人とともに行った。道を知った人もおらず、さまよいつつ行ったのである。

三河《みかわ》の国の八橋《やつはし》（愛知県知立市）という所に行き着いた。そこを八橋と名づけたわけは、水が八方に流れわかれているので、橋を八つ渡してあるゆえに、八橋といったのであった。その沢のかたわらの木陰に馬から下りてすわり、乾飯《かれいい》（旅行用の糧食）を食った。その沢に燕子花《かきつばた》がたいそう風趣あるさまで咲いていた。それを見て、同行のある人が言うには、「『かきつばた』という五文字を各句の頭に置いて、旅中の思いを詠《えい》じてごらんなさい」とのことだったので、男は詠《よ》んだ。

から衣《ごろも》きつつなれにしつましあればはるばるきぬるたびをしぞ思ふ

——唐衣《からごろも》は着ているとなれる、私にはその、なれ親しんできた愛《いと》しい妻が京にいるので、

はるばるやってきた旅をしみじみ物悲しく思うのだよ

と、こう詠んだので、人々はみな、乾飯の上に涙を落して、乾飯はふやけてしまった。

一行は、旅をつづけて駿河《するが》の国に着いた。宇津《うつ》の山（静岡県志太郡岡部町と静岡市の間にある山）に来てみると、これから自分がはいろうとする道はひどく暗く細いうえに、蔦《つた》や楓《かえで》は茂り、なんとなく心細く、とんでもない目にあうことよと思っているところに、修行者《しゅぎょうじゃ》が現れて出会ったのだった。「どうして、このような道はお通りなさる」と言うのを見ると、見知った人であった。京に、あの方《かた》の御もとにと思って、手紙を書いてことづける。その歌、

駿河なるうつの山辺《やまべ》のうつつにも夢にも人にあはぬなりけり

――駿河の国の宇津の山のほとりに来てみると、ものさびしく人けもありません。現《うつつ》にはもとより、夢の中にも、あなたにお逢《あ》いできないのでしたよ

富士の山を見ると、五月の末ごろだというのに、雪がたいそう白く降り積っている。それを見て詠んだ歌、

時しらぬ山は富士の嶺《ね》いつとてか鹿子《かのこ》まだらに雪のふるらむ

——時節をわきまえない山は富士の山だ。いったい今をいつと思って、鹿子《かのこ》まだらに雪が降り積ったままでいるのだろうか

その山はこの京で例にとるなら、比叡山《ひえいざん》を二十ほど重ね上げたくらいの高さで、形は塩尻《しおじり》（海水を注いで塩を作るための擂鉢《すりばち》を伏せた形の砂の山）のようだったのだよ。

一行はなお旅をつづけてゆくと、武蔵《むさし》の国（東京都・埼玉県と神奈川県の一部）と下総《しもうさ》の国（千葉県北西部）との間にたいそう大きな河がある。それをすみだ河というのである。その河のほとりに集りすわって、京に思いをはせると、果てしなく遠くも来てしまったなあ、という気持で悲しみあっているところに、すみだ河の渡しの船頭が、「早く船に乗れ、日が暮れてしまう」と言うので、乗って渡ろうとするが、人々は皆なんとなくつらい思いで、京に愛人がいないわけではない。その姿が心に浮んでくるような、そういう折も折、白い鳥で、くちばしと脚《あし》とが赤い、鴫《しぎ》ほどの大きさの鳥が、水上に遊びながら魚を食う。京には見られぬ鳥なので、だれも見知らない。船頭にたずねると、「これが都鳥《みやこどり》（ゆりかもめ）じゃ」と言うのを聞いて、

名にしおはばいざ言問《ことと》はむみやこどりわが思ふ人はありやなしやと

——「みやこ」という名を持っているなら、都鳥よ、さあおまえにたずねよう。私の愛する人はすこやかに暮しているかどうかと

と詠んだところ、船中の人は、みな泣いてしまった。

むかし、男ありけり。その男、身をえうなきものに思ひなして、京にはあらじ、あづまの方《かた》にすむべき国もとめにとてゆきけり。もとより友とする人、ひとりふたりしていきけり。道しれる人もなくて、まどひいきけり。三河《みかは》の国八橋《やつはし》といふ所にいたりぬ。そこを八橋といひけるは、水ゆく河のくもでなれば、橋を八つわたせるによりてなむ、八橋といひける。その沢《さは》のほとりの木のかげにおりゐて、かれいひ食ひけり。その沢にかきつばたいとおもしろく咲きたり。それを見て、ある人のいはく、「かきつばた、といふ五文字《いつもじ》を句のかみにすゑて、旅の心をよめ」といひければ、よめる。

から衣《ごろも》きつつなれにしつましあればはるばるきぬるたびをしぞ思ふ

とよめりければ、みな人、かれいひの上に涙おとしてほとびにけり。
ゆきゆきて駿河《するが》の国にいたりぬ。宇津《うつ》の山にいたりて、わが入《い》らむとする道はいと暗う細きに、蔦《つた》かへでは茂り、もの心細く、すずろなるめを見ることと思ふに、修行者《すぎやうざ》あひたり。「かかる道は、いかでかいまする」といふを見れば、見し人なりけり。京に、その人の御もとにとて、文《ふみ》かきてつく。

駿河なるうつの山辺《やまべ》のうつつにも夢にも人にあはぬなりけり

富士の山を見れば、五月《さつき》のつごもりに、雪いと白うふれり。

時しらぬ山は富士の嶺《ね》いつとてか鹿子《かのこ》まだらに雪のふるらむ

その山は、ここにたとへば、比叡《ひえ》の山を二十《はたち》ばかり重《かさ》ねあげたらむほどして、なりは塩尻《しほじり》のやうになむありける。
なほゆきゆきて、武蔵《むさし》の国と下《しも》つ総《ふさ》の国とのなかにいと大《おほ》きなる河あり。それをすみだ河といふ。その河のほとりにむれゐて、思ひやれば、かぎりなく遠くも来《き》にけるかな、とわびあへるに、渡守《わたしもり》、「はや船に乗れ、日も暮れぬ」といふに、乗りて渡らむとするに、みな人ものわびしくて、京に思ふ人なきにしもあらず。さるをりしも、白き鳥の、はしとあしと赤き、鴫《しぎ》の大きさなる、水の上に遊びつつ魚《いを》を食ふ。京には見えぬ鳥なれば、みな人見しらず。渡守に問ひければ、「これなむ都鳥《みやこどり》」といふを聞きて、

名にしおはばいざ言問《ことと》はむみやこどりわが思ふ人はありやなしやと

とよめりければ、船こぞりて泣きにけり。

七 盗人《ぬすびと》（第一二段）

昔、男がいた。人の娘を盗んで、武蔵野《むさしの》へ伴って行くと、盗人であるということで、国守《こくしゅ》に捕縛《ほばく》されてしまった。その折、男は、女を草むらの中に置いて、逃げたのである。跡を追ってきた連中が、「この野は盗人がいるそうだ」と言って、火をつけようとする。

女は悲しんで、

武蔵野は今日《けふ》はな焼《や》きそ若草《わかくさ》のつまもこもれりわれもこもれり

――武蔵野は今日は焼いてくださるな。私の夫《つま》も隠れているし、また私も隠れています

と歌を詠んだのを聞いて、追っ手の人たちは、女をとりもどして、捕えた男といっしょに連れていった。

むかし、男ありけり。人のむすめを盗みて、武蔵野《むさしの》へ率《ゐ》てゆくほどに、ぬすびとなりければ、国の守《かみ》にからめられにけり。女をば草むらのなかに置きて、逃げにけり。道来る人、「この野はぬすびとあなり」とて、火つけむとす。女わびて、

武蔵野は今日《けふ》はな焼《や》きそ若草のつまもこもれりわれもこもれり

とよみけるを聞きて、女をばとりて、ともに率《ゐ》ていにけり。

八 くたかけ（第一四段）

昔、男が、奥州《おうしゅう》へあてどもなく行き着いた。そこに住む女が京の人を世にまれなものに思ったのであろう、たいそう思慕の心をいだいたのだった。そこでその女は、一首詠じた。

なかなかに恋《こひ》に死なずは桑子《くはこ》にぞなるべかりける玉《たま》の緒《を》ばかり

――なまじっか恋いこがれて死んだりしないで、蚕《かいこ》になったらよかった。ほんのちょっとの間でもね。あんなに夫婦仲むつまじく過ごせるのだから

いやはや、歌までが田舎《いなか》っぽいことだった。男は、そうはいうものの、やはり心うたれたのだろう、女のもとへ行って、一夜寝た。男が夜深いうちに起きて女の家を出てしまったので、女は、

夜《よ》も明けばきつにはめなでくたかけのまだきに鳴きてせなをやりつる

――夜も明けたならば、あのくたかけ（鶏を罵《ののし》る言葉。腐れ鶏）め、きつ（水槽）にぶち込んでやるわ。まだ夜も明けぬうちに鳴いて、私の夫を出してしまったのだもの

と歌を詠んだので、男はあきれて、京へ帰ろうとして、

栗原《くりはら》のあねはの松の人ならばみやこのつとにいざといはましを

――栗原のあねはの松（宮城県栗原市にあった名物の松）が人であったら、京への土産《みやげ》に、さあと誘って連れていこうものを。おまえも人並ならばね

と詠んだところが、女は意味をとりちがえ、喜んで、「あの人は私を思っていたらしい」と、言っていたのだった。

むかし、男、陸奥《みち》の国にすずろにゆきいたりにけり。そこなる女、京の人はめづらかにやおぼえけむ、せちに思へる心なむありける。さてかの女、

なかなかに恋に死なずは桑子《くはこ》にぞなるべかりける玉《たま》の緒《を》ばかり

歌さへぞひなびたりける。さすがにあはれとや思ひけむ、いきて寝《ね》にけり。

夜《よ》ぶかくいでにければ、女、

夜《よ》も明けばきつにはめなでくたかけのまだきに鳴きてせなをやりつる

といへるに、男、京へなむまかるとて、

栗原《くりはら》のあねはの松の人ならばみやこのつとにいざといはましを

といへりければ、よろこぼひて、「思ひけらし」とぞいひをりける。

九 紀《きの》有《あり》常《つね》（第一六段）

昔、紀有常《きのありつね》（その娘は業平《なりひら》の妻で、妹静子は惟喬親王《これたかのみこ》の母）という人がいた。三代の帝《みかど》（仁明《にんみよう》・文徳《もんとく》・清和天皇）にお仕え申して、栄えたのであったが、晩年は御代《みよ》あらたまり、時勢も移り変ったので、暮しも世の常の人並のようにはいかない。人柄は、心がりっぱで、品よく優雅なことを好んで、他の人とはちがっている。貧しく暮しても、依然、昔、豊かであった時と変らぬ心のままで、境遇に応じた世間ふつうの暮し方も知らない。

長年親しみあった妻が、だんだん夫婦の契りもなくなり、しまいに尼になって、姉が先に尼になっている所へ行くのだが、これを見て夫の有常は、ほんとうに心から仲よくしたことはなかったけれども、いまはお別れしますと言って出ていくのを、たいそうしみじみと愛《いと》しく思った。しかし貧しかったので何事もしてやれなかった。苦慮のすえ、懇ろに心を通わせていた友達のところに、「こうこうの次第で、もはや別れということで、妻は去りますが、何事もわずかなこともしてやれずに、送り出すことです」と書いて、手紙の奥に添えた歌、

手を折《を》りてあひ見しことをかぞふれば十《とを》といひつつ四《よ》つは経《へ》にけり

――指を折って共に暮した年月を数えてみると、四十年にもなっていたのでした

その友達はこの歌を見て、ひどくしみじみと心うたれ、衣装類はもとより夜具の類まで

贈って、歌を詠《よ》んだ。

年だにも十とて四つは経にけるをいくたび君《きみ》をたのみ来《き》ぬらむ

――年月でさえも、四十年はお過ごしになったのに、その長い間、奥方はどれほどあなたを頼みに思ってこられたことでしょう

こう詠んでやったところ、有常は、

これやこのあまの羽衣《はごろも》むべしこそ君《きみ》がみけしとたてまつりけれ

――これ（贈られた衣装や夜具）はなんと、天から降り下《くだ》った天《あま》の羽衣《はごろも》でございます。なるほど、あなたのお召し物としてお着けになったものなのですからね

喜びのあまり、有常はまた一首、

秋やくるつゆやまがふと思ふまであるは涙のふるにぞありける

――秋がきたのだろうか、それとも露がまちがってそう見えるのか、と思うほどに、じっとり袖《そで》が濡《ぬ》れているのは、私のうれし涙が降るのでしたよ

むかし、紀《き》の有常《ありつね》といふ人ありけり。三代《みよ》のみかどに仕《つか》うまつりて、時にあひけれど、のちは世かはり時うつりにければ、世《よ》の常《つね》の人のごともあらず。人がらは、心うつくしく、あてはかなることを好みて、こと人にもにず。貧しく経《へ》ても、なほ、むかしよかりし時の心ながら、世の常のこともしらず。

年ごろあひ馴《な》れたる妻《め》、やうやう床《とこ》はなれて、つひに尼《あま》になりて、姉のさきだちてなりたる所へゆくを、男、まことにむつましきことこそなかりけれ、いまはとゆくを、いとあはれと思ひけれど、貧しければするわざもなかりけり。思ひわびて、ねむごろにあひ語《かた》らひける友だちのもとに、「かうかう、いまはとてまかるを、なにごともいささかなることもえせで、つかはすこと」と書きて、奥に、

手を折《を》りてあひ見しことをかぞふれば十《とを》といひつつ四《よ》つは経《へ》にけり

かの友だちこれを見て、いとあはれと思ひて、夜《よる》の物までおくりてよめる。

年だにも十とて四つは経にけるをいくたび君《きみ》をたのみ来《き》ぬらむ

かくいひやりたりければ、

これやこのあまの羽衣《はごろも》むべしこそ君《きみ》がみけしとたてまつりけれ

よろこびにたへで、また、

秋やくるつゆやまがふと思ふまであるは涙のふるにぞありける

一〇 おのが世々《よよ》（第二一段）

昔、男と女とが、たいそう深く愛しあって、他の人に心を移すことがなかった。それなのに、どんなことがあったのだろう、ちょっとしたことにつけて、女は夫婦の仲を憂《う》いものに思って、出て行こうと思って、こんな歌を詠んで、物に書きつけた。

いでていなば心かるしといひやせむ世のありさまを人はしらねば

――ここを出て行ったなら、心の浅い女よと、世間の人は言うでしょうか。私たちの夫婦の仲のさまを知らないから

と詠み置いて、去ってしまった。この女が、こう書き残していったのを見て、男は、どうもわからない、自分に隔《へだ》て心《ごころ》をいだくようなことも思いあたらぬのに、どうしてこうなのだろうと、たいそうひどく泣いて、どこに捜し求めに行こうかと、門に出て、あちこち見渡したが、どの辺りとも思いあたらなかったので、家の中にもどってきて、

思ふかひなき世《よ》なりけり年月《としつき》をあだに契《ちぎ》りてわれや住まひし

――いくら愛《いと》しく思っても甲斐《かい》のない仲であったなあ。いままでの年月を、むだな約束固めをして、私は縁を結んでいたのだろうか

と詠んで、物思いに沈んでいる。男はまた詠んだ。

人はいさ思ひやすらむ玉かづらおもかげにのみいとど見えつつ

――あの人は私を思っているのだろうか、逢《あ》えないからわからない。でも、私にはあの人

の姿が、幻となってありありと見えるのだが

この女は、たいそう久しくたって、こらえきれなくなってであろうか、歌を詠んでよこした。

いまはとて忘るる草のたねをだに人の心にまかせずもがな

――いまはもうこれかぎりといって、私を忘れてしまう、そんな忘れ草（萱草《かんぞう》の別名）の種だけでも、あなたの心に播《ま》かせたくないものです

返しの歌、

忘れ草植《う》うとだに聞くものならば思ひけりとは知りもしなまし

――せめて、私が人忘れの忘れ草を植えている、とだけでもお聞きになったなら、それであなたを思っていたのだということが、おわかりにもなるでしょうよ

その後、二人は、またまた以前にもまして語らいあって、男が、

忘るらむと思ふ心のうたがひにありしよりけにものぞ悲しき

——あなたが私を忘れているだろうと、あなたの心が疑わしく思われるので、以前にもまして悲しい気持になります

と詠むと、女は返しの歌に、

中空《なかぞら》にたちゐる雲のあともなく身のはかなくもなりにけるかな

——中空に浮びただよっている雲が、あとかたもなく消えるように、わが身も、はかなくよりどころもないものになってしまいました

とは詠んだけれど、それぞれ別に愛人を得て暮すようになってしまったので、二人の間はうとくなってしまった。

むかし、男女《をとこをんな》、いとかしこく思ひかはして、こと心《ごころ》なかりけり。さるを、いかなることかありけむ、いささかなることにつけて、世の中を憂《う》しと思ひて、いでていなむと思ひて、かかる歌をなむよみて、物に書きつけける。

いでていなば心かるしといひやせむ世のありさまを人はしらねば

とよみ置きて、いでていにけり。この女、かく書き置きたるを、けしう、心置くべきこともおぼえぬを、なにによりてか、かからむと、いといたう泣きて、いづかたに求めゆかむと、門《かど》にいでて、と見かう見、見けれど、いづこをはかりともおぼえざりければ、かへり入りて、

思ふかひなき世なりけり年月《としつき》をあだに契《ちぎ》りてわれやすまひし

といひてながめをり。

人はいさ思ひやすらむ玉かづらおもかげにのみいとど見えつつ

この女、いと久しくありて、念《ねん》じわびてにやありけむ、いひおこせたる。

いまはとて忘るる草のたねをだに人の心にまかせずもがな

返し、

忘れ草植《う》うとだに聞くものならば思ひけりとはしりもしなまし

またまた、ありしよりけにいひかはして、男、

忘るらむと思ふ心のうたがひにありしよりけにものぞ悲しき

返し、

中空《なかぞら》にたちゐる雲のあともなく身のはかなくもなりにけるかな

とはいひけれど、おのが世々《よよ》になりにければ、うとくなりにけり。

二 筒《つつ》井《い》筒《づつ》（第二三段）

昔、田舎《いなか》暮しの境遇にあった人の子供たちが、井のところに出て遊んでいたのだが、大人になってしまったので、男も女も互いに恥ずかしく思うようになったけれど、男はこの女を妻にしたいと思うし、女はこの男を夫にと思っていて、親が他の男にめあわせようとしても、承知しないでいた。そうこうするうちに、この隣の男のところから、こ

う歌を詠《よ》んできた。

筒井《つつゐ》つの井筒《ゐづつ》にかけしまろがたけ過ぎにけらしな妹《いも》見ざるまに

――井筒（井戸の地上部の囲い）で高さをはかって遊んだ私の背丈《せたけ》も、あなたを見ないうちに、きっと井筒を越すほどに大きく成長したでしょうよ。もう、大人としてあなたに逢《あ》いたいという気持です

女は、返しの歌を贈る、

くらべこしふりわけ髪《がみ》も肩すぎぬ君《きみ》ならずしてたれかあぐべき

――あなたとどちらが長いかと比べあってきました私の振分髪《ふりわけがみ》も、肩を過ぎるほど伸びてしまいました。あなたでなくて、だれが髪上げ（女性の成人式）をしましょうか

などと歌を交しつづけて、しまいに、もとからの願いどおり結婚した。

その後、何年か過ぎるうちに、女のほうでは、親がなくなり、暮し向きがおぼつかなくなるにつれ、男はこの妻とともに貧しくふがいないさまでいてよいものかと思って、河内《かわち》の国高安《たかやす》の郡《こおり》（大阪府東部の生駒山の南、信貴山《しぎさん》の西辺り）に、あらたに妻をもう

けて行き通う所ができた。けれども、この前からの妻は、憎いと思うようすもなく、男を新しい妻のもとへ送り出してやったので、男は、浮気心があって、こんなに素直なのであろうかと、疑わしく思って、庭の植込みの中に隠れてすわり、表向きは河内へ行ったさまをつくろってうかがい見ると、この女は、たいそう念入りに化粧《けしよう》をして、物思いにしずみ、

風吹けば沖つしら浪《なみ》たつた山夜半《よは》にや君がひとりこゆらむ

——風が吹くと沖の白浪《しらなみ》がたつという名の、ものさびしい龍田山《たつたやま》（信貴山の南の山）を、夜半にあの方は一人で越えていることでしょう

と詠んだのを男は聞いて、とても愛《いと》しいと思って、河内の国高安の女のところへも行かなくなってしまった。

ある時たまたま、例の高安にやってきてみると、この女は、男の通いはじめのころはおくゆかしくも粧《よそおい》をこらしたのだが、いまは気をゆるして、手ずから杓子《しやくし》を取って飯を盛る器《うつわ》に盛っていた（侍女などに給仕をさせない、慎みを忘れた姿）のを見て、男はいやになって、行かなくなってしまった。そこで、その河内の国の女は、男のいる大和《やまと》の

方を見やって、

君があたり見つつを居《を》らむ生駒山《いこまやま》雲なかくしそ雨はふるとも

――あなたのいらっしゃるあたりを望み見ていましょう。雲よ、大和との間の生駒山を、隠してくれませんように、たとえ雨は降っても

と歌を詠んで眺めていると、ようやく大和の国の男は、「来よう」と言ってきた。女は喜んで待つけれど、予告ばかりで、たびたびぬか喜びだったので、

君《きみ》来むといひし夜《よ》ごとに過ぎぬれば頼まぬものの恋ひつつぞ経《ふ》る

――あなたが来ようとおっしゃったその夜がくるごとに、お待ちしますが、いつもむなしく過ぎてしまいますので、あてにはせぬと思うものの、しかし恋しい思いで月日を過ごしております

と歌を詠んだが、男は通《かよ》ってこなくなってしまった。

―― むかし、ゐなかわたらひしける人の子ども、井《ゐ》のもとにいでて遊びける

を、おとなになりにければ、男も女もはぢかはしてありけれど、男はこの女をこそ得《え》めと思ふ、女はこの男をと思ひつつ、親のあはすれども聞かでなむありける。さて、このとなりの男のもとより、かくなむ、

筒井《つつゐ》つの井《ゐ》筒《づつ》にかけしまろがたけ過ぎにけらしな妹《いも》見ざるまに

女、返し、

くらべこしふりわけ髪《がみ》も肩すぎぬ君《きみ》ならずしてたれかあぐべき

などいひいひて、つひに本意《ほい》のごとくあひにけり。

さて年ごろふるほどに、女、親なく、頼りなくなるままに、もろともにいふかひなくてあらむやはとて、河内《かふち》の国、高安《たかやす》の郡《こほり》に、いき通ふ所いできにけり。さりけれど、このもとの女、あしと思へるけしきもなくて、いだしやりければ、男、こと心《ごころ》ありてかかるにやあらむと思ひうたがひて、前栽《せんざい》のなかにかくれゐて、河内へいぬるかほにて見れば、この女、いとよう化粧《けさう》じて、うちながめて、

風吹けば沖つしら浪《なみ》たつた山夜半《よは》にや君がひとりこゆらむ

とよみけるを聞きて、かぎりなくかなしと思ひて、河内へもいかずなりにけり。

まれまれかの高安《たかやす》に来《き》て見れば、はじめこそ心にくもつくりけれ、いまはうちとけて、手づから飯匙《いひがひ》とりて、笥子《けこ》のうつはものにもりけるを見て、心憂《こころう》がりて、いかずなりにけり。さりければ、かの女、大和《やまと》の方《かた》を見やりて、

君があたり見つつを居《を》らむ生駒山《いこまやま》雲なかくしそ雨はふるとも

といひて見いだすに、からうじて大和人《やまとびと》、「来む」といへり。よろこびて待つに、たびたび過ぎぬれば、

君《きみ》来むといひし夜《よ》ごとに過ぎぬれば頼まぬものの恋ひつつぞ経《ふ》る

といひけれど、男、すまずなりにけり。

伊勢物語の風景 ③

在原《ありわら》神社

「筒井筒」の段で幼い男女が思いを交わした井戸が、奈良県天理市櫟本《いちのもと》の在原神社に伝えられている。もちろん『伊勢物語』を愛した後世の人が再現したものだが、それを目にすると歌枕《うたまくら》に立った感慨にはあらがえない。夕暮れに訪れようものなら、謡曲『井筒』のシテの、業平に扮した亡霊がするすると薄《すすき》の影から現れ、そっと井の中を覗《のぞ》き込むような幻想に襲われる。

在原神社の前身は在原寺。創建については諸説あるが、光明《こうみょう》皇后が開いた本光明寺《ほんこうみょうじ》を業平の父阿保《あぼ》親王が現在地に移して在原寺とした、または業平の死後に寺とした、と伝わる。明治の廃仏毀釈《はいぶつきしゃく》によって寺は廃され、境内の鎮守社を在原神社とした。少なくとも、謡曲『井筒』を作った世阿弥《ぜあみ》が生きた一五世紀にはすでに在原寺と「筒井筒」は結びつけられ、業平がこの地で幼いときを過ごし、小さな恋を育んだ――人々はそんな甘い夢想を抱いてきたのである。

事実、在原神社のある櫟本は、「筒井筒」の女が詠《よ》んだ「風《かぜ》吹けば沖《おき》つしら浪《なみ》たつた山《やま》」の歌の龍田《たつた》に通じる高瀬街道が通る。櫟本からまっすぐ西に進んだ龍田山は現在の信貴山《しぎさん》あたりの山地を指し、ここを越えると、男が新しい妻をもうけた河内国高安郡《かわちのくにたかやすのこおり》（現在の大阪府八尾市の辺り）に出る。ずいぶん遠い通いどころに、さぞや本妻は心配したことだろう……伝承とはいえ、境内に立つと憂いに感染され、はるか河内の方が見渡されるのである。

二三　梓弓《あずさゆみ》（第二四段）

昔、男が、片田舎《かたいなか》に住んでいた。男は、宮中勤めをしに行くと言って、女と別れを惜しんで出かけたまま、三年帰ってこなかったので、女は待ちくたびれて、とても心をこめて求婚してきた人に、「今夜逢《あ》いましょう」と結婚の約束を交した、そこへこの男が帰ってきた。男は、「この戸をあけてください」とたたいたが、女はあけないで、歌を詠んで男に差し出したのだった。

あらたまのとしの三年《みとせ》を待ちわびてただ今宵《こよひ》こそ新枕《にひまくら》すれ

――三年もの間待ちくたびれて、私はちょうど今夜、新枕《にいまくら》を交すのです（「あらたまの」は「年」にかかる枕詞）

と詠んで差し出したところ、

あづさ弓《ゆみ》ま弓つき弓年《とし》を経《へ》てわがせしがごとうるはしみせよ

――年月を重ねて、私があなたを愛したように、新しい夫に親しんでくださいよ（「あづさ弓ま弓つき弓」は梓《あずさ》・檀《まゆみ》・槻《つき》の木で作った弓で、弓から月を連想することから、また、「つき弓」から、「年」にかかる序詞）

と男は詠んで、立ち去ろうとしたので、女は、

あづさ弓引けど引かねどむかしより心は君《きみ》によりにしものを

――あなたのお心はどうであっても、私の心は昔からあなたにお寄せしておりましたのに（「あづさ弓」は「引く」にかかる枕詞）

と詠んだが、男は帰ってしまった。女はひどく悲しく思い、あとから追っていったが、追いつけず、清水《しみず》が湧《わ》いている所にたおれ伏してしまった。そこにあった岩に、指の血で書きつけた。

あひ思はで離《か》れぬる人をとどめかねわが身は今ぞ消えはてぬめる

――私の思いが通わないで離れてしまった人を、引きとめることができなくて、私の身はいま死んでしまうようです

と書いて、その場で死んでしまった。

むかし、男、かたゐなかにすみけり。男、宮仕《みやづか》へしにとて、別れ惜《を》しみてゆきにけるままに、三年《みとせ》来ざりければ、待ちわびたりけるに、いとねむごろにいひける人に、「今宵《こよひ》あはむ」とちぎりたりけるに、この男来たりけり。「この戸あけたまへ」とたたきけれど、あけで、歌をなむよみていだしたりける。

あらたまのとしの三年《みとせ》を待ちわびてただ今宵《こよひ》こそ新枕《にひまくら》すれ

といひいだしたりければ、

あづさ弓《ゆみ》ま弓つき弓年《とし》を経《へ》てわがせしがごとうるはしみせよ

といひて、いなむとしければ、女、

あづさ弓引けど引かねどむかしより心は君《きみ》によりにしものを

といひけれど、男かへりにけり。女いとかなしくて、しりにたちておひゆけど、えおひつかで、清水《しみづ》のある所にふしにけり。そこなりける岩に、およびの血して書きつけける。

あひ思はで離《か》れぬる人をとどめかねわが身は今ぞ消えはてぬめる

と書きて、そこにいたづらになりにけり。

一三 逢《あ》わで寝《ぬ》る夜（第二五段）

昔、男がいた。逢おうとも、逢うまいともはっきり言わなかったが、いざとなるとやはり逢おうとしなかった女のところに、歌を詠んで贈った。

秋の野にささわけし朝の袖《そで》よりもあはで寝《ぬ》る夜《よ》ぞひちまさりける

――秋の野で露いっぱいの笹《ささ》を分け、あなたに逢って帰った朝の袖《そで》よりも、あなたに逢わ

ないでひとり寝る夜のほうが、悲しみの涙でぐっしょりと、よけい濡《ぬ》れましたよ

色好みな女が、返しの歌をよこした。

みるめなきわが身をうらとしらねばや離《か》れなで海人《あま》の足たゆく来《く》る

——逢うこともしない私の身を、無情なものと知らないからかしら、離れもせず疲れた足を引きずって、あなたはたびたびおいでなさることですね

むかし、男ありけり。あはじともいはざりける女の、さすがなりけるがもとに、いひやりける。

秋の野にささわけし朝の袖《そで》よりもあはで寝《ぬ》る夜《よ》ぞひちまさりける

色好みなる女、返し、

みるめなきわが身をうらとしらねばや離《か》れなで海人《あま》の足たゆく来《く》る

一四　源《みなもとのいたる》 至（第三九段）

昔、西院《さいいん》の帝《みかど》（淳和《じゅんな》天皇）と申し上げる天皇がおいでになった。その帝の皇女《みこ》に、崇《たかい》子《こ》と申しあげる方《かた》がいらっしゃった。その皇女がお亡くなりになって、ご葬送の夜、その御殿の隣に住んでいた男が、ご葬送を見ようとして、女車《おんなぐるま》（女房が乗る牛車）に女と同乗して出かけた。

ずいぶんお待ちしたが、なかなかお柩《ひつぎ》をお出し申し上げない。そのまま悲しみの涙を流すだけで、帰ってしまおうとするうちに、天下の色好み、源《みなもとのいたる》 至（嵯峨《さが》天皇の孫）という人が、これもご葬送を見物に来た時に、この車を女車だなと見て、そばに寄ってきて、なにかと色めかしいそぶりをする。その間にあの至は、蛍を持ってきて、女のいる車に入れたので、この蛍のともす灯《ひ》に車中の女の顔が見られるかもしれぬ、この灯を消そうとして、乗っている男が詠んだ。

いでていなばかぎりなるべ　みともし消《け》ち年経《へ》ぬるかと泣く声を聞け

——お柩が出てしまったならば、これが最後でしょうから、皇女《みこ》様の魂のようなこの灯が消えて真っ暗の中で、なんとはかないお命だったことかと、お偲《しの》び申し上げて泣く人々の声をお聞きなさい

例の至が詠んだ返しの歌、

いとあはれ泣くぞ聞《きこ》ゆるともし消《け》ちきゆるものとしもわれはしらずな

——とてもあわれなことです。人々の泣き声が聞こえます。しかし、灯が消えて皇女様の魂が人々の心から消え去ってゆくものとも、私は思いませんね。蛍の灯を消したところで、その美しい方への私の思いは消えませんよ

天下の色好みの歌としては平凡であった。

至は順《したごう》（源順。『後撰集《ごせんしゅう》』撰者の梨壺《なしつぼ》の五人の一人）の祖父である。この一件、皇女様の成仏《じょうぶつ》を願うご本志にはそわないことなのだ。

—— むかし、西院《さいゐん》の帝《みかど》と申すみかどおはしましけり。そのみかどのみこ、た

かい子と申すいまそがりけり。そのみこうせたまひて、御《おほん》はぶりの夜《よ》、その宮の隣なりける男、御はぶり見むとて、女車《をんなぐるま》にあひ乗りていでたりけり。いと久しう率《ゐ》ていでたてまつらず。うち泣きてやみぬべかりけるあひだに、天《あめ》の下《した》の色好み、源《みなもと》の至《いたる》といふ人、これもの見るに、この車を女車と見て、寄り来てとかくなまめくあひだに、かの至、蛍《ほたる》をとりて、女の車に入れたりけるを、車なりける人、この蛍のともす火にや見ゆらむ、ともし消《け》ちなむずるとて、乗れる男のよめる。

いでていなばかぎりなるべみともし消《け》ち年経《へ》ぬるかと泣く声を聞け

かの至、返し、

いとあはれ泣くぞ聞《きこ》ゆるともし消《け》ちきゆるものともわれはしらずな

天《あめ》の下の色好みの歌にては、なほぞありける。

至は順《したがふ》が祖父《おほぢ》なり。みこの本意《ほい》なし。

一五 すける物《もの》思《おも》い（第四〇段）

昔、若い男が、ちょっと人目をひく召使女を愛《いと》しいと思った。この男には、子を思うあまり、気をまわす親がいて、わが子が女に執着しては困ると思って、この女をほかへ追い出そうとする。しかしそうはいっても、まだ追い出してはいない。男は、親がかりの身なので、まだ進んで思うままにふるまう威勢もなかったので、女をとどめる気力がない。女も身分が低い者なので、対抗する力がない。そうこうしているうちに、女への愛情はますます燃え上がる。

にわかに、親が、この女を追い出した。男は、血の涙を流して悲しんだが、女を引きとどめようもない。人が女を連れて家を出た。男は、涙ながらに詠んだ。

いでていなばたれか別れのかたからむありしにまさる今日《けふ》は悲しも

――自分から女が去ってゆくのなら、こんなに別れがたくも思わないだろう。無理に連れ去られるのだから、今日は、いままでのつらい思いよりもいっそう悲しいことだなあと詠んで、気を失ってしまった。親はうろたえてしまった。なんといっても子を思って、女と別れるように意見をしたのだ、まさか、これほどでもあるまい、と思ったところ、ほんとうに息も絶《た》え絶《だ》えになってしまったので、狼狽《ろうばい》して願《がん》を立てた。今日の日暮れごろに気絶して、翌日の戌《いぬ》の刻《こく》ごろ（午後七時から九時ごろ）に、やっと生き返った。昔の若者は、こんないちずな恋をしたものだ。当節の老人めいた者などに、どうしてこのような恋愛ができようか。

むかし、若き男、けしうはあらぬ女を思ひけり。さかしらする親ありて、思ひもぞつくとて、この女をほかへ追ひやらむとす。さこそいへ、まだ追ひやらず。人の子なれば、まだ心いきほひなかりければ、とどむるいきほひなし。女もいやしければ、すまふ力なし。さる間に、思ひはいやまさりにまさる。

にはかに、親、この女を追ひうつ。男、血の涙を流せども、とどむるよしなし。率《ゐ》ていでていぬ。男、泣く泣くよめる。

いでていなばたれか別れのかたからむありしにまさる今日《けふ》は悲しも

とよみて絶《た》え入《い》りにけり。親あわてにけり。なほ思ひてこそいひしか、いとかくしもあらじと思ふに、真実《しんじち》に絶え入りにければ、まどひて願《ぐわん》立てけり。今日のいりあひばかりに絶え入りて、またの日の戌《いぬ》の時ばかりになむ、からうじていきいでたりける。むかしの若人《わかうど》は、さるすける物思ひをなむしける。今のおきな、まさにしなむや。

一六 紫《むらさき》（第四一段）

昔、姉妹二人がいた。一人は身分が低くて貧しい男を、一人は高貴な男を、夫としていた。身分の低い男を夫とした女は、十二月の末に、夫の袍《ほう》（男性貴族の正装の上着）を洗って、自らの手で張る仕事をした。一生懸命に心をつくしてしたのだけれど、そのような下女などのする仕事も習い覚えていなかったので、袍の肩のところを強く張りすぎて破ってしまった。どうしようもなくて、ただざめと泣くばかりだった。このことを、あの高貴な男が聞いて、ひどく気の毒に思ったので、たいそう美しい緑衫《ろうそう》の袍（六位の人が着る緑色の袍）を見つけ出して贈るにつけて、歌を詠《よ》んでやる、

むらさきの色こき時はめもはるに野なる草木ぞわかれざりける

——紫草の根（根から紫色の染料をとる）が色濃いときは、一望はるかに、その根につながる野の草木は、ともに春の芽ぶきの緑になって見わけがつかず、なつかしいものに思われます。妻の縁につながるあなたに、私の志を贈るのも、同じ心からなのです

これは「武蔵野《むさしの》の」の歌（「紫のひともとゆゑに武蔵野の草はみながらあはれとぞ見る」——愛すべき紫草一株のために、それが生えている武蔵野の草は、みなしみじみなつかしく思われる。『古今集』雑上に「むらさきの……」の一つ前に出る）の趣を詠んだものであろう。

——

むかし、女はらから二人ありけり。一人はいやしき男のまづしき、一人はあてなる男もたりけり。いやしき男もたる、十二月《しはす》のつごもりに、うへ

のきぬを洗ひて、手づから張りけり。心ざしはいたしけれど、さるいやしきわざも習はざりければ、うへのきぬの肩を張り破《や》りてけり。せむ方《かた》もなくて、ただ泣きに泣きけり。これをかのあてなる男聞きて、いと心ぐるしかりければ、いと清《きよ》らなる緑衫《ろうさう》のうへのきぬを見いでてやるとて、

むらさきの色こき時はめもはるに野なる草木ぞわかれざりける

武蔵野《むさしの》の心なるべし。

一七 行《ゆ》く蛍《ほたる》（第四五段）

昔、男がいた。だいじにされていたある人の娘が、なんとかこの男に愛を訴えたいと思っていた。口に出すことができなかったのだろうか、病《やまい》にたおれて、死にそうになった時に、「こうも深く思っておりました」と言ったのを、親が聞きつけて、涙ながらに男に告げたものだから、男はあわてて来たけれども、死んだので、なすこともなく喪に

こもっていた。時は六月の終り、ひどく暑いころに、宵《よい》のうちは音楽などに過ごしていて、夜が更けて、少し涼しい風が吹いた。蛍が高く飛び上がる。この男はそれを臥《ふ》したまま見て詠んだ。

ゆくほたる雲の上までいぬべくは秋風吹くと雁《かり》につげこせ

——空ゆく蛍よ。雲の上まで飛んで行けるものなら、天上の雁《かり》に、下界では秋風が吹いているよ、さあお行き、と告げておくれ

暮れがたき夏のひぐらしながむればそのこととなくものぞ悲しき

——なかなか日が暮れない夏の長い日を、一日中物思いにふけっていると、なんということなく、悲しい気持になってくる

むかし、男ありけり。人のむすめのかしづく、いかでこの男にものいはむと思ひけり。うちいでむことかたくやありけむ、もの病《や》みになりて、死ぬべき時に、「かくこそ思ひしか」といひけるを、親、聞きつけて、泣く

泣くつげたりければ、まどひ来たりけれど、死にければ、つれづれとこもりをりけり。時は六月《みなづき》のつごもり、いと暑きころほひに、宵《よひ》は遊びをりて、夜《よ》ふけて、やや涼しき風吹きけり。蛍《ほたる》たかく飛びあがる。この男、見ふせりて、

ゆくほたる雲の上までいぬべくは秋風吹くと雁《かり》につげこせ

暮れがたき夏のひぐらしながむればそのこととなくものぞ悲しき

一八 若草（第四九段）

昔、男が、妹のとても愛らしいさまを見ていて、

うら若みねよげに見ゆる若草を人のむすばむことをしぞ思ふ

——若々しいので、添《そ》い臥《ふ》したく見える若草のような美しいあなたを、私以外の人が妻と

することを惜しく思います

と申し上げた。返しの歌、

初草《はつくさ》のなどめづらしき言《こと》の葉《は》ぞうらなくものを思ひけるかな

——なんと思いがけないお言葉ですこと。私はきょうだいだからと、何のへだて心もなく、お思い申しておりましたのですよ

むかし、男、妹《いもうと》のいとをかしげなりけるを見をりて、

うら若みねよげに見ゆる若草を人のむすばむことをしぞ思ふ

と聞《きこ》えけり。返し、

初草《はつくさ》のなどめづらしき言《こと》の葉《は》ぞうらなくものを思ひけるかな

伊勢物語の風景 ◇4

長《なが》岡《おか》京《きょう》大《だい》極《ごく》殿《でん》跡《あと》

薫《にほ》ふがごとく今盛《いまさか》りなり――と謳《うた》われた平城京から遷都が決行されたのは延暦《えんりゃく》三年(七八四)。肥大化した大寺院や旧勢力を一掃するべく桓武《かんむ》天皇は新しい都を山背国乙訓郡《やましろのくにおとくにのこおり》に定め、長岡京と称した。宮城があったのは京都府向日市《むこう》(写真は市内にある大極殿跡)であり、現在の長岡京市には東西の市が推定されている。南には三つの川が合流する淀《よど》の津《つ》があって水陸の便がよく、延暦四年には大極殿や内裏《だいり》が完成する。しかしその年、造長岡京使の藤原種継《たねつぐ》が暗殺される。嫌疑をかけられた早良《さわら》親王が飲食を絶って餓《が》死《し》すると、輝かしいはずの新都に暗雲がたれ込める。桓武天皇の夫人藤原旅子《たびこ》、母の高野新笠《たかののにいがさ》、皇后の藤原乙牟漏《おとむろ》が次々に死去し、安殿《あて》皇太子も病床に伏す。陰陽師《おんみょうじ》に占わせたところ「早良親王の祟《たた》り」。さらに洪水に襲われ、桓武天皇はさらなる遷都を決意、延暦十三年に新都平安京へと遷《うつ》っていく。長岡京はわずか十年で都の栄光を失った。

しかし長岡の地には桓武天皇の皇女が多く残ったらしい(『伊勢物語愚見抄』)。業平《なりひら》の母伊都《いと》内親王もこの地に住んだと考えられ、「さらぬ別れ」の段に「その母、長岡といふ所にすみたまひけり」とある。「荒れたる宿」の段では男自身がこの地に家を作ったと記され、「ゐなか」となり果てた長岡の様子が描かれる。女たちが詠んだ「荒れにけりあはれいく世の宿なれやすみけむ人の訪れもせぬ」の歌は、短命に終わった都そのものの運命にも感じられよう。

一九 荒れたる宿（第五八段）

昔、深く思いこむ心があって恋の情趣を心得ている男が、長岡《ながおか》（京都府長岡京市辺り）という所に家を造って住んでいた。そこの隣にお住いの宮様方にいる、ちょっと見《み》目《め》よい女たちが、田舎《いなか》であったので、この男が田を刈ろうと思ってとかくしているのを見て、「たいそうな、風流男のお仕事ですこと」と言って、集って男の家にやってきたので、この男は、逃げて奥に隠れてしまったものだから、女は、

荒れにけりあはれいく世《よ》の宿《やど》なれやすみけむ人の訪《おとづ》れもせぬ

――なんと荒れてしまったことでしょう。まあいく世を経てきた家なのでしょうか。この家に住んでいた人はどうしてしまったのか、とんとたずねもしてくれません

と歌を詠んで、この宮様の邸《やしき》に集ってきてたむろしていたので、この男は、

むぐら生《お》ひて荒れたる宿のうれたきはかりにも鬼《おに》のすだくなりけり

――葎《むぐら》（蔓草《つるくさ》の総称）が生い茂り荒れたこの家が薄気味わるいのは、一時《ひととき》にもせよ、鬼さんたちが集って騒ぐからなのでしたよ

と女たちを鬼だといってからかった歌を詠んで差し出した。すると、この女たちが、わざと（男をからかって）「落穂《おちぼ》拾いをしてお手伝いをしましょう」と言ったので、男が詠んだ歌、

うちわびておち穂《ほ》ひろふと聞かませばわれも田づらにゆかましものを

――生計にお困りのごようすで落穂拾いをなさると聞いておりましたなら、私も逃げたりしないで田のほとりに行って、お手伝いをいたしましたのに

むかし、心つきて色好みなる男、長岡《ながをか》といふ所に家つくりてをりけり。そこのとなりなりける宮ばらに、こともなき女どもの、ゐなかなりければ、田刈《か》らむとて、この男のあるを見て、「いみじのすき者のしわざや」とて、集りて入り来《き》ければ、この男、逃げて奥にかくれにければ、女、

荒れにけりあはれいく世《よ》の宿《やど》なれやすみけむ人の訪《おとづ》れもせぬ

といひて、この宮に集り来ゐてありければ、この男、

むぐら生《お》ひて荒れたる宿のうれたきはかりにも鬼《おに》のすだくなりけり

とてなむいだしたりける。この女ども、「穂《ほ》ひろはむ」といひければ、

うちわびておち穂《ぼ》ひろふと聞かませばわれも田づらにゆかましものを

二〇 花橘《はなたちばな》（第六〇段）

昔、男がいた。宮廷勤めがいそがしく、一心に愛情をそそいでやらなかった時の妻が、誠実に愛そうと言う人に従って、他国へ行ってしまった。この男が、宇佐《うさ》の使い（大分県の宇佐神宮へ幣帛《へいはく》を奉納する使者）となって行った折に、ある国の勅使《ちょくし》接待の役人の

妻になっていると聞いて、「当家の主婦に盃《さかずき》を捧《ささ》げさせよ。そうでなくては酒は飲むまい」と言ったので、主婦が盃を捧げ持って差し出したところ、男は酒菜《さかな》として出された橘《たちばな》を手に持って、

さつき待つ花たちばなの香《か》をかげばむかしの人の袖《そで》の香《か》ぞする

——五月を待って咲く橘の花の香《か》をかぐと、昔親しんだ人の袖《そで》の香が、なつかしくかおってきます

と詠んだのを聞いて、その女は、この貴人は昔の夫だったと思い出し、わが身を恥じ、尼になって山に籠《こも》って暮したのだった。

むかし、男ありけり。宮仕《みやづか》へいそがしく、心もまめならざりけるほどの家刀自《いへとうじ》、まめに思はむといふ人につきて、人の国へいにけり。この男、宇《う》佐《さ》の使《つかひ》にていきけるに、ある国の祇承《しぞう》の官人の妻《め》にてなむあると聞きて、「女あるじにかはらけとらせよ。さらずは飲まじ」といひければ、かはらけとりていだしたりけるに、さかななりける橘《たちばな》をとりて、

さつき待つ花たちばなの香《か》をかげばむかしの人の袖《そで》の香《か》ぞする

といひけるにぞ思ひいでて、尼《あま》になりて山に入《い》りてぞありける。

二 こけるから（第六二段）

昔、何年もの間、たずねてやらなかった女が、賢明ではなかったのだろうか、さして頼みにもならぬ人の甘言にのって下り、今は地方在住の人に使われていたが、以前夫だった男の前に出てきて、食事の給仕などをした。夜になって、「さっきいた人をこちらへ」と男が主人に言ったので、女をよこしてきた。男は、「私をご存じではないかね」と言って、

いにしへのにほひはいづら桜花《さくらばな》こけるからともなりにけるかな

――過ぎ去った日のつややかな美しさは、いまどこへいったのだろう。桜花のように美しかったあなたは、こけるから（花をむしりとった後の幹）のような、みじめに落ち散った姿にな

ってしまったねえ

と歌を詠《よ》むのを聞いて、女はひどく恥ずかしいと思って、返事もしないですわっていたところ、男が「どうして返事もしないのか」と言うので、「涙がこぼれますので、目も見えません。ものも言われません」と言う。

これやこのわれにあふみをのがれつつ年月経《としつきふ》れどまさりがほなき

――これがまあ、私に逢《あ》うのを逃れていって、年月は経たけれど、以前よりよくなったよ

うすもない人のありさまなのだなあ

と男が歌を詠んで、衣服を脱いで与えたけれど、女は捨てて逃げてしまった。どこへ行ってしまったのだろうか、それもわからない。

――

むかし、年ごろ訪《おとづ》れざりける女、心かしこくやあらざりけむ、はかなき人の言《こと》につきて、人の国なりける人につかはれて、もと見し人の前にいで来て、もの食はせなどしけり。夜《よ》さり、「このありつる人たまへ」とある

じにいひければ、おこせたりけり。男、「われをばしらずや」とて、

いにしへのにほひはいづら桜花《さくらばな》こけるからともなりにけるかな

といふを、いとはづかしと思ひて、いらへもせでゐたるを、「などいらへもせぬ」といへば、「涙のこぼるるに目も見えず、ものもいはれず」といふ。

これやこのわれにあふみをのがれつつ年月経《としつきふ》れどまさりがほなき

といひて、衣《きぬ》ぬぎてとらせけれど、捨てて逃げにけり。いづちいぬらむともしらず。

三 つくも髪（第六三段）

昔、男を慕う心にとりつかれた女が、なんとかして情の深い男に逢《あ》うことができるよ

うになりたいものだ、と思うが、それを言いだすついでもないので、ほんとうに見たふりをして作り話の夢語りをする。子三人を呼んでその話をした。二人の子は、そっけなく受け答えをしてとりあわなかった。

三男だった子が、「よい殿御《とのご》が現れることでしょう」と夢解《ゆめと》きをすると、この女はたいへんご機嫌である。三男は、他の人はとても情が深いなどと言えたものではない、なんとかして、あの風流男の在五中将《ざいごちゅうじょう》（在原業平《ありわらのなりひら》）に逢わせてやりたいものだ、と思う心をいだいている。そこで、この男（在五中将）が狩《かり》をして歩きまわっているところに行き会って、途中で馬の口をとり、引きとどめて、「こうこうお慕いしています」と言ったので、男は心を動かされ、やってきて寝た。その後、男が現れなかったものだから、女は、男の家に行って、物の隙間《すきま》からのぞき見をすると、男はほのかに見て、

百年《ももとせ》に一年《ひととせ》たらぬつくも髪《がみ》われを恋ふらしおもかげに見ゆ

――百年に一年たらないほどのお齢《とし》の、九十九髪《つくもがみ》（白髪）のお婆《ばあ》さんが、私を恋うているらしい。その姿が幻となって見える

と詠《よ》んで、女の家へ出かけるようすを見せるので、女は茨《いばら》や枳殻《からたち》にひっかかるのもかま

わず、あわて勇んで家に帰ってきて横になっていた。男は、あの女がしたように、こっそりと立っていて見ると、女は、男の薄情さを嘆き悲しんで寝ようとして、

さむしろに衣《ころも》かたしき今宵《こよひ》もや恋しき人にあはでのみ寝《ね》む

——敷物の上に衣の袖《そで》を片《かた》敷いて、今宵もまた、恋しい人に逢わずに独《ひと》り寝《ね》をするばかりなのでしょうか

と詠んだのを、男は聞いて気の毒に思って、その夜は泊り共寝《ともね》をした。男女の仲のならいとして、自分が恋しく思う女を慕い、恋しく思わぬ女を慕わぬものであるのに、この人（在五中将）は、恋しく思う女に対しても、そう思わぬ女に対しても、差別を見せずに扱う心を持っていたのだった。

むかし、世心《よごころ》つける女、いかで心なさけあらむ男にあひ得てしがなと思へど、いひいでむもたよりなさに、まことならぬ夢がたりをす。子三人《みたり》を呼びて語りけり。ふたりの子は、なさけなくいらへてやみぬ。三郎《さぶらう》なりける子なむ、「よき御男ぞいで来む」とあはするに、この女、

けしきいとよし。こと人はいとなさけなし。いかでこの在五中将《ざいごちゆうじやう》にあはせてしがなと思ふ心あり。狩《かり》し歩《あり》きけるにいきあひて、道にて馬の口をとりて、「かうかうなむ思ふ」といひければ、あはれがりて、来《き》て寝《ね》にけり。さてのち、男見えざりければ、女、男の家にいきてかいまみけるを、男ほのかに見て、

百年《ももとせ》に一年《ひととせ》たらぬつくも髪《がみ》われを恋ふらしおもかげに見ゆ

とて、いで立つけしきを見て、うばら、からたちにかかりて、家にきてうちふせり。男、かの女のせしやうに、忍びて立てりて見れば、女嘆《なげ》きて寝《ぬ》とて、

さむしろに衣《ころも》かたしき今宵《こよひ》もや恋しき人にあはでのみ寝《ね》む

とよみけるを、男、あはれと思ひて、その夜《よ》は寝《ね》にけり。世の中の例《れい》として、思ふをば思ひ、思はぬをば思はぬものを、この人は思ふをも、思はぬをも、けぢめ見せぬ心なむありける。

二三 在原《ありわら》なりける男（第六五段）

昔、帝《みかど》がお心におかけになってお召し使いになる女で、禁色《きんじき》（特定の人以外には着用が禁じられた色）を許された身分の人がいた。大御息所《おおみやすんどころ》（帝の生母である女御《にょうご》・更衣《こうい》）と申し上げていた方の従姉妹《いとこ》（大御息所が染殿《そめどの》の后《きさき》なら、従姉妹は二条《にじょう》の后高子《たかいこ》。二〇五頁参照）なのであった。この女は、殿上《てんじょう》の間《ま》にお仕えしていた、在原《ありわら》氏であってまだたいそう若かった男を、互いに知りあう仲と親しんでしまったのだった。男は女房たちの居る所に立ち入ることを許されていたので、この女が居る所に来て、向いあって動こうともしなかったので、女は、「たいそう見苦しいことです。あなたも身の破滅になってしまいましょう。こんなことをなさってはいけません」と言ったところ、男は、

思ふにはしのぶることぞまけにけるあふにしかへばさもあらばあれ

――逢わずにこらえようとしても、あなたを思う心に負けてしまいました。お逢いできるのならば、どうなってもかまいません

と歌に思いを述べて、女が自室にお下がりになれば、男は例のとおり、人が見ているのも知らないで、このお部屋に上がってすわっている、といったありさまだったので、この女はつらく思って里へ行く。そうすると男は、「かまうものか、かえってつごうのよいことよ」と思って、女の里へしばしば行き来したので、人々はみなこれを聞いて笑ったのであった。朝早く、主殿司《とのもづかさ》（宮中の掃除などを司《つかさど》る）が見ると、こっそり宮中へ帰ってきた男は、沓《くつ》はそのまま端に置かず、奥の方に取り込んで、殿上《てんじょう》に上がってしまう（昨夜、宿直したように見せかけるためか）といったぐあいだった。

このように見苦しいようすで過ごしているうちに、自分の身も役たたずになってしまいそうに思われたから、いつかは破滅してしまうにちがいないと思って、この男は、「どうしようもありません、私のこのような心をお直しください」と、仏様や神様に申し祈ったけれど、ただもうますます思いが湧《わ》いてきて、依然として、どうしようもなく恋しく思われるばかりであった。それで陰陽師《おんようじ》や神巫《かんなぎ》（巫女《みこ》）を呼んで、恋をすまいという祓《はら》えを行うための道具を持って、河原《かわら》に行ったのであった。祓えをするにつれて、いよいよ悲しさがつのってきて、以前よりもいっそう恋しく思われるばかりだったので、

恋せじとみたらし河《がは》にせしみそぎ神はうけずもなりにけるかな

――恋をすまいと、御手洗河《みたらしがわ》（参拝者が手を洗い清める河）で行ったみそぎではあるが、私の祈願を、神はお受け下さらなくなってしまったなあ

と歌に心中を述べて、帰っていった。

この帝は、容貌《ようぼう》が美しくいらっしゃって、仏の御名《みな》を、お心に深くこめて、お声はたいそうごりっぱで、唱え申しなさるのを聞いて、女はひどく泣いた。「このような天子様にお仕え申し上げないで、宿縁《しゅくえん》がわるく、悲しいことよ、この男の情にひかれて」と言って泣いたのであった。そうこうするうちに、帝がこのことをお聞きつけになって、この男を流罪に処してしまわれたので、女の従姉妹にあたる大御息所が、この女を宮中から退出させて、蔵に押し込めて折檻《せっかん》なさったので、女は蔵にこもって泣く。

あまの刈《か》る藻《も》にすむ虫のわれからと音《ね》をこそ泣かめ世をば恨《うら》みじ

――海人《あま》が刈る藻にすむ虫である「われから」（海藻に棲《す》む虫で、乾くにつれ体の殻が割れる）、その「われから」（自分から）という言葉どおり、このことはわが身ゆえと思って泣きましょう。あの方との仲を恨みはいたしますまい

と歌を詠んで泣いていると、この男は、流された他国から、毎夜やってきては、笛をたいそうすばらしく吹いて、声は風趣のあるさまで、しみじみと心をうつように唱《うた》ったのであった。これにつけても、この女は蔵にこもりながら、男がそこにいるようだとは声を聞いて知るが、互いに顔を合せることもできずにいたのであった。

さりともと思ふらむこそ悲しけれあるにもあらぬ身をしらずして

――それでも逢《あ》えるか、とあの方は思っているでしょう。それが悲しいのです。生きているとも言えぬわが身のありさまを知らないで、あの方は、あのように

と女は思っている。男は、女が逢わぬものだから、このようにして歩きまわり、流された所に戻っては、こう唱《うた》う。

いたづらにゆきては来ぬるものゆゑに見まくほしさにいざなはれつつ

――いつもむなしく行っては帰ってきてしまうのだけれども、また逢いたさに心動かされては足を運ぶことよ

清和《せいわ》天皇の御時《おんとき》のことなのであろう。大御息所という方も染殿の后（文徳天皇女御の

明子）である。五条《ごじょう》の后（仁明天皇皇后順子）だともいう。

むかし、おほやけ思《おぼ》してつかうたまふ女の、色ゆるされたるありけり。大御息所《おほみやすんどころ》とていますがりけるいとこなりけり。殿上《てんじやう》にさぶらひける在原《ありはら》なりける男の、まだいと若かりけるを、この女あひしりたりけり。男、女がたゆるされたりければ、女のある所に来《き》てむかひをりければ、女、「いとかたはなり。身も亡《ほろ》びなむ、かくなせそ」といひければ、

思ふにはしのぶることぞまけにけるあふにしかへばさもあらばあれ

といひて、曹司《ざうし》におりたまへれば、例の、このみ曹司には、人の見るをもしらでのぼりゐければ、この女、思ひわびて里へゆく。されば、なにの、よきこと、と思ひて、いきかよひければ、みな人聞《き》きて笑ひけり。つとめて主殿司《とのもづかさ》の見るに、沓《くつ》はとりて、奥になげ入れてのぼりぬ。

かくかたはにしつつありわたるに、身もいたづらになりぬべければ、つひに亡《ほろ》びぬべし、とて、この男、「いかにせむ、わがかかる心やめたまへ」

と、仏神《ほとけかみ》にも申しけれど、いやまさりにのみおぼえつつ、なほわりなく恋しうのみおぼえければ、陰陽師《おんやうじ》、神巫《かむなぎ》よびて、恋せじといふ祓《はら》への具《ぐ》してなむいきける。祓へけるままに、いとど悲しきこと数《かず》まさりて、ありしよりけに恋しくのみおぼえければ、

恋せじとみたらし河《がは》にせしみそぎ神はうけずもなりにけるかな

といひてなむいにける。

この帝《みかど》は、顔かたちよくおはしまして、仏《ほとけ》の御名を御心に入れて、御声《こゑ》はいと尊くて申したまふを聞きて、女はいたう泣きけり。「かかる君《きみ》に仕《つか》うまつらで、宿世《すくせ》つたなく、悲しきこと、この男にほだされて」とてなむ泣きける。かかるほどに、帝聞《きこ》しめしつけて、この男をば流しつかはしてければ、この女のいとこの御息所《みやすどころ》、女をばまかでさせて、蔵《くら》にこめてしをりたまうければ、蔵にこもりて泣く。

あまの刈《か》る藻《も》にすむ虫のわれからと音《ね》をこそ泣かめ世をば恨《うら》みじ

と泣きをれば、この男、人の国より夜《よ》ごとに来つつ、笛をいとおもしろく吹きて、声はをかしうてぞ、あはれにうたひける。かかれば、この女は蔵にこもりながら、それにぞあなるとは聞けど、あひ見るべきにもあらでなむありける。

さりともと思ふらむこそ悲しけれあるにもあらぬ身をしらずして

と思ひをり。男は、女しあはねば、かくし歩《あり》きつつ、人の国に歩きて、かくうたふ。

いたづらにゆきては来ぬるものゆゑに見まくほしさにいざなはれつつ

水《みづ》の尾《を》の御時なるべし。大御息所《おほみやすんどころ》も染殿《そめどの》の后《きさき》なり。五条《ごでう》の后とも。

二四 狩《かり》の使《つかい》（第六九段）

昔、男がいた。その男が伊勢《いせ》の国（三重県）に狩の使《つかい》（宮中の宴会用の野鳥を獲るための勅使《ちょくし》）に行ったときに、あの伊勢の斎宮《さいぐう》（伊勢神宮に奉仕する未婚の皇女や女王）だった人の親が、「いつもの勅使の方《かた》よりは、この人をよくおもてなししてあげなさい」と言ってやったので、斎宮は親が言うことだったから、たいそう心をこめてもてなした。朝には狩に出かけられるように世話して送り出し、夕方は帰ってくると自分の御殿に来させるというふうにした。このように心をこめてお世話した。

二日目という夜、男が、「お逢《あ》いしたい」と無理に言う。女もまた、それほど固く、逢うまいとも思っていなかった。けれど人目が多かったので、思うようにすんなりとは逢えない。男は正使《せいし》として来ている人だから、離れた場所にも泊めさせない。女の寝所に近かったので、女は、人が寝静まってから、子《ね》の一刻（午後十一時から十一時半ごろ）のころに、男の寝ているところにやってきた。男も、女を思ってまた寝られなかったので、外の方を見やって臥《ふ》していると、月の光がおぼろな中に、小さい召使の童女を先に立てて、人が立っていた。

男はたいそううれしくて、自分の寝所に連れてはいり、子《ね》の一刻から丑《うし》の三刻（午前二時から二時半ごろ）までいっしょにいたが、まだなにも心とけて話しあわぬうちに、女は帰ってしまった。男はひどく悲しくて、そのまま寝ないで起きていたのだった。

翌朝、気がかりであったが、こちらからの使いをやれるものでもなかったので、たいそう待ちどおしく思っていると、夜がすっかり明けてしばらくたつと、女のもとから、手紙の詞《ことば》はなくて、歌だけ贈ってきた。

君や来《こ》しわれやゆきけむおもほえず夢かうつつか寝《ね》てかさめてか

――あなたがおいでになったのか、私が伺いましたのか、判然といたしません。いったいこれは夢でしょうか、目覚めてのことでしょうか

男は、ひどく泣いて詠じた。

かきくらす心のやみにまどひにき夢うつつとは今宵《こよひ》さだめよ

――悲しみに真っ暗になった私の心は、乱れ乱れて、分別もつきませんでした。夢か現実《うつつ》

かは、今晩おいでくださって、それで、はっきりお決めくださ い

こう詠《よ》んで女に贈り、狩に出た。野に狩してまわるが、心はうつろで、せめて今晩だけでも、人が寝静まってから早くにも逢おうと思っていると、伊勢の国の守《かみ》で、斎宮寮《さいぐうりよう》の長官を兼ねた人が、狩の使が来ていると聞いて、一晩中、酒宴を催したので、まったく逢うこともできず、夜が明けると尾張《おわり》の国（愛知県西部）へ出立する予定なので、男も心中悶々《もんもん》として、ひそかに血の涙を流すが、逢えない。夜がだんだん明けようとするころに、女の側《がわ》から出すお別れの盃《さかずき》の皿に、歌を書いてよこした。取って見ると、

かち人の渡れど濡《ぬ》れぬえにしあれば

――このたびは、徒歩《かち》で河渡りする人が渡っても、裾《すそ》が濡《ぬ》れない流れのような、浅い、浅いご縁ですので

と書いて、下《しも》の句はない。男はその盃の皿にたいまつの炭で、歌の下の句を書き続ける。

またあふ坂《さか》の関《せき》はこえなむ

――私はまた逢坂《おうさか》の関を越えるでしょう。人が逢うという逢坂の関を越えて、ふたたびお

逢いしましょう

と詠んで、夜が明けると尾張の国へ越えて行ってしまった。斎宮は清和《せいわ》天皇の御時《おんとき》の方で、文徳《もんとく》天皇の皇女（恬子《てんし》内親王）であり、惟喬《これたか》の親王《みこ》の妹である。

むかし、男ありけり。その男、伊勢《いせ》の国に狩《かり》の使《つかひ》にいきけるに、かの伊勢の斎宮《さいぐう》なりける人の親、「つねの使よりは、この人よくいたはれ」といひやれりければ、親の言《こと》なりければ、いとねむごろにいたはりけり。朝《あした》には狩にいだしたててやり、夕さりはかへりつつ、そこに来させけり。かくて、ねむごろにいたつきけり。

二日といふ夜《よ》、男、われて「あはむ」といふ。女もはた、いとあはじとも思へらず。されど、人目しげければ、えあはず。使ざねとある人なれば、遠くも宿《やど》さず。女のねや近くありければ、女、人をしづめて、子一《ねひと》つばかりに、男のもとに来《き》たりけり。男はた、寝《ね》られざりければ、外《と》の方《かた》を見いだしてふせるに、月のおぼろなるに、小さき童《わらは》をさきに立てて人立てり。

男、いとうれしくて、わが寝《ぬ》る所に率《ゐ》て入りて、子《ね》一《ひと》つより丑《うし》三《み》つまであるに、まだ何《なに》ごとも語らはぬにかへりにけり。男、いとかなしくて、寝ずなりにけり。

つとめて、いぶかしけれど、わが人をやるべきにしあらねば、いと心もとなくて待ちをれば、明《あ》けはなれてしばしあるに、女のもとより、詞《ことば》はなくて、

君や来《こ》しわれやゆきけむおもほえず夢かうつつか寝《ね》てかさめてか

男、いといたう泣きてよめる、

かきくらす心のやみにまどひにき夢うつつとは今宵《こよひ》さだめよ

とよみてやりて、狩《かり》にいでぬ。野に歩《あり》けど、心はそらにて、今宵《こよひ》だに人しづめて、いととくあはむと思ふに、国の守《かみ》、斎《いつき》の宮《みや》の頭《かみ》かけたる、狩《かり》の使《つかひ》ありと聞きて、夜《よ》ひと夜《よ》、酒飲みしければ、もはらあひごともえせで、明けば尾《を》張《はり》の国へたちなむとすれば、男も人しれず血の涙を流せど、えあは

ず。夜《よ》やうやう明けなむとするほどに、女がたよりいだす盃《さかづき》のさらに、歌を書きていだしたり。取りて見れば、

かち人の渡れど濡《ぬ》れぬえにしあれば

と書きて末《すゑ》はなし。その盃のさらに続松《ついまつ》の炭《すみ》して、歌の末を書きつぐ。

またあふ坂《さか》の関《せき》はこえなむ

とて、明くれば尾張の国へこえにけり。斎宮《さいぐう》は水《みづ》の尾《を》の御時、文徳《もんとく》天皇の御女《むすめ》、惟喬《これたか》の親王《みこ》の妹《いもうと》。

二五 神の斎垣《いがき》（第七一段）

昔、男が、伊勢《いせ》の斎宮《さいぐう》に、帝《みかど》のお使いとして参上したところ、その御殿で、色めかしい話をしてきた女が、自分自身の恋歌として、

ちはやぶる神のいがきもこえぬべし大宮人《おほみやびと》の見まくほしさに

――私は越えてはならぬこの神の斎垣（神社の周りの垣。神域）も越えてしまいそうです。宮廷人のあなた様にお逢《あ》いしたくて

と詠《よ》んだ。男はこう歌を返した。

恋しくは来《き》ても見よかしちはやぶる神のいさむる道ならなくに

――恋しく思うのなら、来てごらんなさい。恋の道は神様が禁止なさるものではないのですから

男、

むかし、男、伊勢《いせ》の斎宮《さいぐう》に、内の御使にてまゐれりければ、かの宮に、すきごといひける女、わたくしごとにて、

ちはやぶる神のいがきもこえぬべし大宮人《おほみやびと》の見まくほしさに

――恋しくは来《き》ても見よかしちはやぶる神のいさむる道ならなくに

二六　塩竈《しおがま》（第八一段）

昔、左大臣《さだいじん》（嵯峨《さが》天皇皇子　源融《みなもとのとおる》）がおいでになった。賀茂川《かもがわ》のほとり、六条辺りに、家をたいそう趣深く造って、お住みになった。十月の末ごろ、菊の花が薄紅《うすくれない》色に変り美しさが盛りであるうえ、紅葉《もみじ》が薄く濃くさまざまに見える折、親王たちをお招きして、一晩じゅう酒を飲み、うたや音楽を楽しんで、夜がだんだん明けてゆくころに、人々は、この御殿が風趣あるのを賞美する歌を詠じた。そこに居合せたみすぼらしい爺《じじい》が、板敷の床の下の座にうろうろしていて、人々がみな詠み終るのを待って、こう詠んだ。

塩竈《しほがま》にいつか来《き》にけむ朝なぎに釣《つり》する船はここによらなむ

――お庭を眺めていると、まことによい眺め、遠い塩竈（宮城県塩竈市）にいつ来てしま

ったのでしょう。朝凪《あさなぎ》の中に海に浮んで釣をする船は、この浦に寄ってきてほしい。いよいよ風趣が加わるでしょうから

と詠んだとは。陸奥《みち》の国に行ったところ、ふしぎと趣深い所が多くあった。日本六十余国のうちに塩竈という所におよぶ風景の所はなかったのである。だから、かの老爺《ろうや》は、かさねてこの邸内の塩竈の景を賞賛して、「塩竈にいつか来にけむ」と詠んだのだった。

むかし、左のおほいまうちぎみいまそがりけり。賀茂河《かもがは》のほとりに、六条わたりに、家をいとおもしろく造りて、すみたまひけり。十月《かんなづき》のつごもりがた、菊の花うつろひさかりなるに、もみぢのちぐさに見ゆるをり、親《み》王《こ》たちおはしまさせて、夜《よ》ひと夜《よ》、酒飲みし遊びて、夜《よ》明けもてゆくほどに、この殿《との》のおもしろきをほむる歌よむ。そこにありけるかたゐおきな、板敷《いたじき》のしたにはひ歩《あり》きて、人にみなよませはててよめる。

塩竈《しほがま》にいつか来《き》にけむ朝なぎに釣《つり》する船はここによらなむ

となむよみけるは。陸奥《みち》の国にいきたりけるに、あやしくおもしろき所々多かりけり。わがみかど六十余国《よこく》のなかに、塩竈といふ所に似たる所なかりけり。さればなむ、かのおきな、さらにここをめでて、塩竈にいつか来にけむとよめりける。

二七 渚《なぎさ》の院《いん》（第八二段）

昔、惟喬《これたか》の親王《みこ》（文徳天皇第一皇子）と申し上げる親王がおいでになった。山崎（京都府乙訓郡大山崎町）の向こう、水無瀬《みなせ》（大阪府三島郡島本町広瀬辺り）という所に、離宮があった。毎年の桜の花盛りには、その離宮へおいでになったのだった。その時、右《みぎ》の馬《うま》の頭《かみ》であった人（在原業平）を、いつも連れておいでになった。いまでは、だいぶん時がたったので、その人の名は忘れてしまった（業平を暗示しながらわざとぼかす）。鷹狩《たかがり》はそう熱心にもしないで、もっぱら酒を飲んでは、和歌を詠むのに熱をいれていた。いま鷹狩をする交野《かたの》（大阪府枚方市）の渚《なぎさ》の家、その院の桜がとりわけ趣がある。その桜の木のもとに馬から下りて、桜の枝を折り、髪の飾りに挿して、上、中、下の身分の人々がみな、歌を詠《よ》んだ。馬の頭《うまのかみ》だった人が詠んだ。それは、

世の中にたえてさくらのなかりせば春の心はのどけからまし

――世の中に桜がまったくなかったならば、惜しい花が散りはせぬかと心を悩ませることもなく、春をめでる人の心は、のどかなことでありましょう

と詠んだのだった。もう一人の人が詠んだ歌、

散《ち》ればこそいとど桜はめでたけれ憂《う》き世《よ》になにか久しかるべき

――散るからこそますます桜はすばらしいのです。悩み多いこの世に、何が久しくとどまっているでしょうか、何もないではありませんか。だから散るのも当然、ことにわずかの盛りの桜の華やかさを愛すべきです

という次第で、その木の下は立ち去って帰るうちに、日暮れになった。お供の人が下部《しもべ》に酒を持たせて、野の中から姿を現した。この酒を飲もう、と言って、酒宴によい場所をさがしていくうちに、天《あま》の河《がわ》(淀川支流)という所に行き着いた。馬の頭が親王にお

酒をおすすめする。親王がおっしゃるには、「交野を狩して、天の河のほとりに到着する、というのを題にして、まず歌を詠んで、それから盃《さかずき》はさしなさい」とおっしゃったので、例の馬の頭は、歌を詠んで差し上げた。その歌は、

狩りくらしたなばたつめに宿《やど》からむ天《あま》の河原《かはら》にわれは来にけり

――狩をして日を暮し、今夜は織女《たなばたつめ》さんにお宿をお願いしましょう。うまいぐあいに、天の河原に私は来たんですよ

親王は、歌をくり返しくり返し、朗誦《ろうしょう》なさっていて、返しの歌がいっこうにおできにならない。紀有常《きのありつね》（一五八頁参照）が、お供にひかえていた。その有常が詠んだ返しの歌、

ひととせにひとたび来ます君待《きみ》てば宿かす人もあらじとぞ思ふ

――織女さんは、一年に一度おいでのお方をお待ちしているのですから、いくらここが天の河だからといっても、お目当の人でもなければ、そうやすやすと宿を貸してはくれますまいと思いますよ

親王は水無瀬《みなせ》にお帰りになって離宮におはいりになった。夜が更けるまで酒を飲み、お

話をして、主人の親王は、酔って寝所におはいりなさろうとする。ちょうど、十一日の月も山の端《は》に隠れようとするので、あの馬の頭が詠んだ。その歌、

あかなくにまだきも月のかくるるか山の端《は》にげて入《い》れずもあらなむ

――もっと眺めていたいと思うのに、はやくも月が山の端《は》に隠れるのですか。山の端が逃げ去って、月を入れないようにでもしてほしいものですね

親王におかわり申して、紀有常が返しの歌を詠む、

おしなべて峰もたひらになりななむ山の端なくは月も入らじを

――突き出ている山の頂がみんな平らになってしまってほしいものです。山の端がないのなら月もはいりますまいからね

――――

むかし、惟喬《これたか》の親王《みこ》と申すみこおはしましけり。山崎のあなたに、水無瀬《みなせ》といふ所に、宮ありけり。年ごとの桜の花ざかりには、その宮へなむおはしましける。その時、右《みぎ》の馬《うま》の頭《かみ》なりける人を、常《つね》に率《ゐ》ておはしましけ

り。時世《ときよ》経《へ》て久しくなりにければ、その人の名忘れにけり。狩《かり》はねむごろにもせで、酒をのみ飲みつつ、やまと歌にかかれりけり。いま狩する交野《かたの》の渚《なぎさ》の家、その院《ゐん》の桜、ことにおもしろし。その木のもとにおりゐて、枝を折りて、かざしにさして、かみ、なか、しも、みな歌よみけり。馬《うま》の頭《かみ》なりける人のよめる。

　世の中にたえてさくらのなかりせば春の心はのどけからまし

となむよみたりける。また人の歌、

　散《ち》ればこそいとど桜はめでたけれ憂《う》き世《よ》になにか久しかるべき

とて、その木のもとは立ちてかへるに日《ひ》暮《ぐれ》になりぬ。御供《とも》なる人、酒をもたせて、野よりいで来《き》たり。この酒を飲みてむとて、よき所を求めゆくに、天《あま》の河《がは》といふ所にいたりぬ。親王《みこ》に馬の頭、大御酒《おほみき》まゐる。親王ののたまひける、「交野を狩《か》りて、天の河のほとりにいたる、を題にて、歌よみて盃《さかづき》はさせ」とのたまうければ、かの馬の頭よみて奉《たてまつ》りける。

狩りくらしたなばたつめに宿《やど》からむ天《あま》の河原《かはら》にわれは来にけり

親王、歌をかへすがへす誦《ず》じたまうて、返しえしたまはず。紀《き》の有常《ありつね》、御供に仕《つか》うまつれり。それが返し、

ひととせにひとたび来ます君《きみ》待てば宿かす人もあらじとぞ思ふ

かへりて宮に入《い》らせたまひぬ。夜ふくるまで酒飲み、物語《ものがたり》して、あるじの親王、酔《ゑ》ひて入りたまひなむとす。十一日の月もかくれなむとすれば、かの馬《うま》の頭《かみ》のよめる。

あかなくにまだきも月のかくるるか山の端《は》にげて入《い》れずもあらなむ

親王にかはりたてまつりて、紀の有常、

おしなべて峰もたひらになりななむ山の端なくは月も入らじを

伊勢物語の風景 〈5〉

惟喬親王《これたかのみこ》の墓

桜の枝を髪に挿し、花びらのはらはらと散る姿に気をもんだ日――「渚の院」の段における惟喬親王はさながら春の王であり、在《あり》原業平《わらのなりひら》をはじめとする同行の風流士たちは歌を詠《よ》み、盃《さかずき》を交わし、春に酔った。その陽光うららかな季節が「小野」の段で一変し、惟喬親王は出家を遂げ、業平は雪深い里を訪ねていく。

惟喬親王は文徳《もんとく》天皇の第一皇子であったが、藤原良房《よしふさ》を外祖父に持つ異母弟の惟仁《これひと》親王が皇位についたため(清和《せいわ》天皇)、不遇をかこっていた。親王の母である静子は紀名《きのな》虎《とら》の娘であり、同じく名虎の子有常《ありつね》の娘を妻としていた業平とは親交を重ねる間柄だった。業平も皇族に生まれながら臣下となり、藤原氏全盛の潮流からはずれたところに身を置いていたため、二人はあえて公的な文芸である漢詩ではなく和歌に興じ、体制の外にあって風流の世界に生きる。

惟喬親王が出家して庵《いおり》を結んだ「小野」は比叡山《ひえいざん》の西麓《せいろく》、大原の付近であり、冬には比叡おろしが底冷えをもたらし、雪の深く降り積もる里だった。惟喬親王はそれでも「白雲の絶えずたなびく峰だにも住めば住みぬる世にこそありけれ」――住もうと思えば住めるものさ、と詠む(『古今和歌集』巻十八)。しかし桜をかざして遊んだ春の日は遠く、雪の散るなかにかくれ棲《す》む親王の姿は、業平にとって夢のように思われた。ここで息をひきとったとされる親王の墓は、深い木立の中、今も頭上に雪を抱く(写真は墓前の祠《ほこら》)。

二八　小野《おの》（第八三段）

昔、水無瀬《みなせ》の離宮にお通いになった惟喬《これたか》の親王《みこ》が、いつものように鷹狩《たかがり》をしにおいでになるお供に、馬《うま》の頭《かみ》だった翁《おきな》（在原業平）がお仕え申し上げた。幾日かたって、親王は京の宮殿にお帰りなされた。馬の頭はお送りして早く帰ろうと思ったところ、御酒《ごしゅ》を下され、ご褒美《ほうび》を下さろうとの思《おぼ》し召《め》しで、お放しなさらなかった。この馬の頭はお許しが待ちどおしく心せいて、

枕《まくら》とて草ひきむすぶこともせじ秋の夜《よ》とだにたのまれなくに

——今夜はおそばにいて、枕として草を引き寄せてむすぶ旅の仮寝《かりね》もいたしますまい。短《みじか》夜《よ》の春ですから、秋のようにせめて夜長《よなが》を頼みにして、ゆっくりすることさえもできません。すぐに夜が明けてしまいますので

と詠《よ》んだ。時節は三月の末であった。親王はお寝《やす》みにならず、歓談してこの短夜をお明かしなされたのだった。

このようにしては参上しお仕え申し上げたのに、親王は思いがけなく出家なさってしまった。正月に拝謁《はいえつ》申し上げようとして、小野《おの》（京都府左京区八瀬）に参上したところ、比叡《ひえい》の山の麓《ふもと》なので、雪がたいそう高く積っている。雪の中をおしてご庵室《あんしつ》に参上して拝顔し申し上げると、親王はなさることもなくぼうぜんと悲しげなごようすでいらっしゃったので、少々時を過ごして伺候《しこう》して、昔のことなど思い起してお話し申し上げた。そのままおそばにいたいものだと思ったけれど、朝廷の儀式のお勤めなどもあったので、おそばに控えていることもできず、夕暮に帰ろうとして、

忘れては夢かとぞ思ふおもひきや雪ふみわけて君《きみ》を見むとは

――いまのお姿を拝していると、ふと現《うつつ》を忘れては、夢を見ているのではないかという気がします。深い雪を踏みわけて、このような所でわが君にお逢《あ》いしようとは、思ってもみませんでした

と詠んで、涙ながらに都に帰ってきたのだった。

――むかし、水無瀬《みなせ》に通ひたまひし惟喬《これたか》の親王《みこ》、例の狩《かり》しにおはします供《とも》に、

馬の頭《かみ》なるおきな仕《つか》うまつれり。日ごろ経て、宮にかへりたまうけり。御おくりしてとくいなむと思ふに、大御酒《おほみき》たまひ、禄《ろく》たまはむとて、つかはさざりけり。この馬の頭、心もとながりて、

枕《まくら》とて草ひきむすぶこともせじ秋の夜《よ》とだにたのまれなくに

とよみける。時は三月《やよひ》のつごもりなりけり。親王おほとのごもらで明《あ》かしたまうてけり。

かくしつつまうで仕うまつりけるを、思ひのほかに、御《み》ぐしおろしたまうてけり。正月《むつき》におがみたてまつらむとて、小野《をの》にまうでたるに、比叡《ひえ》の山のふもとなれば、雪いと高し。しひて御室《みむろ》にまうでておがみたてまつるに、つれづれといともの悲しくておはしましければ、やや久しくさぶらひて、いにしへのことなど思ひいで聞えけり。さてもさぶらひてしがなと思へど、おほやけごとどもありければ、えさぶらはで、夕暮《ゆふぐれ》にかへるとて、

忘れては夢かとぞ思ふおもひきや雪ふみわけて君《きみ》を見むとは

―とてなむ泣く泣く来にける。

二九 さらぬ別れ（第八四段）

昔、男がいた。低い身分ながら、母君は宮様（業平の母は桓武《かんむ》天皇皇女伊都《いと》内親王）だった。その母が長岡《ながおか》（京都府長岡京市辺り）という所に住んでいらっしゃった。子は京の宮廷にお仕えしていたので、母のもとに参上しようとしたけれど、そうしばしば参上できなかった。そのうえ、ただ一人の子でもあったので、母君がたいそうおかわいがりなされていたのであった。ところが、十二月ごろに、至急のことといってお手紙がとどく。驚いて見ると、歌がある。

老いぬればさらぬ別れのありといへばいよいよ見まくほしき君《きみ》かな

――私は年とった身ですので、避けられぬ死別があるということですから、いよいよお会いしたく思われるあなたですねその子は、たいそう涙を流して、こう詠《よ》んだ。

世の中にさらぬ別れのなくもがな千代《ちよ》もといのる人の子のため

――この世の中に、避らぬ別れ――避けられぬ死別がなければよいなあ。親が千年も生きてくださるようにと祈る子の、私のために

むかし、男ありけり。身はいやしながら、母なむ宮なりける。その母、長岡《ながをか》といふ所にすみたまひけり。子は京に宮仕《みやづか》へしければ、まうづとしけれど、しばしばえまうでず。ひとつ子にさへありければ、いとかなしうしたまひけり。さるに、十二月《しはす》ばかりに、とみのこととて御文《ふみ》あり。おどろきて見れば歌あり。

老いぬればさらぬ別れのありといへばいよいよ見まくほしき君《きみ》かな

かの子、いたううち泣きてよめる。

世の中にさらぬ別れのなくもがな千代《ちよ》もといのる人の子のため

三〇 天《あま》の逆手《さかて》（第九六段）

昔、男がいた。女になにかと言いよることがつづき、月日がたった。女も木石《ぼくせき》ではないので、男の心のうちを気の毒だと思ったのだろうか、だんだん情を寄せるようになった。そのころ、六月の十五日ごろの暑い盛りだったので、女は、からだにできものが一つ二つできてきた。女が言ってよこした。それには、「いまはあなたを思うほか、なにも考えておりません。からだにおできも一つ二つ出ました。時節もたいそう暑うございます。少し秋風が吹きはじめた時に、きっとお逢《あ》いしましょう」とあった。

もうじき秋だというころに、あちこちから、女がその男のもとに行ってしまうだろうと噂《うわさ》がたって、もめごとが生じてしまった。そういうしだいで、女の兄が、にわかに迎えにきた。そこでこの女は、楓《かえで》の初紅葉《はつもみじ》をひろわせて、歌を詠《よ》み、それに書きつけて男によこした。

秋かけていひしながらもあらなくに木《こ》の葉《は》ふりしくえにこそありけれ

――秋になったらと心にかけて言いかわしたのに、それもかなわず、飽いたわけではありませんのに、秋がきて、木の葉が降りしいて浅い江《え》となる、浅いご縁でしたねえ

と書いておいて、「あちらから使いをよこしたなら、これを渡しておくれ」と言って、去っていった。そしてそのままあとは、とうとう今日まで女はどうなったかわからない。幸せでいるのだろうか、おちぶれているのだろうか、行った所もわからない。例の男は、天《あま》の逆手《さかて》（まじないのしぐさ）を打って呪《のろ》っているとかいうことだ。気味の悪いことよ。人の呪いごとは、そのとおりになって、ふりかかってくるものなのだろうか、なんでもないものなのだろうか。男は、「いまにきっと思い知るだろう」と言っているとかいうことだ。

むかし、男ありけり。女をとかくいふこと月日《つきひ》経《へ》にけり。岩木《いはき》にしあらねば、心苦しとや思ひけむ、やうやうあはれと思ひけり。そのころ、六月《みなづき》の望《もち》ばかりなりければ、女、身にかさ一つ二ついできにけり。女いひおこせたる。「いまは何《なに》の心もなし。身にかさも一つ二ついでたり。時もいと

暑し。少し秋風吹きたちなむ時、かならずあはむ」といへりけり。

秋まつころほひに、ここかしこより、その人のもとへいなむずなりとて、口舌《くぜち》いできにけり。さりければ、女の兄《せうと》、にはかに迎へに来たり。されば、この女、かへでの初紅葉《はつもみぢ》をひろはせて、歌をよみて、書きつけておこせたり。

秋かけていひしながらもあらなくに木《こ》の葉《は》ふりしくえにこそありけれ

と書きおきて、「かしこより人おこせば、これをやれ」とていぬ。さてやがてのち、つひに今日《けふ》までしらず。よくてやあらむ、あしくてやあらむ、いにし所もしらず。かの男は、天《あま》の逆手《さかて》を打ちてなむのろひをるなる。むくつけきこと。人ののろひごとは、おふものにやあらむ、おはぬものにやあらむ。「いまこそは見め」とぞいふなる。

三一 ひおりの日（第九九段）

昔、右近《うこん》の馬場《ばば》（一条大宮にあった）でひおり（騎射《きしゃ》の行事）があった日、馬場の向こう側に置いてあった見物の車の中に、女の顔が、下簾《したすだれ》の間から、ちらりと見えたので、近衛《このえ》の中将《ちゅうじょう》であった男（在原業平）が詠《よ》んでやった。

見ずもあらず見もせぬ人の恋しくはあやなく今日《けふ》やながめ暮《くら》さむ

――お顔をまったく見ないわけでもなく、見たとも言えないあなたが恋しくて、今日はむやみに物思いにふけって日を暮すのでしょうか

女の返しの歌、

しるしらぬ何《なに》かあやなくわきていはむ思ひのみこそしるべなりけれ

――私をだれと知ったとか、知らぬとか、どうしてむやみに判断なさっておっしゃるのですか。私を知るのに、ただあなたのお思いだけが道案内でございますよ

のちには、女がだれであるか、逢《あ》って知るようになった。

むかし、右近《うこん》の馬場《うまば》のひをりの日、むかひに立てたりける車に、女の顔の、下簾《したすだれ》よりほのかに見えければ、中将なりける男のよみてやりける。

見ずもあらず見もせぬ人の恋しくはあやなく今日《けふ》やながめ暮《くら》さむ

返し、

しるしらぬ何《なに》かあやなくわきていはむ思ひのみこそしるべなりけれ

のちはたれとしりにけり。

三二 身をしる雨（第一〇七段）

昔、高貴な男がいた。その男の家に仕えていた女に、内記《ないき》（詔勅《しょうちょく》・宣命《せんみょう》などを作る役人）だった藤原敏行《ふじわらのとしゆき》という人が求婚した。けれども、女は年少であったから、手紙もしっかり書けず、恋の言葉のあらわし方も知らない。まして歌は詠まなかったので、例の、女の家の主人である男が、手紙の案文を書いて、それを女に書かせて贈った。相手はとても感嘆してしまった。そこで、この恋する男（敏行）が詠《よ》んだ。

つれづれのながめにまさる涙河袖《なみだがはそで》のみひちてあふよしもなし

——私はなすこともなく物思いにふけっておりますが、その長雨のように、憂鬱《ゆううつ》な思いにもまして、とめどなく降り落ちる涙は、河と流れ、袖《そで》が濡《ぬ》れるばかりで、あなたにお逢《あ》いする手だてもありません

返しの歌を、例の女の家の主人である男が女にかわって、

あさみこそ袖はひつらめ涙河身さへながると聞かば頼まむ

——袖が濡れるなどとおっしゃるけれど、それは浅いお思いです。浅い所でこそ袖は水に浸《ひた》りますよ。涙の河があふれ、御身までも流れるということを耳にいたしましたら、お頼み申しましょう

と詠んだところ、相手の男（敏行）はたいそう感嘆して、いまでも、その文《ふみ》を巻いて文《ふ》箱《ばこ》に入れているということだ。

相手の男が手紙をよこした。女を得た後のことだった。「雨が降ってきそうなので、あなたの所へ行きたいが、どうかしらと迷っています。わが身に幸せがあるならば、この雨は降りますまい」と言ってきたので、例の男が、女にかわって歌を詠んで贈らせた。

かずかずに思ひ思はず問ひがたみ身をしる雨はふりぞまされる

――心底から思ってくださるのか、思ってくださらないのか、おたずねしにくうございますので、お言葉ではわかりませんが、身をしる雨――わが身の思われようのわかるこの雨は、私の涙と同じこと、どんどん降りつのっておりますよ

と詠んでやったところ、相手の男は、蓑《みの》も笠《かさ》も用意するいとまもなく急いで、びっしょり濡れて、あわてて、やってきたのであった。

――

むかし、あてなる男ありけり。その男のもとなりける人を、内記《ないき》にありける藤原の敏行《としゆき》といふ人よばひけり。されど若ければ、文《ふみ》もをさをさしか

らず、ことばもいひしらず、いはむや歌はよまざりければ、かのあるじなる人、案《あん》をかきて、書かせてやりけり。めでまどひにけり。さて男のよめる。

つれづれのながめにまさる涙河袖《なみだがはそで》のみひちてあふよしもなし

返し、例《れい》の男、女にかはりて、

あさみこそ袖はひつらめ涙河身さへながると聞かば頼まむ

といへりければ、男いといたうめでて、いままで、巻《ま》きて文箱《ふばこ》に入れてありとなむいふなる。

男、文《ふみ》おこせたり。得《え》てのちのことなりけり。「雨のふりぬべきになむ見わづらひはべる。身《み》さいはひあらば、この雨はふらじ」といへりければ、例の男、女にかはりてよみてやらす。

かずかずに思ひ思はず問ひがたみ身をしる雨はふりぞまされる

――とよみてやれりければ、みのもかさも取りあへで、しとどにぬれてまどひ来《き》にけり。

一二三 ついにゆく道（第一二五段）

昔、男が病気になって、死にそうな気持になったので、こう詠《よ》んだ。

つひにゆく道とはかねて聞きしかどきのふけふとは思はざりしを

――最後に行く道だとは、前から聞いていたけれど、その死の道を行くのが、昨日今日と迫っているとは思わなかったのだがなあ

むかし、男、わづらひて、心地《ここち》死ぬべくおぼえければ、

――つひにゆく道とはかねて聞きしかどきのふけふとは思はざりしを

伊勢物語の風景 ⑥

十輪寺《じゅうりんじ》

元慶《がんぎょう》四年(八八〇)に五六歳でこの世を去った在原業平《ありわらのなりひら》。『日本三代実録』によると官職は従四《じゅし》位《い》美濃権守《みののごんのかみ》に終わったようで、出家、隠棲《いんせい》をしたという記録はない。しかし男が長岡に住んだ話(「荒れたる宿」)や、母が長岡に住んで歌をよこした話(「さらぬ別れ」)などから、いつしか晩年の業平が長岡に近い大原野小塩《おしお》町の十輪寺のあたりに隠棲したと伝えられるようになった。

竹林の淡い緑とゆるやかな棚田《たなだ》の美しい小塩の里に佇《たたず》む十輪寺は、文徳《もんとく》天皇の皇后藤原明子(染殿《そめどの》の后《きさき》)が皇子の誕生を祈願するべく、天台僧恵亮《けいりょう》が開創したと伝える。無事に皇子(清和《せいわ》天皇)が誕生したために藤原氏の帰依《きえ》を受けて繁栄した。応仁の乱によって衰退したものの江戸時代初期に復興をみる。その際に建立された現在の本堂は御輿《みこし》をかたどった鳳輦形《ほうれんがた》の屋根を持ち、ふっくらとやわらかな女性的な姿。堂内には染殿の后が安産を祈願した本尊の腹帯地蔵が安置され、いまも子授けや安産の寺として親しまれている。

本堂の裏手の小径を上ると、業平の墓と伝える宝篋印塔《ほうきょういんとう》が木の葉がくれに立っている(写真)。さらに進むと竹林を背に大きな窪地《くぼち》があり、底には苔むした「塩竈《しおがま》」。これは業平が難波の海水をここに運び入れ、海人《あま》のする塩焼きの風情を楽しんだという伝説に基づいて再現されたものである。あまたの苦しい恋の果てに、小塩山のふもとにかくれ棲《す》んだ昔男ならば、その煙は目にしみたことだろう。

堤中納言物語

稲賀敬二［校訂・訳］

堤中納言物語

◈あらすじ

『堤中納言物語《つつみちゅうなごんものがたり》』は、十の短編と一つの断簡を収める短編物語集で、作者・成立とも未詳である。本書収録の三篇のあらすじを記す。

花桜《はなざくら》折《お》る少将《しょうしょう》（作品名に「少将」とあるが、主人公は「中将」である）

ある女のもとからの帰り道、中将は月明りの中、美しい桜の咲く邸《やしき》に行き会う。繁《しげ》みから垣間見《かいまみ》すると、物詣《ものもう》での準備に侍女たちが動き回っている。その中に女主人らしき小柄で上品な姫君を発見した中将は嬉《うれ》しく思うが、夜が明けてきたので邸を後にする。翌日、中将は昨夜訪れた女に後朝《きぬぎぬ》の手紙などを書くが、心中では垣間見した姫君の素性が気になっている。ひょんなことから家司《けいし》の光季《みつすえ》がこの邸に通っていると知り、姫君のことを聞き出す。故中納言の娘で、伯父の大将が迎え取って入内《じゅだい》させようとしているという。中将はその前に自分が迎えようと考え、光季にお膳立《ぜんだ》てを依頼する。光季は首尾良く姫君の連れ出しに成功したのだったが、実際に中将邸に連れてこられたのは、なんと年老いた祖母の尼君であった。

虫《むし》めづる姫君《ひめぎみ》

蝶《ちょう》の好きな姫君の住む隣の邸に、按察使大納言《あぜちのだいなごん》の娘が住んでいた。彼女は様々な恐ろしい虫を採集し、それらを眺めては暮らしている。また、眉《まゆ》を抜いたり歯を黒く染めるなどの化粧もせず、周囲の女房や両親が咎《とが》めても、まったく気にすることはなかった。このような噂《うわさ》を聞いて、姫君に興味を持った上達部《かんだちめ》の御曹子《おんぞうし》がいた。彼は、この姫君を驚かそうと、蛇に似せた仕掛けをつけた懸《け》想文《そうぶみ》を、姫君のもとに贈ったのであった。手紙を受け取った姫君は、動く蛇に驚いたものの、蛇が偽物《にせもの》だとわかると安心して、風変わりな返事を送る。さらに興味をそそられた男は、友人の中将と一緒に垣間見に出向く。そして、毛虫と遊ぶ姫君の姿に、化粧っけのなさと虫好きの気性を残念がるのだが、垣間見に気づいた姫君が奥へと隠れてしまうと、姿を見たことを告げる挨拶《あいさつ》の歌を詠み贈り、笑いながら帰っていったのであった。

はいずみ

下京《しもぎょう》辺りにある夫婦が暮らしていた。夫は懇意な人のところへ出入りするうちに、その家の娘にも通うようになった。娘の親に責められ、夫は妻を不憫《ふびん》に思うものの、娘を家に迎え取ることにする。それを知った妻は自ら家を出ることを決意するが、行く当てもなく、知り合いを頼って大原《おおはら》に向かう。その家の粗末な様子や女の詠んだ歌のことを伝え聞いた夫は、妻の境遇を不憫に思い、一転して妻を呼び戻す。妻は夢のように幸福に思うのであった。さてその後。夫がある日、迎え取ろうとしていた娘の家を尋ねたところ、慌《あわ》てた娘は白粉《おしろい》と間違えて掃墨《はいずみ》を顔に塗ってしまう。その恐ろしげな姿に驚いた男は、そそくさと家へと帰ってしまう。娘の顔を見た親もショックで倒れ、どうしたことかと鏡で自分の顔を見た娘までもが泣きわめく始末。祈禱《きとう》のための陰陽師《おんみょうじ》まで呼んで騒いでいるうちに、涙のこぼれた跡が普通の肌になったのを見た乳母が拭《ふ》いてみて、ようやく普段通りの肌に戻ったのであった。

花《はな》桜《ざくら》折《お》る少《しょう》将《しょう》

一 月明りの垣《かい》間《ま》見《み》

月の光にだまされて、夜深いころ、もう暁《あかつき》かと起きだしてしまったが、常に似ぬ早帰りをどう思っているだろうと、中将（主人公。タイトルに「少将」とあるが、本文には中将とある）は今別れてきた女の心中が不憫《ふびん》にも思われるけれど、引き返すにも遠い道のり、このまま帰るとしようと心を決めて歩みを進めると、道わきの小家も寝静まっていて、いつもの生業《なりわい》の音も聞こえない。雲一つない月明りに、あちこちの盛りの桜も、空と一つに見まがうばかりに溶けあって霞《かす》んでいる。

もう少し、今まで過ぎてきた家々の梢《こずえ》よりも、色鮮やかな月明りの桜の眺めに、この

まま行き過ぎにくい気がして、即興《そっきょう》に一首、

そなたへとゆきもやられず花桜《はなざくら》にほふこかげにたびだたれつつ

――あなたの方へ通り過ごすこともできない。この美しい桜に心ひかれて、この木陰につい足が向いてしまう

と、口ずさんでいるうちに、「以前この家に、親しくした女がいた」と記憶が立ち戻ってきて、立ち尽していると、荒れた土塀の崩れから、白い衣を着た人が、ひどくせきをしながら出てくる様子だ。見過ごしてしまえぬていに荒れて、人住みげにも見えぬ所なので、あちこち中をうかがっても、とがめ立てする人もない。

さっきの白衣の人が中へ戻るのを呼び止めて、「ここに住んでおられた女主人は、まだいらっしゃる？『この山奥のご住人にご挨拶《あいさつ》申したいという人がいるんだけど』と取り次いでくれ」と探りを入れる。

すると、「そのお方はここにもいらっしゃいません。何とやらいう所にお住みです」と申しあげたので、「おかわいそうに、尼さんにでもなったのかな」と気がかりで、「あの光遠《みつとお》に逢《あ》わぬわけでもなかろう（ごまかすため家司《けいし》光季《みつすえ》の名をもじった偽名を口にす

る)」など、あらぬ名前を口にして心の動揺を隠し、内心は苦笑しながらおっしゃるうちに、妻戸《つまど》(殿舎の四隅にある板戸)を静かに開く音が家の方から聞こえる。供人《ともびと》を少し遠ざけて、透垣《すいがい》(板や竹を透かして作った塀)のほとりの薄《すすき》の一群《ひとむら》の茂みのもとに身をひそめて、覗《のぞ》き見《み》すると、「少納言の君さん、夜も明けているでしょうか。出て見てごらん」と誰《だれ》かの声がする。よい年格好《としかっこう》で、姿の美しい、着なれて体になじんだ宿直姿《とのいすがた》をした若い娘(後出の弁《べん》の君《きみ》。光季の愛人)が、蘇芳《すおう》色(黒っぽい紅)であろう、艶《つや》やかな衵《あこめ》(肌着の上に着る丈の短い衣)を着て、よく梳《くしけず》った髪先が小袿《こうちき》に映えた姿が、優雅である。月の明るい方に扇をかざして顔を隠し、「月と花とを(「あたら夜の月と花とを同じくはあはれ知れらむ人に見せばや」〈後撰集〉)」(この美しい月と花とを風流な人に見せてあげたい)などと、古歌を口ずさみながら、花のもとへ歩んでくる。

歌でも詠みかけて注意をひきたい気持も動くが、そのまましばらく見ていると、大人びた女房が、「季光《すえみつ》(家司光季がこの娘に通う時に使う偽名)は、なぜ今まで起きてこないの。弁の君さんは。ここにいたのね。いらっしゃい」と言うのは、この人々が物詣《ものもう》でにでも出かけるのだろう。先ほどの娘はそれに同行しないらしい。「ひとり留守番なんて、つらいったらないわ。いいわよ、ちょっとお供をして行って、近いあたりで一服し、御社《みやしろ》へ参るのは遠慮しましょう」などとついて行きたそうな様子なので（本音は光季とゆっくり過ごしたいか）、「ばかなことをおっしゃって」などと、周りの者はたしなめる。

皆、出立《いでた》ちの衣装を調え、人数は五、六人だ。中に、車に乗ろうと家の階段を下りる時も難儀そうにしている、これこそ女主人だろうと思われる人がいる。目をこらして見ると、被衣《かずき》の薄衣《うすぎぬ》を肩のあたりへ脱ぎかけた着こなしで、小柄でとてもかわいらしい。言葉つきも可憐《かれん》ながら気品ありげに聞こえる。「やれうれしや。よいところを見たぞ」と胸は躍るが、そろそろ夜も明けるので、自邸へお帰りになった。

月にはかられて、夜深く起きにけるも、思ふらむところいとほしけれど、たち帰らむも遠きほどなれば、やうやうゆくに、小家《こいへ》などに例《れい》おとなふものも聞こえず、くまなき月に、ところどころの花の木どもも、ひとへにまがひぬべく霞《かす》みたり。

いま少し、過ぎて見つるところよりも、おもしろく、過ぎがたき心地して、

そなたへとゆきもやられず花桜にほふこかげにたびだたれつつ

と、うち誦《ずん》じて、「はやくここに、物言ひし人あり」と思ひ出《い》でて、立ちやすらふに、築地《ついぢ》のくづれより、白きものの、いたう咳《しはぶ》きつつ出《い》づめり。あはれげに荒れ、人けなきところなれば、ここかしこのぞけど、とがむる人なし。

このありつるものの返る呼びて、「ここに住みたまひし人は、いまだおはすや。『山人《やまびと》に物《もの》聞こえむと言ふ人あり』とものせよ」と言へば、「その御方《おんかた》は、ここにもおはしまさず。なにとかいふところになむ住ませたまふ」と聞こえつれば、「あはれのことや。尼などにやなりたるらむ」と、うしろめたくて、「かのみつとをにあはじや」など、ほほゑみてのたまふほどに、妻戸《つまど》をやはらかい放《はな》つ音すなり。

をのこども少しやりて、透垣《すいがい》のつらなる群《むら》すすきの繁《しげ》き下に隠れて見れば、「少納言の君こそ。明けやしぬらむ。出《い》でて見たまへ」と言ふ。よきほどなる童《わらは》の、やうだいをかしげなる、いたう萎《な》えすぎて、宿直姿《とのゐすがた》なる、蘇芳《すはう》にやあらむ、つややかなる衵《あこめ》に、うちすきたる髪《かみ》のすそ、小袿《こうちき》に映《は》えて、なまめかし。月の明《あか》きかたに、扇《あふぎ》をさしかくして、「月と花とを」と口ずさみて、花のかたへ歩《あゆ》み来《く》るに、おどろかさまほしけれど、しばし見れば、おとなしき人の、「すゑみつは、などか今まで起きぬぞ。弁の君こそ。ここなりつる。参りたまへ」と言ふは、ものへ詣《まう》づるなるべし。ありつる童《わらは》はとまるなるべし。「わびしくこそおぼゆれ。さばれ、ただ御供に参りて、近からむところに居て、御社《みやしろ》へは参らじ」など言へば、「ものぐるほしや」など言ふ。

みなしたてて、五、六人ぞある。下《お》るるほどもいとなやましげに、「これぞ主《しゅう》なるらむ」と見ゆるを、よく見れば、衣《きぬ》ぬぎかけたるやうだい、ささやかに、いみじう児《こ》めいたり。物言ひたるも、らうたきものの、ゆうゆうしく聞こゆ。「うれしくも見つるかな」と思ふに、やうやう明くれば、帰りたまひぬ。

二　光季《みつすえ》に手引きを依頼

日がさし上がるころ、ひと休みを終ってお起きになり、昨夜訪問した（二四二頁参照）女の所に後朝《きぬぎぬ》の手紙（共寝した翌朝、男から女へ届ける、歌を詠み添えた手紙）をお書きになる。「ひどく夜深うございましたが、退散するのが当然としか思えぬあなたのご機嫌なので、辞去いたしました私の、心のつらさもどれほどかとご推察ください」などと、青い薄様《うすよう》（薄手の鳥の子紙）に書いた手紙を柳の枝に付けて、歌は、

さらざりしいにしへよりも青柳《あをやぎ》のいとどぞ今朝《けさ》は思ひみだるる

――こんなにあなたが冷たくなかった昔よりも、今朝はいちだんと春の柳の糸みたいに私は思い乱れております

と書いて、女の所へお贈りになった。女からの返事は、無難な書きざまである。

かけざりしかたにぞはひし糸なれば解《と》くと見しまにまたみだれつつ

――心にかけてもいなかった私の方へまつわりついてきた柳の糸みたいなあなたですから、打ち解けたと見る間に、また乱れるの繰り返し。浮気はあなたの癖ね

とある返事の歌をご覧になっている時、源中将《げんちゆうじよう》と兵衛佐《ひようえのすけ》が、従者に小弓を持たせていらっしゃった。

「昨夜《ゆうべ》はどこへお忍びでしたか。宮中で管絃《かんげん》の遊びがあって、あなたへお召しがあったけれど、ちょうどご不在で」とおっしゃると、「ちゃんとここにおりましたのに。変な話ですね」などと、そらとぼけてご返事になる。

木々に咲き乱れた桜が、たいそうひらひらと散るのを眺めて、源中将が、

あかで散る花見る折《をり》はひたみちに

――堪能する間も待たず散っていく桜を眺める折は、惜しい惜しいとただひたすらに悲しんで……

と詠みかけると、これを受けて兵衛佐が、

わが身にかつはよわりにしかな

――わが身も一方ではすっかり弱気になってしまったものだ

とおっしゃる。この家の主《あるじ》の中将の君が、「弱ってしまうのでは、しかたがないじゃないか」と口をはさんで、

散る花を惜《を》しみとめても君なくは誰《たれ》にか見せむ宿《やど》の桜を

――散る花を身に代えて惜しみとめても、あなたがいらっしゃらなくては、誰に見せようというあてもないではないか、この宿の桜を

とおっしゃる。ふざけたことを言いながら皆ともどもに出かける。内心、中将は、「今朝見た家の正体を突き止めたいものだ」とお思いになる。

日さしあがるほどに起きたまひて、昨夜《よべ》のところに文《ふみ》書きたまふ。「いみじう深うはべりつるも、ことわりなるべき御気色《みけしき》に、出《い》ではべりぬるは、つらさもいかばかり」など、青き薄様《うすやう》に、柳につけて、

さらざりしいにしへよりも青柳《あをやぎ》のいとどぞ今朝《けさ》は思ひみだるる

とて、やりたまへり。返事《かへりごと》めやすく見ゆ。

かけざりしかたにぞはひし糸なれば解《と》くと見しまにまたみだれつつ

とあるを見たまふほどに、源中将《げんちゆうじやう》、兵衛佐《ひやうゑのすけ》、小弓《こゆみ》持たせておはしたり。「昨夜《よべ》は、いづくに隠れたまへりしぞ。内裏《うち》に御遊びありて召《め》ししかども、見つけたてまつらでこそ」とのたまへば、「ここにこそ侍《はべ》りしか。あやしかりけることかな」などのたまふ。

花の木どもの咲きみだれたる、いと多く散るを見て、

あかで散る花見る折《をり》はひたみちに

とあれば、佐《すけ》、

わが身にかつはよわりにしかな

とのたまふ。中将の君、「さらばかひなくや」とて、

散る花を惜《を》しみとめても君なくは誰《たれ》にか見せむ宿《やど》の桜を

とのたまふ。たはぶれつつ、もろともに出《い》づ。「かの見つるところたづねばや」と思《おぼ》す。

夕方、父君の邸《やしき》に参上なさって、暮れゆくころの空は一面に霞《かす》んで、花がとても明るく舞いながら散り乱れるたそがれの景を、御簾《みす》を巻き上げて部屋から眺めていらっしゃる。そのご容貌《ようぼう》、言いようもなく光り輝いて、花の美しさも一途に色を失うかと見まがうほどである。琵琶《びわ》を黄鐘調《おうしきじょう》に調律し、とてもゆったり静かに、余韻をこめてお弾きになるお手つきなどは、「このうえなく高貴な女性も、こうまで優雅には振る舞えまい」と見える。音楽に堪能な人々をお召しになって、いろいろな曲を合奏して奏楽をお続けになる。

光季《みつすえ》が、「こんなすばらしい中将様を、女性がどうして賞嘆し申さぬことがあろう。そうそう陽明門の近所だ、すばらしい楽の音を響かせる人がいる。琵琶だけじゃない、万事に由緒ありげな様子だ」など、仲間同士話すのを、中将はお聞きになって、「どの家だ。あの桜ばかりがわが物顔で、荒れている家を、お前はどうして見知ったのかね。私にも聞かせてくれ」とおっしゃる。「やはりついでがあって参りましたので」とご返事すると、「そういう所は私も見たぞ。詳しく話してみろ」と追及なさる。光季はあの家の、中将が昨夜見た娘（弁の君）と親しく交際しているのであった。

「あの家の姫君は亡くなった源中納言の娘で、ほんとに美しいらしいとの話です。姫の伯父《おじ》の大将殿が迎え取って、帝《みかど》に差し上げようと申しているとかで」とご報告すると、「そうならぬ先に、やはり私が迎え取りたい。お膳立《ぜんだ》てを頼む」とおっしゃる。「そうしたいのはやまやまですが、容易なことでは」と、それでも断りもしないで光季は立ち去った。

夕方《ゆふかた》、殿《との》にまうでたまひて、暮れゆくほどの空、いたう霞《かす》みこめて、花のいとおもしろく散りみだるる夕ばえを、御簾《みす》巻き上げてながめ出《い》でたまひつる御かたち、いはむかたなく光りみちて、花のにほひも、むげにけおさるる心地ぞする。琵琶《びは》を黄鐘調《わうしきでう》にしらべて、いとのどやかに、をかしく

三 姫君と尼君とを取り違え

弾《ひ》きたまふ御手つきなど、「限りなき女も、かくはえあらじ」と見ゆ。このかたの人々召《め》し出《い》でて、さまざまうち合《あは》せつつ遊びたまふ。

みつすゐ、「いかが女のめでたてまつらざらむ。近衛《このゑ》の御門《みかど》わたりにこそ、めでたく弾く人あれ。何事《なにごと》にもいとゆゑづきてぞ見ゆる」と、おのがどち言ふを聞きたまひて、「いづれ、この、桜多くて荒れたるやどりをばいかでか見し。われに聞かせよ」とのたまへば、「なほ、たよりありてまかりたりしになむ」と申せば、「さるところは見しぞ。こまかに語れ」とのたまふ。かの、見し童《わらは》に物言ふなりけり。

「故源中納言のむすめになむ。まことにをかしげにぞ侍《はべ》るなる。かの御をぢの大将なむ、迎へて内裏《うち》に奉《たてまつ》らむと申すなる」と申せば、「さらざらむさきに、なほ。たばかれ」とのたまふ。「さ思ひはんべれど、いかでか」とて立ちぬ。

夕方、あの花の邸《やしき》の娘に、光季《みつすえ》は口先上手な男なので、言葉巧みに斡旋《あっせん》を頼む。「大将殿がいつもうるさくご注意なさるので、人のお手紙を取り次ぐことさえ、姫の祖母《おばあ》様《さま》がやかましくおっしゃるのに」と、娘は引き受けかねる風情《ふぜい》であった。

その同じ桜の邸で、姫君の入内《じゅだい》の予定などを大将殿がおっしゃっている折、光季が娘に手引きするよう急《せ》かすものだから、年若いだけに分別も浅いのか、「よい機会があったら、すぐお知らせします」と折れて出る。中将のお手紙は、誰《だれ》にも様子を気取られまいと、娘が姫君に取り次がず握りつぶしてしまった。

光季が中将の邸へ参上して、「説得いたしました。今夜こそ絶好の機会で」と申したので、お喜びになって中将は、少し夜更けて姫君の所へ向われる。

光季の車で目立たぬようにいらっしゃった。花の邸の娘は、周りの様子を見て回って中将を姫君の部屋へ導いてお入れした。灯火は陰の方へ取り下げてあるので、薄暗く、広い母屋《もや》に、とても小柄な格好《かっこう》で横になっていらっしゃる姿がほのかに見える。中将は引き抱えて車にお乗せなさって、車を急がせ自邸へと走らせる。車に乗せられた人は、「これはいったいどうしたこと！　どうしたんです！」と、わけもわからず、あきれはてていらっしゃる。

中将の乳母《めのと》（姫君の乳母の名）の説明を借りると、「姫君の身辺の事などを耳になさった祖母様が、心配なさって、ここで宿直《とのい》をしていらっしゃったんです。もともと小柄な方でいらっしゃったが、お年を召して、髪を剃《そ》って出家までなさっておいでだったので、頭が寒くて、着物をすっぽりかぶって横になっていらっしゃったのを、これが姫君だとお思いになったのも当然です」と。

中将が邸に着いてやれやれと車から姫君を降ろす段になった、その時、耳にしたのは、老人のしわがれ声で、「いやはや、もう。こんなことをするのは誰じゃ」とおっしゃった。この話、その後はどうなったやら。まったくあほらしい出来事。尼君のご器量はこのうえなく美しかったが。

夕《ゆふ》さり、かの花には、物いとよく言ふものにて、ことよく語らふ。「大将殿の、常にわづらはしく聞こえたまへば、人の御文《ふみ》伝ふることだに、おほ上《うへ》いみじくのたまふものを」と。

同じところにて、めでたからむことなどのたまふころ、ことに責《せ》むれば、若き人の思ひやり少なきにや、「よき折《をり》あらば、今」と言ふ。御文《ふみ》は、ことさらにけしき見せじとて伝へず。

みつすゑ参りて、「言ひおもむけてはべり。今宵《こよひ》ぞよくはべるべき」と申せば、喜びたまひて、少し夜更《よふ》けておはす。

みつすゑが車にておはしぬ。花は、けしき見ありきて、入れたてまつりつ。火は物の後ろへ取りやりたれば、ほのかなるに、母屋《もや》にいと小さやかにてうち臥《ふ》したまひつるを、かき抱《いだ》きて乗せたてまつりたまひて、車を急ぎてやるに、「こは何《なに》ぞ、こは何ぞ」とて、心得ず、あさましう思《おぼ》さる。

中将の乳母《めのと》、「聞きたまひて、おば上《うへ》のうしろめたがりたまひて、臥《ふ》したまへるになむ。もとより小さくおはしけるを、老いたまひて、法師《ほふし》にさへなりたまへば、頭寒《かしらさむ》くて、御衣《ぞ》を引きかづきて臥したまひつるなむ、それとおぼえけるも、ことわりなり」。

車よするほどに、古びたる声にて、「いなや、こは誰《たれ》そ」とのたまふ。その後《のち》いかが。をこがましうこそ。御かたちは限りなかりけれど。

虫めづる姫君

一 毛虫好きのお姫様

蝶《ちょう》の好きな姫君の住んでおられる邸《やしき》の隣に、按察使《あぜち》の大納言の姫君の邸がある。並《なみ》の深窓の姫君などは足もとにも寄れぬほど、両親はこの姫君を大切に育てておられる。

この姫君のおっしゃることが変っている。「世の人々が、花よ蝶よともてはやすのは、まったくあさはかでばからしい了見です。人間たるもの、誠実な心があって、物の本体を追究してこそ、心ばえもゆかしく思われるというものです」とおっしゃって、いろいろな虫の恐ろしそうなのを採集して、「これが成長する様子を観察しよう」といって、さまざまな観察用の虫籠《むしかご》などにお入れさせになる。なかでも「毛虫が思慮深そうな様子をしているのが奥ゆかしい」とおっしゃって、朝晩、額髪《ひたいがみ》（額から頬《ほお》に垂らした髪）をおかみさんよろしく耳にかきあげて、毛虫を、いくら好きでもこれに添寝《そいね》は無理なので、手のひらの上で愛撫《あいぶ》して、飽かず見守っておられる。

若い女房たちはひどくこわがるので、男童《わらわ》で、物おじせず、取るに足らぬ身分の連中を身近に呼び寄せて、箱の虫を取り出させ、虫の名を問い尋ね、新種の虫には名前をつけて、おもしろがっておられる。

「人間たるもの、総じて取り繕うところがあるのはよくない」という主義で、眉毛《まゆげ》を抜き取る普通のお化粧はいっさいなさらず、お歯黒《はぐろ》をつけるなどは「まったく煩雑、それに不潔だわ」というわけで、いっこうおつけにならない。笑うとまっ白な歯が現れるという具合で、ひたすらこの虫どもを、朝に夕にかわいがっておいでになる。

侍女《じじょ》たちが、我慢しきれずに、こわがって逃げ出すとなると、姫君のお部屋の方は、常とかわって、上を下への大騒ぎになるのであった。こわがるこんな侍女たちを、「言語道断、品がないわ」と、姫君は黒々とした毛深い眉をしかめておにらみになるので、侍女たちは、いっそう身も世もあらぬ心地であった。

両親は、「まことに風変りで、世の姫君とは違っていらっしゃる、困ったこと」とはお思いになったが、「きっとお悟りになるところがおありになってのことだろう。尋常のことではないわい。姫君のためを思って申しあげることには、真剣に、悟りきった確信をもって返答なさるので、まことにどうもそばへ寄れない」と、娘の理屈に応対するのも、けむたくお思いである。

「理屈はそうだが、外聞が悪いじゃないか。世の人は、見た目の美しいのを好むものなんだ。『気味悪い毛虫をおもしろがっているんだとさ』と、世間の人の耳にはいるのもみっともない」と親がおさとしになると、姫君は、「かまわないわよ噂《うわさ》なんか。万事の現象を推究し、その流転の成行きを確認するからこそ、個々の事象は意味をもってくるのよ。そんなこともわからないなんて、ずいぶん幼稚ね。毛虫が蝶になるんですよ」と、毛虫が蝶に変化するところを、ほら、このとおりと取り出してお見せになった。

「絹といって、人々が着用するものも、蚕《かいこ》がまだ羽の生えぬころに作り出して、蝶になってしまうと、これはまったくのご臨終弔問の装いで、露の命の果てなのよ」とおっしゃるので、両親は返す言葉もなく、あきれている。

万事常識破りの方だが、そこはやはりお姫様、ご両親にでも直接顔つき合せて応答などはなさらず、「鬼と女とは人前に出ないほうがいいんだわ」と独自の思慮をはたらかせていらっしゃる。今日も今日とて母屋《もや》の簾《すだれ》を少し巻き上げて、几帳《きちょう》（布を垂らした間仕切り）を押し出して、前述のように両親を前に得意そうに理屈を並べていらっしゃるのであった。

蝶《てふ》めづる姫君の住みたまふかたはらに、按察使《あぜち》の大納言《だいなごん》の御むすめ、心にくくなべてならぬさまに、親たちかしづきたまふこと限《かぎ》りなし。

この姫君ののたまふこと、「人々の、花、蝶やとめづるこそ、はかなくあやしけれ。人は、まことあり、本地《ほんぢ》たづねたるこそ、心ばへをかしけれ」とて、よろづの虫の、恐ろしげなるを取り集めて、「これが、成らむさまを見む」とて、さまざまなる籠箱《こばこ》どもに入れさせたまふ。中にも「烏《か》毛虫《はむし》の、心深きさましたるこそ心にくけれ」とて、明け暮れは、耳はさみをして、手のうらにそへふせて、まぼりたまふ。

若き人々はおぢ惑《まど》ひければ、男《を》の童《わらは》の、ものおぢせず、いふかひなきを召《め》し寄せて、箱の虫どもを取らせ、名を問ひ聞き、いま新しきには名をつけて、興《きょう》じたまふ。

「人はすべて、つくろふところあるはわろし」とて、眉《まゆ》さらに抜きたまはず。歯黒《はぐろ》め、「さらにうるさし、きたなし」とて、つけたまはず、いと白らかに笑《ゑ》みつつ、この虫どもを、朝夕《あしたゆふ》べに愛したまふ。

人々おぢわびて逃ぐれば、その御方は、いとあやしくなむののしりける。かくおづる人をば、「けしからず、ばうぞくなり」とて、いと眉黒《まゆぐろ》にてなむ睨《にら》みたまひけるに、いとど心地なむ惑《まど》ひける。

親たちは、「いとあやしく、さまことにおはするこそ」と思《おぼ》しけれど、「思し取りたることぞあらむや。あやしきことぞ。思ひて聞こゆることは、深く、さ、いらへたまへば、いとぞかしこきや」と、これをも、いと恥づかしと思したり。

「さはありとも、音聞《おとぎ》きあやしや。人は、みめをかしきことをこそ好むなれ。『むくつけげなる烏毛虫《かはむし》を興《きよう》ずなる』と、世の人の聞かむもいとあやし」と聞こえたまへば、「苦しからず。よろづのことどもをたづねて、末《すゑ》を見ればこそ、事はゆゑあれ。いとをさなきことなり。烏毛虫《かはむし》の、蝶《てふ》とはなるなり」そのさまのなり出《い》づるを、取り出《い》でて見せたまへり。

「きぬとて、人々の着るも、蚕《かひこ》のまだ羽《はね》つかぬにし出《い》だし、蝶になりぬれば、いともそでにて、あだになりぬるをや」とのたまふに、言ひ返すべうもあらず、あさまし。

さすがに、親たちにもさし向ひたまはず、「鬼と女とは、人に見えぬぞよき」と案《あん》じたまへり。母屋《もや》の簾《すだれ》を少し巻き上げて、几帳《きちやう》いでたて、しかくさかしく言ひ出《い》だしたまふなりけり。

二 陰口をたたく女房たち

この親子の問答を若い女房たちは聞いていて、「たいそう毛虫をもてはやして得意がっていらっしゃるが、こちらは気が変になりますよ、あの愛玩物《あいがんぶつ》は」「どんな幸運な人が、蝶《ちょう》のお好きな姫君にお仕えしているんでしょう」などと、ぐちを並べて、兵衛《ひょうえ》という女房が、

いかでわれとかむかたなくいてしがな烏毛虫《かはむし》ながら見るわざはせじ

――どうかして私は姫君に道理を説くようなこともなくてこの邸《やしき》にいたいものだ。姫君だって、いつまでも毛虫のままでということはあるまい。いつかは蝶になる道理だから

と気の長いことを言うと、小大輔《こだゆう》という女房が笑って、

うらやまし花や蝶《てふ》やと言ふめれど烏毛虫《かはむし》くさきよをも見るかな

――うらやましいことですね。人は皆、花や蝶やと楽しんでいるようだのに、私どもは毛虫くさい目をみて毎日を過ごしているなんて

などと言って笑うので、女房たちは、「つらいわねえ、お姫様の眉《まゆ》、そういえば毛虫並みじゃない」「そうそう、そして歯ぐきは毛虫の皮のむけたというところかしら」など勝手な放言。すると左近《さこん》という女房が、

「冬くれば衣《ころも》たのもし寒くとも烏毛虫《かはむし》多く見ゆるあたりは

――冬が来ると着物だけは十分あると頼みにできる。寒くても毛虫のたくさんいるこの御殿では

着物など着ないでいらっしゃればよいのに」など、おしゃべりしているのを、こうるさい老女が耳にして、「若い方々、何をわいわい言っていらっしゃる。蝶がお好きだとかいうお隣の人のことなんぞ、ちっともすばらしいとも思わない。いえいえそれこそ常識はずれというもの。かといってまた、毛虫を並べて、それを蝶だと言う人なんかはいないんです。お姫様のおっしゃるのは、その毛虫が脱皮して蝶になるという事実なのです。毛虫を愛されるのも、その過程を調べていらっしゃるのですよ。この探究心こそ考え深いと称すべきです。蝶はとらえると手に粉がついて気持が悪いものです。それに、蝶をつかまえると、おこりの病（マラリアに似た病）を患わせると言いますよ。ああ、いやらしいったらない」と姫君の肩をもつので、若い女房たちはいっそう反感をつのらせて、陰口を言い合った。

　この虫どもをつかまえる童《わらわ》には、姫君が、よいものや、ほしがる品をくださるので、童たちはいろいろに恐ろしそうな虫を採集して姫君に差し上げる。「毛虫は、毛並はおもしろいが、故事などを思い出すよすがにならぬので物足りない」と言って、かまきり、かたつむりなどを取り集めて、これに関する詩歌を大声で歌わせてお聞きになり、姫君も声を張りあげて、「かたつぶりのォ……角《つの》の、争うや、何ぞ」（白居易《はくきょい》の詩句「蝸牛《くわぎう》の角《つの》の上《うへ》に何事《なにごと》をか争ふ、石火《せきくわ》の光の中《うち》に此《こ》の身を寄す」に基づいた句）といった句を吟詠なさる。

童の呼び名も、平凡なのは映《は》えないというので、虫の名前をおつけになった。けら男《お》（おけら）、ひき麿《まろ》（ひきがえる）、いなかたち（不詳）、いなご麿（しょうりょうばった）、雨彦（やすで）なんぞと名づけて、召し使いなさるのであった。

これを、若き人々聞きて、「いみじくさかしたまへど、いと心地こそ惑へ、この御遊びものは」「いかなる人、蝶《てふ》めづる姫君につかまつらむ」と て、兵衛《ひやうゑ》といふ人、

いかでわれとかむかたなくいてしがな烏毛虫《かはむし》ながら見るわざはせじ

と言へば、小大輔《こだいふ》といふ人、笑ひて、

うらやまし花や蝶やと言ふめれど烏毛虫《かはむし》くさきよをも見るかな

など言ひて笑へば、「からしや、眉《まゆ》はしも、烏毛虫《かはむし》だちためり」「さて、歯

ぐきは、皮のむけたるにやあらむ」とて、左近《さこん》といふ人、

「冬くれば衣たのもし寒くとも烏毛虫《かはむし》多く見ゆるあたりは

衣《きぬ》など着ずともあらなむかし」など言ひあへるを、とがとがしき女聞きて、「若人《わかうど》たちは、何事言ひおはさうずるぞ。蝶めでたまふなる人も、もはら、めでたうもおぼえず。けしからずこそおぼゆれ。さてまた、烏毛虫《かはむし》ならべ、蝶といふ人ありなむやは。ただ、それが蛻《もぬ》くるぞかし。そのほどをたづねてしたまふぞかし。それこそ心深けれ。蝶はとらふれば、手にきりつきて、いとむつかしきものぞかし。また、蝶はとらふれば、瘧病《わらはやみ》せさすなり。あなゆゆしとも、ゆゆし」と言ふに、いとど憎さまさりて、言ひあへり。

この虫どもとらふる童《わらは》べには、をかしきもの、かれが欲しがるものを賜《たま》へば、さまざまに、恐ろしげなる虫どもを取り集めて奉《たてまつ》る。「烏毛虫《かはむし》は、毛などはをかしげなれど、おぼえねば、さうざうし」とて、蟷螂《いぼじり》、蝸牛《かたつぶり》などを取り集めて、歌ひののしらせて聞かせたまひて、われも声をうちあげて、「かたつぶりのお、つのの、あらそふや、なぞ」といふことを、うち

誦《ずん》じたまふ。

童《わらは》べの名は、例《れい》のやうなるはわびしとて、虫の名をなむつけたまひたりける。けらを、ひきまろ、いなかたち、いなごまろ、あまびこなんどつけて、召し使ひたまひける。

三 蛇《へび》に似せた懸想文《けそうぶみ》

こういうことが世間に知れて、とても聞くに堪えない噂《うわさ》を人々がしている。その中に、ある上達部《かんだちめ》（公卿《くぎょう》）の御曹子《おんぞうし》で、血気にはやり、物に恐れず、しかも顔立ち愛らしい男がいた。姫君の評判を耳にして、「いくらなんでも、これにはおじけづくだろう」と言って、たいそう立派な帯の端で、蛇の形に似せて、動くような仕掛けをし、これを、鱗《うろ》模様《こもよう》の懸袋《かけぶくろ》（紐《ひも》で首にかける袋）に入れて文《ふみ》を結びつけた。その結びつけた文を受け取った女房が見ると、

はふはふも君があたりにしたがはむ長き心の限りなき身は

——這《は》いながらもあなたのおそばについておりましょう、長く変らぬ心をもつ私は

と歌が書いてある。この贈物を女房が何心なく姫君の御前に持って伺って、「袋やなんかで……。開けるだけでも妙に重たい感じだわ」と言いながら、袋の口を引き開けたとたん、蛇がにゅっと首をもたげた。

女房たちは、気も動転して大騒ぎだが、姫君は少しもあわてず、「南無阿弥陀仏《なむあみだぶつ》、南無阿弥陀仏」と念仏を唱え、「私の前世の親なんだろう。騒ぎなさんな」と、女房をたしなめはするものの、声は震え声、顔はそっぽに向けて、「優美な姿の間だけかわいがるというのは、まことに不埒《ふらち》な考えだわ」と、ぶつぶつおっしゃって、蛇をそばへお引き寄せになる。とはいえやはり、恐ろしくお思いなので、立ったりすわったり、花をめぐる蝶《ちょう》みたいで、声は蟬《せみ》のように甲高《かんだか》く、物をおっしゃる声が、とてもおかしいので、女房たちはいたたまれず御前から逃げ出してきて、大笑いしていたが、やがて、事の次第を父君に申しあげる。

父の大納言は、「まったくあきれはてた、気味の悪いことを聞くものじゃ。そんな蛇などいるのを目にしながら、みな姫君を放っておいて逃げ出すとは言語道断!」と腹を

立てて、大納言殿みずから、おっとり刀《がたな》で駆けつけた。

よくご覧になると、まったく本物そっくりの巧妙な作り物だったので、手に取って、「ずいぶん上手に細工した人じゃわい」と感心し、「かしこぶってお前が虫など愛玩《あいがん》していらっしゃると聞いて、わるさをしたんだろう。返事を書いて早くやっておしまいなさい」と言い残して、父君は居室へお帰りになった。

女房たちは、作り物の蛇だと聞いて、「何ていやなことをした人だこと」と憎らしがって、それでも「返事をしないと後のことが気にかかりましょう」と勧めるので、姫君は、ひどくごわごわした無風流な紙に返事をお書きになる。幼くて平仮名（女文字。女性はこれを用いるのが当時の常識）はまだお書きにならなかったので、片仮名で、

「契《ちぎ》りあらばよき極楽《ごくらく》にゆきあはむまつはれにくし虫のすがたは

――ご縁があったら上品上生《じょうほんじょうしょう》の極楽でお逢いしましょう。おそばにいにくいですね、そんな長い蛇の姿では

福地《ふくち》の園《その》（福徳の生じる極楽）でお逢いしましょう」と書いてある。

かかること、世に聞こえて、いと、うたてあることを言ふ中に、ある上達部《かんだちめ》の御子《おほんこ》、うちはやりてものおぢせず、愛敬《あいぎやう》づきたるあり。この姫君のことを聞きて、「さりとも、これにはおぢなむ」とて、帯の端の、いとをかしげなるに、蛇《くちなは》のかたをいみじく似せて、動くべきさまなどしつけて、いろこだちたる懸袋《かけぶくろ》に入れて、結びつけたる文《ふみ》を見れば、

はふはふも君があたりにしたがはむ長き心の限りなき身は

とあるを、何心なく御前に持《も》て参りて、「袋など。あくるだにあやしくおもたきかな」とて、ひきあけたれば、蛇《くちなは》、首をもたげたり。人々、心を惑《まど》はしてののしるに、君はいとのどかにて、「南無阿弥陀仏《なもあみだぶつ》、南無阿弥陀仏」とて、「生前《さうぜん》の親ならむ。な騒ぎそ」と、うちわななかし、顔、ほかやうに、「なまめかしきうちしも、けちえんに思はむぞ、あやしき心なりや」と、うちつぶやきて、近く引き寄せたまふも、さすがに、恐ろしくおぼえたまひければ、立ちどころ居どころ、蝶《てふ》のごとく、こゑせみ声に、のたまふ声の、いみじうをかしければ、人々逃げ去りきて、笑ひい

れば、しかじかと聞こゆ。

「いとあさましく、むくつけきことをも聞くわざかな。さるもののあるを見る見る、みな立ちぬらむことこそ、あやしきや」とて、大殿《おとど》、太刀《たち》をひきさげて、もて走りたり。

よく見たまへば、いみじうよく似せて作りたまへりければ、手に取り持ちて、「いみじう、物よくしける人かな」とて、「かしこがり、ほめたまふと聞きて、したるなめり。返事《かへりごと》をして、はやくやりたまひてよ」とて、渡りたまひぬ。

人々、作りたると聞きて、「けしからぬわざしける人かな」と言ひにくみ、「返事《かへりごと》せずは、おぼつかなかりなむ」とて、いとこはく、すくよかなる紙に書きたまふ。仮名《かな》はまだ書きたまはざりければ、片仮名《かたかんな》に、

「契《ちぎ》りあらばよき極楽《ごくらく》にゆきあはむまつはれにくし虫のすがたは
福地《ふくち》の園《その》に」とある。

四 右馬佐《うまのすけ》、姫を見に行く

右馬佐《うまのすけ》は、この返事をご覧になって、「まことに世にまれな、風変りな手紙だわい」と思い、「どうかして姫君をこの目で見たいものだ」と考えて、友人の中将と相談し、卑しい女どもの姿に変装して、按察使《あぜち》の大納言の外出なさったすきに、やってきた。

姫君のお住みの居間の北面《きたおもて》の、立蔀《たてじとみ》（格子の裏に板を張った塀）のそばに忍んで垣間《かいま》見《み》なさると、折しも男童《わらわ》の何の変哲もないのが、植込みの間を立ちどまりながら歩いて、さて言うには、「この木全体に無数に這《は》っているぞ。いやこれはすばらしい眺めだなあ」と感嘆する。「これをご覧なさい」と言って、簾《すだれ》を引き上げ、「まことにおもしろい毛虫がおりますよ」と姫君に報告すると、姫君は歯ぎれのよい声で、「とてもすてきね。こっちに持っておいで」とおっしゃると、「選び取ることができそうにもありません。ついここの所ですよ。ご覧なさい」と言うものだから、姫君は荒っぽい足取りで出てくる。

簾を前に押し張るようにして、身を乗り出して、毛虫の枝を大きく見開いた目でご覧になっている姫君の姿を見ると、着物を頭にかぶったように着込み、髪も額髪《ひたいがみ》の下がったあたりは美しいが、櫛《くし》で手入れをしないためか、ぼさぼさに見える。眉《まゆ》は黒々と、濃く鮮やかに際だち、涼しそうに見える。口もともかわいらしく、きれいだが、お歯黒《はぐろ》をつけないので、どうも色気がない。「お化粧でもしていたら、きっときれいだろうに。情けないことだわい」と思われる。

こんなにまで見ばえのしない様子でいるけれど、醜くなどはなくて、まこと格別に印象鮮明、気品あって、晴れた空のようにすかっとしているのが、もう少し何とかならぬかと残念だ。見ばえのしない薄黄色の、綾織《あやお》りの袿《うちき》一重、その上にこおろぎの模様の小袿一重を重ね着て、白い袴《はかま》を好んで着用していらっしゃる。

枝の毛虫を、つぶさに見ようと思って、身を乗り出して、「まあ、すばらしい。日に照りつけられるのがつらくてこっちへ来るんだわ。これを一つも落とさずこっちへ追ってきてちょうだい、お前さん」と指図なさるので、童が突き落とすと、毛虫はぱらぱらと落ちる。姫君は白地の扇に、墨くろぐろと漢字の手習いをしたのを差し出して、「これに拾って入れておくれ」とおっしゃるので、童が拾い入れる。

見ている右馬佐・中将たちもすっかりあきれて、「才学すぐれた大納言のお宅に、これはまた型破りのお姫様が生れたものだ」と思う。この姫君に関心を抱いて、「たいへんなことだわい」と右馬佐はご覧になる。

右馬佐《うまのすけ》、見たまひて、「いとめづらかに、さまことなる文《ふみ》かな」と思ひて、「いかで見てしがな」と思ひて、中将と言ひ合《あは》せて、あやしき女どもの姿を作りて、按察使《あぜち》の大納言《だいなごん》の出《い》でたまへるほどに、おはして、姫君の住みたまふかたの、北面《きたおもて》の立蔀《たてじとみ》のもとにて見たまへば、男《を》の童《わらは》の、ことなることなき、草木どもにたたずみありきて、さて、言ふやうは、「この木に、すべて、いくらもありくは、いとをかしきものかな」と。「これ御《ご》覧《らん》ぜよ」とて、簾《すだれ》を引き上げて、「いとおもしろき烏毛虫《かはむし》こそ候《さぶら》へ」と言へば、さかしき声にて、「いと興《きよう》あることかな。こち持《も》て来《こ》」とのたまへば、「取り分《わか》つべくもはべらず。ただここもと、御覧ぜよ」と言へば、あららかに踏みて出《い》づ。

簾をおし張りて、枝を見はりたまふを見れば、頭《かしら》へ衣着《きぬ》あげて、髪も、さがりば清げにはあれど、けづりつくろはねばにや、しぶげに見ゆるを、眉《まゆ》いと黒く、はなばなとあざやかに、涼しげに見えたり。口つきも愛敬《あいぎやう》づきて、清げなれど、歯黒めつけねば、いと世づかず。「化粧《けさう》したらば、清げにはありぬべし。心憂《こころう》くもあるかな」とおぼゆ。

かくまでやつしたれど、見にくくなどはあらで、いと、さまことに、あざやかにけだかく、はれやかなるさまぞあたらしき。練色《ねりいろ》の、綾《あや》の袿《うちき》ひとかさね、はたおりめの小袿《こうちき》ひとかさね、白き袴《はかま》を好みて着たまへり。

この虫を、いとよく見むと思ひて、さし出《い》でて、「あなめでたや。日にあぶらるるが苦しければ、こなたざまに来るなりけり。これを、一つも落《おと》さで、追ひおこせよ、童《わらは》べ」とのたまへば、突き落せば、はらはらと落つ。白き扇《あふぎ》の、墨黒に真名《まな》の手習《てならひ》したるをさし出《い》でて、「これに拾ひ入れよ」とのたまへば、童《わらは》べ、取り入る。

皆君達《みなきんだち》も、あさましう「ざいなむあるわたりに、こよなくもあるかな」と思ひて、この人を思ひて、「いみじ」と君は見たまふ。

立っていた童《わらわ》が、垣間見している右馬佐《うまのすけ》を見とがめて、「あの立蔀《たてじとみ》の所のそばに、きれいな男が、でも妙な風体をして、立って覗《のぞ》いています」と報告するので、そこにいた大輔《たいふ》の君という女房が、「まあたいへん。お姫様は、いつもの調子で虫に夢中におなりで、外からまる見えでいらっしゃりはしないかしら。お知らせしなくては」と言って来てみると、例のように、姫君は簾《すだれ》の外にいらっしゃって、毛虫を大騒ぎで払い落とさせていらっしゃる。

毛虫がとてもこわいので、姫君のおそばには寄らず、大輔の君が、「内へおはいりください。端近《はしぢか》な所は人目につきます」と申しあげると、姫君のほうは、「毛虫収集をやめさせようと思って言うのだ」と思って、「人目についたって、なあにたいしたことじゃない。恥ずかしくなんかないんだから」とおっしゃる。

「情けないことをおっしゃる。うそとお思いか。その立蔀のそばに、とても立派な人がいるということでございますのに。虫は奥でご覧なさい」と言うと、「じゃ、けら男《お》、あそこに行って見ておいで」と姫君は命令なさる。けら男は立って駆けて行って、「本当に、おりましたよ」とご報告すると、姫君は立ち上がるや、すばやく走り出て毛虫を袖《そで》に拾い入れて、奥へ駆け込んでおしまいになった。

身の丈《たけ》は高からず低からず、髪も袿《うちき》くらいの長さで豊かである。髪の端も切りそろえて手入れしないので、ふさやかとは申せないが、端麗にととのっていて、かえってかわいらしげに見える。「この姫君ほどの器量でなくても、世間並にして、様子、態度を取りつくろっていれば、申し分なしと評価されるものだ。とても親しめそうもない姫君の言動だが、さっぱりとして美しく、気品があって、気のおかれる点は、並の女性とは違っている。ああ残念、どうして虫を好むなどという気味悪い気性なのだろう。こんなにすぐれた器量なのに」と右馬佐は慨嘆なさるのであった。

童《わらは》の立てる、あやしと見て、「かの立蔀《たてじとみ》のもとに添ひて、清げなる男《をとこ》、さすがに姿つきあやしげなるこそ、のぞき立てれ」と言へば、この大輔《たいふ》の君といふ、「あないみじ。御前には、例《れい》の、虫興《きよう》じたまふとて、あらはにやおはすらむ。告《つ》げたてまつらむ」とて参れば、例の、簾《すだれ》の外《と》におはして、烏毛虫《かはむし》ののしりて、払ひ落《おと》させたまふ。

いと恐ろしければ、近くは寄らで、「入らせたまへ。端《はし》あらはなり」と聞こえさすれば、「これを制せむと思ひて言ふ」とおぼえて、「それ、さばれ、もの恥づかしからず」とのたまへば、「あな心憂《こころう》。そらごとと思《おぼ》しめすか。その立蔀のつらに、いと恥づかしげなる人、侍《はべ》るなるを。奥にて御覧ぜよ」と言へば、「けらを、かしこに出《い》で見て来《こ》」とのたまへば、立ち走りていきて、「まことに、侍るなりけり」と申せば、立ち走り、烏毛虫《かはむし》は袖《そで》に拾ひ入れて、走り入りたまひぬ。

たけだちよきほどに、髪も袿《うちき》ばかりにて、いと多かり。すそもそがねば、ふさやかならねど、ととのほりて、なかなかうつくしげなり。「かくまであらぬも、世の常び、ことざま、けはひ、もてつけぬるは、くちをしうやはある。まことに、うとましかるべきさまなれど、いと清げに、けだかう、わづらはしきけぞ、ことなるべき。あなくちをし。などか、いとむくつけき心なるらむ。かばかりなるさまを」と思す。

五 右馬佐《うまのすけ》と姫の贈答歌

右馬佐《うまのすけ》は、「このまま帰るのは物足らぬ。せめて姫君のお顔を見ましたよ、とだけでも知らせよう」と、畳紙《たとうがみ》（懐紙）に草の汁《しる》で歌を書きつける。

烏毛虫《かはむし》の毛深きさまを見つるよりとりもちてのみ守るべきかな

――毛虫の毛深い様子をとくと見ましてからは、その姿が心から離れず、手に取り持って愛玩《あいがん》したい気持ですよ

と書いて、扇で手をたたいて人を呼ぶと、中から童《わらわ》が出てきた。「これを差し上げよ」と渡すと、大輔《たいふ》の君という女房は、「あの、あそこに立っていらした人が、姫君様に差し上げるようにとのことで」と言う童の伝言を受け、これを取って姫君に取り次いで、「まあたいへんなこと！　右馬佐のしわざだったようね（筆跡からわかるほど、右馬佐は著名な好色人であったか）。いやらしい虫なんかをおもしろがっていらっしゃる姫君のお顔を、きっとご覧になったんでしょうよ」と、ぐちの限りをあれこれと申しあげると、姫君のおっしゃることがふるっている。「悟ってしまえば何事でも恥ずかしいことなどありません。人は夢幻のようなこの世に、誰《だれ》が生き長らえて、これは悪いこと、これは善《よ》いことなどと、もろもろのことを見きわめて判断できようか」とおっしゃるので、口をきく張り合いも失せて、若い女房たちは、めいめい情けないことだと思い合った。

この垣間見《かいまみ》の右馬佐たちは、返歌のないはずはないと、しばらく立ってお待ちになったが、邸内では童まで皆内に呼び入れて、「本当に情けない」と互いに嘆いている。

そこに居合せた女房の中には、返事をしなくてはと気づいたのもいたのだろう、待たせっぱなしではやはりお気の毒というので、姫君に代って、

人に似ぬ心のうちは烏毛虫《かはむし》の名をとひてこそ言はまほしけれ

――世の人に似ぬ私の心の中は、あなたのお名を尋ね聞いたうえで、初めて申しあげとうございます

右馬佐はこの歌を見て、

烏毛虫《かはむし》にまぎるるまつの毛の末《すゑ》にあたるばかりの人はなきかな

――毛虫に見まがうようなあなたの目のあたりの、その毛の端っこほども、あなたに匹敵する人はほかにおりませんよ（あなたの相手になれる男はいないとする説と、あなたほど心深い女性はいないとする説がある）

と言って笑って、帰ってしまったようだ。この続きは二の巻にあるはずです。

右馬佐《うまのすけ》、「ただ帰らむは、いとさうざうし。見けりとだに知らせむ」とて、畳紙《たたうがみ》に、草の汁《しる》して、

烏毛虫《かはむし》の毛深きさまを見つるよりとりもちてのみ守るべきかな

とて、扇して打ち叩《たた》きたまへば、童《わらは》べ出《い》で来たり。「これ奉《たてまつ》れ」とて、取らすれば、大輔《たいふ》の君といふ人、「この、かしこに立ちたまへる人の、御前に奉れとて」と言へば、取りて、「あないみじ。右馬佐のしわざにこそあめれ。心憂《こころう》げなる虫をしも興《きよう》じたまへる御顔を、見たまひつらむよ」とて、さまざま聞こゆれば、言ひたまふことは、「思ひとけば、ものなむ恥づかしからぬ。人は夢幻《ゆめまぼろし》のやうなる世に、誰《たれ》かとまりて、悪《あ》しきことをも見、善《よ》きをも見思ふべき」とのたまへば、いふかひなくて、若き人々、おのがじし心憂がりあへり。

この人々、返さでやはあるとて、しばし立ちたまへれど、童《わらは》べをもみな呼び入れて、「心憂《こころう》し」と言ひあへり。ある人々は心づきたるもあるべし、さすがに、いとほしとて、

人に似ぬ心のうちは烏毛虫《かはむし》の名をとひてこそ言はまほしけれ

右馬佐、

烏毛虫《かはむし》にまぎるるまつの毛の末《すゑ》にあたるばかりの人はなきかな

と言ひて、笑ひて帰りぬめり。二の巻《まき》にあるべし。

＊末尾の一文「二の巻にあるべし」は、続編があるように見せる物語の結末のしきたりを守った技巧だとか、読者の評判しだいで書き続けるつもりもあったかもしれないなどと説かれる。あるいは一歩進めて、読者に続編を考えさせる、より積極的な波及効果を読みとるべきか。いずれにしろ、続編は残っておらず、書かれなかったのであろう。

はいずみ

一 夫の浮気で苦境に立つ妻

下京《しもぎょう》あたりに、卑しからぬ家柄の男が、生活がままならない女をかわいく思って、数年ともに暮しつづける。そのうち男は懇意な人の所へ出入りする間に、その人の娘を好きになり、人目を忍んでそこへ通っていた。

新たな仲、万事がよく見えたのだろう、初めの女よりは愛着ひとしおと感じて、男は人目もはばからず通いつめたので、相手の両親の耳にもはいり、「長年連れそう妻をお持ちだが、こうなってはしかたがない」と、娘との仲を公認し、男を通わせる。

もとの妻はこれを聞いて、「こうなっては私ども二人の仲も終りみたい。相手の女のほうでも男を通わせっぱなしなどのままでは、よもやおくまい」と悩み続ける。「身を寄せるあてでもないかしら、男がすっかり冷たくならぬ前に、私のほうから身を引こう」と決心する。しかし、身を寄せるのに適当なあてもない。

新しい女の両親などは、高圧的にこんなことを言う、「妻などもない独身の男で、ぜひにと望んだ人にめあわせるつもりでいたのに。私のほうで望みもしないのに、あなたがお通いになりはじめたのでね、残念なのだが、今さらそんなことをむしかえしてもいたし方ないので、こうしてお通わせ申しているのに。それを世間の人々が『れっきとした奥さんを家に置いていらっしゃる人なのに。新しい女を大事に思うと、口先ばかりそう言っても、家にちゃんと置いている奥さんのほうを大事に思っているのだろう』などと噂《うわさ》するのを耳にすると気がもめる。まことに世間の人の言うとおりです」など責めたので、男は「人数《ひとかず》にも入らぬ私ではございますが、愛情の深さだけは私にまさる人はおりますまいと確信しています。私の家へお連れ申さないのを疎略な扱いとお思いならば、今すぐにでもお連れ申しあげよう。まことに心外なお言葉を承るものです」と答える。

親は「せめてそうなりとしていただきたい」と、高圧的に言うので、男は「ああ、わが家の妻もどこへ行かせればよいやら」と、まずそのことが気になり、心中悲しく思うものの、新しい女が大切なので、「こういう次第だが」など説明して、妻の反応を見ようと思って、もとの妻のもとへ帰っていった。

下《しも》わたりに、品《しな》いやしからぬ人の、事もかなはぬ人をにくからず思ひて、年ごろ経《ふ》るほどに、親しき人のもとへ行《い》き通ひけるほどに、むすめを思ひかけて、みそかに通ひありきけり。めづらしければにや、はじめの人よりは志《こころざし》深くおぼえて、人目もつつまず通ひければ、親聞きつけて、「年ごろの人を持ちたまへれども、いかがはせむ」とて、許して住ます。もとの人聞きて、「今は限りなめり。通はせてなども、よもあらせじ」と思ひ渡る。「行《い》くべきところもがな。つらくなりはてぬさきに、離れなむ」と思ふ。されど、さるべきところもなし。

今の人の親などは、おし立ちて言ふやう、「妻《め》などもなき人の、せちに言ひしに婚《あは》すべきものを。かく本意《ほい》にもあらで、おはしそめてしを、くちをしけれど、いふかひなければ、かくてあらせたてまつるを、世の人々は、

『妻《め》するたまへる人を。思ふと、さ言ふとも、家にすゑたる人こそ、やごとなく思ふにあらめ』など言ふも安からず。げにさることに侍《はべ》る」など言ひければ、男《をとこ》、「人数《ひとかず》にこそ侍らねど、志ばかりは、まさる人侍らじと思ふ。かしこには渡したてまつらぬを、おろかに思《おぼ》さば、ただ今も渡したてまつらむ。いと異《こと》やうになむ侍る」と言へば、親、「さだにあらせたまへ」と、おし立ちて言へば、男、「あはれ、かれもいづち遣《や》らまし」とおぼえて、心のうち悲しけれども、今のがやごとなければ、かくなど言ひて、けしきも見むと思ひて、もとの人のがり往《い》ぬ。

帰宅して妻の姿をつくづく見ると、上品で小柄な人が、日ごろの物思いのために少し面やつれして、とても沈み込んだ風情《ふぜい》である。顔を見合せるのを避けるような様子で、いつものようには口数もなく、打ちしおれている妻の姿に、気の毒とは思うが、先方とあんな口約束もしたことなので、男は口をひらく、「お前をいとしく思う気持は昔に変らぬが、あちらの女の親の許しも受けずにこうして通いはじめたから、相手方へも気の毒と思うあまりに通っているんですよ。つらいとあなたが思っていらっしゃるだろうと思うと、なぜこんなことになったのかと、今さら後悔の念切《せっ》で。でも今も相手と手を切ることはできそうもなくてね。向こうさんで『土忌《つちい》み（地神を避けるため、一時住まいを移す陰陽道《おんみょうどう》の風習）をしなくてはならぬから、娘をこちらで預れ』と言うんですがね、どうお思いか。よそへ行こうとお思いになるか。なあに、かまわないんだよ、このまま、ちょっとの間、わきの部屋にいらっしゃいよ。人目忍んで、急に、どこへいらっしゃる必要がありましょう」などと言う。

聞いて、妻は、「あの女を引き取ろうと思って言ってるんだわ。あの女は親などもあるんだから、ここに住まなくても何とかなろうに。長年、行くあてもないと知っていながら、こんなことを言うなんて」とつらく思うが、顔色にも出さずに、こう返事する。「ごもっともなことで。早くお連れなさいませ。私はどこへなりと参りましょう。今までこうして素知らぬ顔で、面倒な男女の問題も知らぬげに過ごしてきたのがお恥ずかしい次第で」と妻は言う。いじらしい姿を、男は、「どうして、そんなひねくれた返事をなさるんでしょう。そんな意味ではない、ただしばらくの間だけで、あれが引きあげたら、またお迎えを差し上げましょう」と言い残して、男の出て行った後、妻は召使いの女と差し向いで、一日中、泣き暮す。

見れば、あてにこごしき人の、日ごろ物を思ひければ、少し面痩《おもや》せて、いとあはれげなり。うち恥ぢしらひて、例《れい》のやうに物も言はで、しめりたるを、心苦しう思へど、さ言ひつれば、言ふやう、「志《こころざし》ばかりは変らねど、親にも知らせで、かやうにまかりそめてしかば、いとほしさに通ひはべるを。つらしと思《おぼ》すらむかしと思へば、何とせしわざぞと、今なむ悔《くや》しければ。今もえかき絶ゆまじくなむ。かしこに、『土犯《つちをか》すべきを、ここに渡せ』となむ言ふを。いかが思す。ほかへや往《い》なむと思す。何かは苦しからむ、かくながら、端《はし》つかたにおはせよかし。忍びて、たちまちに、いづちかはおはせむ」など言へば、女《をんな》、「ここに迎へむとて言ふなめり。これは親などあれば、ここに住まずともありなむかし。年ごろ行《ゆ》くかたもなしと見る見る、かく言ふよ」と、心憂《こころう》しと思へど、つれなくいらふ。「さるべきことにこそ。はや渡したまへ。いづちもいづちも往《い》なむ。今まで、かくてつれなく、憂き世を知らぬけしきこそ」と言ふ。いとほしきを、男、

「など、かうのたまふらむや。そにてはあらず、ただしばしのことなり。帰りなば、また迎へたてまつらむ」と言ひ置きて出《い》でぬる後《のち》、女、使ふ者とさし向ひて、泣き暮す。

二 大原《おおはら》へ退く妻を見送る夫

「情けないったらない、夫婦の仲なんて。どうしよう。何が何でもと先方が乗りこんできたら、しょんぼりこっちがご挨拶《あいさつ》に出ていって顔合せるのも、みっともないったらありゃしない。ひどい所でおそまつだろうが、あの大原（京都市左京区）の、今子《いまこ》の家へ行こう。あれ以外に知人はいないわ」――この今子というのは昔召し使った女の名であろう。（召使いの女に相談してみれば）「あの今子の家は、あなた様が片時もお泊りになれそうにもない家でしたが、適当な所が見つかるまでは、しばらくの間いらっしゃいませ」などと語り合って、気を取り直し家の中をきれいに掃《は》かせなどする、やり場のない思いもひどく悲しいので、泣きの涙で、人に見られたくない手紙の類を焼かせなどする。

新しい女を明日連れてこようとする急場だから、妻は自分の出て行くのを夫に知らすすべもない。車（牛車《ぎっしゃ》）などを借りる当てもない。「『送ってくれ』と男に言うべきところだ」と思うことさえ、この期《ご》に及んではばからしいが、ともかく男に言ってやる。「今夜よそへ行こうと思うので、車をちょっと」と言ってやると、男は、「かわいそうに、どこへと思い定めたのだろう。出かける様子なりとも見送ってやろう」と思って、すぐ妻の所へこっそり来た。妻は車を待つというので端近くにすわっていた。明るい月光の中、とめどなく泣いている。妻は、

わが身かくかけ離れむと思ひきや月だに宿《やど》をすみはつる世に

——月さえこの家を住みかとして澄みわたる世なのに、私がこうしてこの家を離れようとは、かねて思いもしなかったことだ

と歌を口ずさんで泣くところへ、男が来たので、涙を隠し、さりげなく横を向いている。

「心憂《こころう》きものは世なりけり。いかにせまし。おし立ちて来《こ》むには、いとかすかにて出《い》で見えむも、いと見苦し。いみじげに、あやしうこそはあらめ、かの大原《おほはら》のいまこが家へ行かむ。かれよりほかに知りたる人なし」。かく

言ふは、もと使ふ人なるべし。「それは、片時おはしますべくも侍《はべ》らざりしかども、さるべきところの出《い》で来《こ》むまでは、まづおはせ」など語らひて、家のうち清げに掃《は》かせなどする、心地もいと悲しければ、泣く泣く恥づかしげなるもの焼かせなどする。

今の人、明日《あす》なむ渡さむとすれば、この男《をとこ》に知らすべくもあらず。車なども誰《たれ》にか借らむ。『送れ』とこそ言はめ」と、思ふもをこがましけれど、言ひやる。「今宵《こよひ》なむ、物へ渡らむと思ふに、車しばし」となむ言ひやりたれば、男、「あはれ、いづちとか思ふらむ。行《い》かむさまをだに見む」と思ひて、今、ここへ忍びて来《き》ぬ。女《をんな》、待つとて端に居たり。月の明《あか》きに、泣くこと限りなし。

わが身かくかけ離れむと思ひきや月だに宿《やど》をすみはつる世に

と言ひて、泣くほどに、来れば、さりげなくて、うちそばむきて居たり。

「車は、牛の都合がつかなくて。馬がありますよ」と男が言うと、「ほんの近い所だから車では大げさです。では、その馬でもお借りして。夜更けぬ前に」と妻は急ぐ。本当に不憫《ふびん》だとは思うが、あちらの女の所では皆「明朝には移ろう」と思っているようだから、男は逃れるすべもないので、気の毒に思い思い、馬を引き出させて、簀子《すのこ》の縁に寄せると、妻は乗ろうとして出てきた。月のたいそう明るい光の中で、その姿はとても小柄で、髪は、つややかに見た目に美しく、ちょうど身の丈ほどの長さである。

男は、見かねて、みずから手を貸して乗せてやり、身の回り、ここかしこととととのえてやると、女はひどくつらいが、じっと耐えて、ひとことも口を開かない。馬上の人となった姿、髪の具合、言いようもなく美しいのを、男はしみじみ感じ入って、「送りに私も参りましょう」と言う。「ほんのそこらあたりの所ですから、かまいません。馬はすぐにお返し申しましょう。その間はここにいらっしゃってください。行く先は見苦しい所ですから、人に見せるような所でもございません」と妻が言うので、「それもそうだろう」と納得して、男は後に残り、簀子縁《すのこえん》に腰かけていた。

この妻は供に人多くというわけにもいかない。昔から馴染《なじみ》の小舎人童《こどねりわらわ》一人を連れて行く。男が見ている間だけは隠して耐えていたが、門から馬を引き出すや、堰《せき》を切ったように泣きながら行くので、このお供の童はひどく気の毒に思っている。例の召使いの女を道案内にして、はるばると大原を目ざして行くものだから、「『すぐそこ』とおっしゃって人もお連れにならず、こんなに遠くへは、どうしておいでになる」と尋ねる。
山里で、人も通らないから、ひどく心細く思って泣き泣き行くのだが、一方、男も荒れはてた家で、ただ一人物思いにふけり、とても美しかった今別れた妻の姿が、たいそう恋しく思い出されるので、みずから招いた事態ゆえいたし方はないものの、「どんな気持で夜道をたどっているだろう」と、思いにふけっているうちに、かなり時間がたつので、簀子縁で足をぶらぶらさせたまま、物に寄り添って横になった。

「車は、牛たがひて。馬なむ侍《はべ》る」と言へば、「ただ近きところなれば、車はところせし。さらば、その馬にても。夜の更《ふ》けぬさきに」と急げば、いとあはれと思へど、かしこには、皆、朝《あした》にと思ひためれば、逃《のが》るべうもなければ、心苦しう思ひ思ひ、馬引き出《い》ださせて、簀子《すのこ》に寄せたれば、乗らむとて立ち出《い》でたるを見れば、月のいと明きかげに、ありさまいとささやかにて、髪はつややかにて、いとうつくしげにて、たけばかりなり。

男《をとこ》、手づから乗せて、ここ、かしこひきつくろふに、いみじく心憂《こころう》けれど、念じて物も言はず。馬に乗りたる姿、頭《かしら》つき、いみじくをかしげなるを、あはれと思ひて、「送りに、われも参らむ」と言ふ。「ただ、ここもとなるところなれば、あへなむ。馬は、ただ今かへしたてまつらむ。そのほどはここにおはせ。見苦しきところなれば、人に見すべきところにも侍《はべ》らず」と言へば、さもあらむと思ひて、とまりて、尻《しり》うちかけて居たり。

この人は、供《とも》に人多くはなどて。昔より見なれたる小舎人童《こどねりわらは》ひとりを具《ぐ》して往《い》ぬ。男の見つるほどこそ隠して念じつれ、門《かど》引き出《い》づるより、いみじく泣きて行《ゆ》くに、この童、いみじくあはれに思ひて、この使ふ女《をんな》をしるべにて、はるばるとさして行《ゆ》けば、『ただ、ここもと』と仰せられて、人も具せさせたまはで、かく遠くは、いかに」と言ふ。

山里にて、人もありかねば、いと心細く思ひて泣き行くを、男もあばれたる家に、ただひとりながめて、いとをかしげなりつる女ざまの、いと恋しくおぼゆれば、人やりならず、「いかに思ひ行くらむ」と思ひ居たるに、やや久しくなりゆけば、簀子《すのこ》に足しもにさしおろしながら、寄り臥《ふ》したり。

三 悔いた夫、妻を連れ帰る

この女は、まだ夜半になる前に、今子の家に行き着いた。見ると、ひどく小さい家である。この供の童《わらわ》は、「どうして、こんなひどい所においでになろうとなさるのか」と言って、ひどくお気の毒だと見ていた。女は、「早く、馬を連れてお帰りなさい。待ってらっしゃるでしょう」と言うので、童は、「『どこにお泊りになったか』などとご主人様がおっしゃったら、どう申しあげましょう」と尋ねると、女は泣きながら「こう申しあげよ」といって、

いづこにか送りはせしと人問《と》はば心はゆかぬ涙川《なみだがは》まで

――どこまで送ったかと人が尋ねたら、心の晴れる暇とてない涙川までです、と申しあげよ

と、一首の歌を口にする。これを聞いて、童も泣く泣く馬に乗って、間もなく家に帰り着いた。

男はふと目覚めて見ると、月もそろそろ西の山の端近くなっていた。「ばかに帰りが遅いわい。遠い所へ行ったんだな」と思うにつけて、女の気持がわが身のことのように感じられるので、

住みなれし宿《やど》を見捨てて行く月の影におほせて恋ふるわざかな

――住み慣れた宿を見捨てて行ってしまうあの人のことが念頭を去らない。この愛惜の情は山の端へ隠れる月影を惜しむ心なのだと、そのせいにして、去って行った人を恋しく思うことだわい

と口ずさんでいると、あの童が帰着した。

「まったく妙なことだ。なぜこんなに遅く帰ってきたんだ。いったいどこだったんだ」と尋ねるので、さっきの歌のことを話すと、男もひどく悲しくて思わず泣けてしまった。「ここで涙一つ見せなかったのは、平気を装っていたのだ」と、女の悲しみがわがことのように感じられるので、「行って連れ戻してしまおう」と決心して、男は童を前にしてこう宣言する。

「それほどまでひどい所へ行こうとは思わなかった。そんな所では、まったく身をそこ

ねて死んでしまうだろう。やはり連れ戻すことに決めた」と言うと、「道中、しばしの絶え間もなくお泣きでした」「もったいないほどの奥様のお美しさですのに」などと童が繰り返すので、男は、「夜の明けぬうちに」と意を決して、この童を供に、あっという間に大原《おおはら》へ行き着いた。

この女《をんな》は、いまだ夜中《よなか》ならぬさきに行《い》きつきぬ。見れば、いと小さき家なり。この童《わらは》、「いかに、かかるところにはおはしまさむずる」と言ひて、いと心苦しと見居たり。女は、「はや、馬ゐて参りね。待ちたまふらむ」と言へば、『『いづこにかとまらせたまひぬ』など、仰せ候《さぶら》はば、いかが申さむずる」と言へば、泣く泣く、「かやうに申せ」とて、

いづこにか送りはせしと人問《と》はば心はゆかぬ涙川《なみだがは》まで

と言ふを聞きて、童も泣く泣く馬にうち乗りて、ほどもなく来つきぬ。

男《をとこ》、うちおどろきて見れば、月もやうやう山の端《は》近くなりにたり。「あやしく遅く帰るものかな。遠きところへ行きけるにこそ」と思ふも、いと

あはれなれば、

住みなれし宿《やど》を見捨てて行く月の影におほせて恋ふるわざかな

と言ふにぞ、童《わらは》帰りたる。

「いとあやし、など遅くは帰りつるぞ。いづくなりつるところぞ」と問へば、ありつる歌を語るに、男もいと悲しくて、うち泣かれぬ。「ここにて泣かざりつるは、つれなしをつくりけるにこそ」と、あはれなれば、「行《い》きて迎へ返してむ」と思ひて、童に言ふやう、「さまでゆゆしきところへ行くらむとこそ思はざりつれ。いと、さるところにては、身もいたづらになりなむ。なほ、迎へ返してむとこそ思へ」と言へば、「道すがら、をやみなくなむ泣かせたまへる」と、「あたら御さまを」と言へば、男、「明《あ》けぬさきに」とて、この童、供《とも》にて、いととく行《い》きつきぬ。

なるほど、ひどく小さく、荒れた家である。見るなり男は胸迫って、戸をたたくと、この女はここへ到着した時から、さらに涙を新たに泣き臥《ふ》しているところで、戸をたたく音に、「誰《だれ》です」と取り次ぎの者に尋ねさせる。すると、この夫の声で、

涙川《なみだがは》そことも知らずつらき瀬を行きかへりつつながれ来にけり

――あなたの行かれたという涙川を、どこにあるとも知らないで、渡りづらい瀬を行きつ戻りつして、ここまで泣き泣き、ようやく流れつきました

と言うのを、女は、「まったく意外なほど夫に似た声だわ」とまで感じて、驚きあきれる思いであった。

「開けなさい」と外の声が言うので、まったく心当りはないが、開けて入れたところ、女の泣き臥していた所に寄ってきて、相手は涙ながらに詫《わ》び言《ごと》を並べるけれど、女は返事をさえせずに、いつ果てるともなく泣き沈む。

「何とも申しあげようもありません。まったくこんなひどい所だとは思いも寄らずにね、あなたを送り出し申してしまった。何も打ち明けてくれなかったとは、かえってあなたのお心が私にはつらく思われ、意外だと言うしかない。万事はゆっくりお話ししましょう。夜の明けぬうちに早く」と言って、かき抱いて馬に乗せて、女ともども家に帰る。

女は、まったく意外で、どんなふうに男の気が変ったのかしらと、呆然《ぼうぜん》としたまま、もとの家に到着した。馬から降ろして、ともに二人は臥した。

いろいろと慰めの言葉をかけて男は、「今後は決してあの女の所へは行きますまい。こんなに私を深くあなたがお思いだったんだもの」と言って、この女をこのうえなく大事と思って、家に連れてこようとした新しい女のほうへは、「ここにいる人が病気なので、あなたが来るには時期が悪いでしょう。初めて移ってくるのが病人のいる時というのも、あまり耳にしない例です。この時期が過ぎてからお迎えしましょう」と言いおくって、ただこの昔の妻にかかりきりでいたので、相手方の女の両親は嘆かわしく思う。一方、このもとの妻は、夢のように幸福に思った。

げに、いと小さくあばれたる家なり。見るより悲しくて、打ち叩《たた》けば、この女《をんな》は来つきにしより、さらに泣き臥《ふ》したるほどにて、「誰《た》そ」と問はすれば、この男《をとこ》の声にて、

涙川《なみだがは》そことも知らずつらき瀬を行きかへりつつながれ来にけり

と言ふを、女、「いと思はずに似たる声かな」とまで、あさましうおぼゆ。「あけよ」と言へば、いとおぼえなければど、あけて入れたれば、臥したるところに寄り来て、泣く泣くおこたりを言へど、いらへをだにせで、泣くこと限りなし。

「さらに聞こえやるべくもなし。いとかかるところとは思はでこそ、出《い》だしたてまつりつれ。かへりては、御心のいとつらくあさましきなり。よろづは、のどかに聞こえむ。夜の明けぬさきに」とて、かき抱《いだ》きて馬にうち乗せて往《い》ぬ。

女、いとあさましく、いかに思ひなりぬるにかと、あきれて行《い》きつきぬ。おろして、ふたり臥しぬ。

よろづに言ひ慰《なぐさ》めて、「今よりは、さらにかしこへまからじ。かく思《おぼ》しける」とて、またなく思ひて、家に渡さむとせし人には、「ここなる人のわづらひければ、折《をり》あしかるべし。あやしかるべし。このほどを過《す》ごして迎へたてまつらむ」と言ひやりて、ただここにのみありければ、父母《ちちはは》思ひなげく。この女は、夢のやうにうれしと思ひけり。

四 掃墨《はいずみ》だらけの顔にあきれる男

この男は、ひどくせっかちな気性で、「ちょっと行ってみよう」と思って、新しい女の所へ、まっ昼間にはいってきた。

それを見て、「急に、殿が、いらっしゃいましたよ」と侍女が言うと、女は打ちくつろいでいた折なので、あわてにあわてて、「ええと、どこにあるの」と言って、櫛《くし》の箱を引き寄せて、おしろいをつけると思ったら、入れ物を取り違えて掃墨《はいずみ》（眉《まゆ》などをかくのに使う墨）のはいった畳紙《たとうがみ》を取り出して、鏡を待つ間もなく顔に塗りたてて、女は、「『そこで、ちょっと待って。おはいりにならないで』と伝えておくれ」と侍女に命じて、身づくろいに無我夢中である。

波ならばここで立ち返るはずの岸辺《きしべ》の先まで、ずかずか踏みこんだ男は、「ずいぶん早々と私をお見限りですね」と、簾《すだれ》をかき上げて女の所へはいってしまったので、鏡を見る暇もあらばこそ、女は畳紙を隠し、塗りつけたものをいいかげんにならし、袖《そで》で口おおいをして、輝くばかり優雅に化粧したつもりで、実はまだら模様の指の形の跡だらけの顔、目ばかりきらきらぱちくりと、まばたきしていた。

男は一目見るなり、あきれはて、稀有《けう》なことだと思って、「どうしよう」と恐ろしいので、近くにも寄らずに、「よしよし、お言葉どおり、もうしばらくして出直してこよう」と言い残し、ちょっと見るのも気味が悪いので退散する。

女の父母は、久しぶりに男が来たと聞いて娘の部屋に来てみると、「もうお帰りになりました」という返事に、まったくあきれて、「なんて未練のない冷たいお心だろう」と不平たらたら、娘の顔を見たとたん、あまりの気味悪さにぞっとしてしまった。おびえたあまりに父母も倒れ臥《ふ》してしまった。

娘が、「なんだって、そんなにおっしゃるの」と尋ねるので、「そのお顔は、どうなさったのです」と、答える言葉も途中でのどにつかえてしまう。「変ねえ、どうしてそんなこと言うの」とつぶやいて、鏡を見るやいなや、自分の顔がこんな具合だから、彼女自身もぞっとして、鏡を放り出して、「どうしたっていうのよ！　どうしてこうなったのよ！」と泣きわめくと、家中の人も上を下への大騒ぎで、「こちらの姫君を殿がきっとおいやになるようにとの呪詛《じゅそ》を、明けても暮れても、あちらではやっているという噂《うわさ》ですのに、殿がこちらへいらっしゃったので、姫君のお顔がこんなになってしまって」

などと、祈禱《きとう》のために陰陽師《おんみようじ》を呼んで騒いでいるうちに、涙のこぼれたあとが普通の顔の肌になっている。これを見て、乳母《めのと》が紙を押しもんで拭《ふ》くと、姫君の顔はもとの肌に戻った。

こんな事情だったのに、墨を塗ったとは気づかず、皆が「お美しい姫君が、だいなしにおなりになった」と大騒ぎしたなんて、返す返す滑稽《こっけい》な話だ。

この男《をとこ》、いとひききりなりける心にて、「あからさまに」とて、今の人のもとに、昼間《ひるま》に入り来るを見て、女《をんな》、「にはかに、殿、おはすや」と言へば、うちとけて居たりけるほどに、心騒ぎて、「いづら、いづこにぞ」と言ひて、櫛《くし》の箱を取り寄せて、白き物をつくると思ひたれば、取りたがへて、掃墨《はいずみ》入りたる畳紙《たたうがみ》を取り出《い》でて、鏡も待たず、うちさうぞきて、女は、『そこにて、しばし。な入りたまひそ』と言へ」とて、是非《ぜひ》も知らず。きしつくるほどに、男、「いととくも疎《うと》みたまふかな」とて、簾《すだれ》をかきあげて入りぬれば、畳紙を隠して、おろおろにならして、うち口おほひて、優《いう》まくれに、したてたりと思ひて、まだらに指形《およびがた》につけて、目のきろきろ

として、またたき居たり。

男、見るに、あさましう、めづらかに思ひて、いかにせむと恐ろしければ、近くも寄らで、「よし、今しばしありて参らむ」とて、しばし見るも、むくつけければ、往《い》ぬ。

女の父母《ちちはは》、かく来たりと聞きて来たるに、「はや、出《い》でたまひぬ」と言へば、いとあさましく、「名残《なごり》なき御心かな」とて、姫君の顔を見れば、いとむくつけくなりぬ。おびえて、父母も倒れ臥《ふ》しぬ。

むすめ、「など、かくはのたまふぞ」と言へば、「その御顔は、いかになりたまふぞ」とも、え言ひやらず。「あやしく、などかくは言ふぞ」とて、鏡を見るままに、かかれば、われもおびえて、鏡を投げ捨てて、「いかになりたるぞや、いかになりたるぞや」とて泣けば、家のうちの人も、ゆすりみちて、「これをば思ひ疎《うと》みたまひぬべきことをのみ、かしこにはしべるなるに、おはしたれば、御顔のかくなりにたる」とて、陰陽師《おんみやうじ》呼び騒ぐほどに、涙の落ちかかりたるところの、例の肌になりたるを見て、乳母《めのと》、紙おしもみて拭《のご》へば、例の肌になりたり。

――かかりけるものを、「いたづらになりたまへる」とて、騒ぎけるこそ、かへすがへすをかしけれ。

解説

『竹取物語』

『竹取物語』は様々の話型を取り込んだ作品だが、大きく捉《とら》えれば、天人女房型説話が難題求婚譚《たん》を挟み込んだ形になっている。しかし、これを単なる伝承の継《つ》ぎ接《は》ぎと見るのはあたらない。「はじめに――平安の物語とは」（三頁参照）にも記したとおり、それら伝承の枠組みを利用しつつ新たな世界を創り出そうとしたところに、物語文学の誕生を認めるべきだからである。では、『竹取物語』が新たに描き出そうとした世界はいかなるものであったのか。一言で言えば、それは他《ほか》ならぬ人間の姿そのものであった。このことを、伝承の利用という視点から以下に述べてみたい。

天人女房型説話とは、羽衣《はごろも》を隠されたために帰ることができなくなった天女が地上の男と結婚しやがて羽衣を発見して再び天上へ飛び去っていくという展開を基本とするものである。『近江国風土記《おうみのくにのふどき》』（逸文《いつぶん》、『帝王編年記』養老七年条）に載る「伊香小江《いかごのおえ》」の話が有名だが、そこでは当然のことながら「天《あま》の羽衣」は飛行の道具としてしか機能していない。

しかし、この話型を取り込んだ『竹取物語』では、飛行の道具としては別に「車」が用意されており、かぐや姫は羽衣を着て飛び去るわけではない。この物語においては、「衣着《きぬ》せつる人は、心異《こと》になるなりといふ」「ふと天の羽衣うち着せたてまつりつれば、翁《おきな》を、いとほし、かなしと思しつることも失《う》せぬ」などと語られるように、羽衣は人間らしい心を無くさせるものとして利用されているのである。かぐや姫自身の口から「かの都の人は…思ふこともなくはべり」と説明されているように、『竹取物語』は物思いの有無を人間と天人とを区別する重要な指標として捉《とら》えているのだが、羽衣を着せられた途端にかぐや姫が人間らしい感情を失うという昇天直前の場面は、このような物語の人間観を極めて象徴的に浮かび上がらせるものとなっていよう。

また、難題求婚譚の部分も、その発端部分に注目すると、翁とかぐや姫が求婚者たちの「心ざし」を問題にするところから難題が導き出されるという構成になっている。このように、求婚に際して男たちの愛情（内面）に注目することは、極めて平安朝物語らしい展開なのであった。それ以前の、七、八世紀の妻争い伝承においては、複数の男性が互いに争いその勝者が女性を手に入れるという前提で話が構成されていた。それが少しずつ形を変え、求婚者たちが相互独立的に女性に愛情を訴えるようになるのが平安朝の求婚譚なのであるが、『竹取物語』ではそのような文学史の展開をさらに進めて、初めて求婚者たちの愛情そのものに疑惑の目を向けたところに大きな特徴がある。その意味で「世のかしこき人なりとも、深き心ざしを知らでは、あひがたしとなむ思ふ」というかぐや姫の発言は重要である。物語は、かぐや姫の視点を通して、求婚者たちの「心ざし」を問い直そうとしているのである。はたして、『竹取物語』は難題求婚譚を通して、求婚者たちの姿を徹底的に戯画化していくのだが、しかし与えられた難題を必死で手に入れようとする求婚者たちの姿が次第に鮮明になるにつれ、かぐや姫は彼らの熱意に心動かされるようになる。五人目の求婚者石上《いそのかみ》中納言が息絶えたことを聞いての「かぐや姫、すこしあはれとおぼしけり」という叙述や、帝《みかど》からの入内《じゅだい》要請を断る際の「あまたの人の心ざしおろかならざりしを、むなしくなしてしこそあれ」というかぐや姫の発言からそれはうかがえるが、とすれば、物語は滑稽《こっけい》なまでの彼らの姿の中にこそ恋する人間のあり方を見て取っていたということにもなろう。

『竹取物語』は、様々な伝承の枠組みを借りながら、そこに人間の姿を浮かび上がらせようとした作品である。しかしそれは、神々や英雄に通じるような理想的なものではなかった。むしろ、かぐや姫を迎えに来た天人との対比に明らかなように、人間とは理性的な判断に感情が優先してしまう生き物であるというのが、この物語の人間観なのである。かぐや姫を諦《あきら》めることが出来ずに身を滅ぼしてしまう求婚者たちの姿にも、月への帰還を阻止しようとして大軍を用意する帝や翁たちの姿にも、このような人間観が通底していよう。この愚かといえばあまりに愚かな人間の姿を真正面から見据えて描ききったところに『竹取物語』の達成があり、またそのことが物語文学という新しいジャンルを切り開いていくことにもなったのである。

『伊勢物語』

『伊勢物語』は、六歌仙の一人である在原業平《ありわらのなりひら》の歌々を核としながらも、次第に業平個人から離れて、ある男の物語として虚構化されたところに出来上がった作品である。したがって、『伊勢物語』の各章段を統一的な人格を持った一人の男の話として読もうとすると、相互に分裂した印象が否めない。例えば、第五八段では「心つきて色好みなる男」とされたり、第六三段では理想的な男性として描かれ「世の中の例として、思ふをば思ひ、思はぬをば思はぬものを、この人は思ふをも、思はぬをも、けぢめ見せぬ心なむありける」と語られているように、一般には恋の英雄としてイメージされやすい男だが、第四段（一三九頁）や第六段（一四五頁）ではむしろ男の失恋が語られているのであり、第二五段（一七七頁）を始めとして自分になかなか靡《なび》こうとしない女に熱心に恋心を訴えるという章段も数多いのである。それゆえ、様々な人間模様の集積体として、緩《ゆる》やかに『伊勢物語』を捉《とら》える方がよい。以下、そのような視点からいくつかの章段に描き出された特徴について述べてみたい。

第二段では、「まめ男」の恋が描かれている。この男は人妻と思しき女性に恋をするのだが、それは女の「心」ゆえであったらしい。ある夜、女と親しく話をしただけで男はすっかりその魅力に取り憑かれてしまい、翌日には惑乱した思いを訴える歌を詠み送っているのである。これは、容貌《ようぼう》の美しい姉妹を垣間見して恋に落ちたことを語る第一段と対照的だが、女の内面に惹《ひ》かれるというのは、当時としてはかなり斬新《ざんしん》な設定であった。第六段で男が女を盗み出した理由が「かたちのいとめでたくおはしければ」と説明されたり、『竹取物語』に登場する五人の求婚者たちが「世の中に多かる人をだに、すこしもかたちよしと聞きては、見まほしうする人ども」（二四頁）と規定されたりしているように、この時代は美人であることが男が恋する一般的な条件だったのである。これは『古事記』や『日本書紀』でも変わらない。とすれば、この章段で『伊勢物語』が描き出したのは、女の心に惹かれるという新しい恋のかたちだったのであろう。なお、当該章段で詠まれた男の和歌については理解が揺れているが、直前の語り手の言葉「いかが思ひけむ」が「雨そほふるにやりける」という男の行為自体に向けられていると考えられること、および「うち物語らひて」が必ずしも女との逢瀬《おうせ》を意味するものでないことからすれば、これは簾越《すだれご》しに話をした程度であるにもかかわらず茫然自失《ぼうぜんじしつ》の体になっている男の心情を表したものと考えるべきであろう。語り手にすら、この男の惑乱は理解できないのである。

また、先述したように、『伊勢物語』には自分に冷淡な女に言い寄る男の話が多く見られる。例えば、「色好み」とされる女性は第二五段（一七七頁）のほか、第三七段や第四二段（本書不収）にも登場するが、これらの章段では浮気な女に翻弄《ほんろう》されつつもなおその魅力に抗《あらが》いきれないでいる男の姿が描かれているのである。あるいは、第三四段や第五四段（本書不収）では相手の女が「つれなし」と形容されているが、この語は後期万葉から古今集時代にかけて恋歌での用例が急増したもので、『古今和歌集』では一六例中一五例が恋に関する歌で占められるようになる。しかも「つれもなき人を恋ふとて山彦のこたへするまで歎きつるかな」（恋一・五二一）のように、「つれ（も）なき人」に恋をするというのが一つのパターンとして定着してくるのである。『古今和歌集』所載の恋歌を見ると、男の恋は恋の始発期に、女の恋は恋の終末期に多く詠まれているように思われるが、このような性差による偏りが生じる背景には、なかなか自分になびかない女に恋をするというのが男の恋の一つの形として典型化されてくるような動きが存在したのであろう。おそらく、純粋一途に女に言い寄るこれらの章段の男性像は、このような文学史的動向とも深く関連するものだったのであり、男の恋の一つの定型をなすものであったと考えられる。

しかし一方で、女に対してはいささか思いやりに欠けるような章段も多い。例えば第六二段では、男が長年訪れなかったにもかかわらず、地方在住の男に使われるようになった女に対して「心かしこくやあらざりけむ」との感想を洩《も》らしているし、第二四段（一七四頁）や第六〇段（一九三頁）では、男が宮仕えで忙しくしている時に熱心に言い寄ってきた別の男に心を許した女達の不幸な結末を記している。このことと、第二三段（一六七頁）で、男に浮気をされても出て行く男の身を案じる歌を詠んだ大和の女が最終的には幸せになったり、第一二三段（本書不収）で、男に捨てられそうになった深草の女が健気な歌を詠むことで男の心を繋《つな》ぎ止めていることを見合わせると、どうやら『伊勢物語』は貞淑で忍耐強い女をあるべき女性像としていたことが推察される。これは当時浸透していた儒教的な倫理観に根ざすものであろうが、現代的な感覚からすれば、いささか男性中心主義的なものの見方であろう。

このように、恋のカタログとも呼び得るほど『伊勢物語』には恋を中心とした様々な人間模様が記されているのであり、後の文学にも大きな影響を与えた作品なのであった。

『堤中納言物語』

『堤中納言物語《つつみちゅうなごん》』は十の短編（花桜折る少将、このついで、虫めづる姫君、ほどほどの懸想《けそう》、逢坂《おうさか》越えぬ権中納言、貝合、思はぬ方《かた》に泊りする少将、はなだの女御《にょうご》、はいずみ、よしなしごと）と一つの断簡を収める短編物語集であるが、「逢坂越えぬ権中納言」（一〇五五年）を除き、ここに所収の諸作品がいつ頃《ごろ》書かれたのかは分かっていない。また、作者も成立時期も異なるであろうこれらの短編が何故このような形でまとめられたのかも、不明である。しかしこれらの作品からは、既《すで》に数多くの物語が流通していた平安後期頃において、新たにどのような類の物語が求められていたかをうかがい知ることができる。以下、そのような視点から本巻所収の三作品について述べてみたい。

「花桜折る少将」（二四二頁）の「花桜折る」とは、美女を手に入れる意。それゆえ、読者は主人公の中将が美しい姫君を見出して手に入れる結末を予測しながら読み進めていくことになる。加えて、女の家からの帰り道に昔関係のあった女のことを思い出して案内を請う冒頭場面は『源氏物語』蓬生《よもぎう》巻を連想させるし、垣間見《かいまみ》した姫君を伯父の大将に引き取られる前に連れ出そうと計画するのも同じく『源氏物語』若紫巻を思い起こさせるものがある。おそらく、これらは物語の意図的な仕掛けなのであって、既存の物語の様々な場面を想起させながら、物語は結末へと読者を誘っていくのである。はたして、この光源氏にもなぞらえ得る中将が手に入れたのは、期待していた当の姫君ではなく、年老いた祖母の尼君であった。この失敗談にこそ物語の眼目はあるのだが、それは物語が敢えて読者の期待を裏切ってみせたということを意味する。規範からの逸脱であり、そういう形で既存の形態をずらしていくことが、この時代の物語の一つのあり方だったのであろう。美女には違いないのだが……との一言を添えて締めくくられるのは、この物語があくまで規範との関わり方にこだわっていたためだと考えられる。

「虫めづる姫君」(二五八頁)には、いかにも風変わりな姫君が登場する。「人々の、花、蝶やとめづるこそ、はかなくあやしけれ。人は、まことあり、本地《ほんぢ》たづねたるこそ、心ばへをかしけれ」(二六一頁)という発言や、眉毛《まゆげ》を抜いたりお歯黒をつけたりすることを拒む態度などに明らかなように、彼女の価値観は王朝貴族社会のそれと鋭く対立するものである。しかし、批判自体に物語の主眼があるのではない。例えば、右馬佐《うまのすけ》からおもちゃの蛇を贈られたところでは、「生前の親ならむ」と言いつつも恐怖心を隠しきれないでいる姫君の姿が描かれているように、物語は彼女自身をも相対化して描いているのである。末尾の一文「二の巻にあるべし」は読者に姫君と右馬佐のその後の展開を期待させるものだが、いかにも異様なこの姫君がどのように右馬佐とかかわっていくのか、との問いを投げかけることが物語の狙《ねら》いだったのではないか。奇妙な恋物語を巧《たく》んでいるのであり、そこに規範からの逸脱があると思われる。

「はいずみ」(二八四頁)は、『伊勢物語』第二三段(一六七頁)の筒《つつ》井《い》筒《づつ》と同じく、二人妻説話の話型に沿った物語である。しかし、新しい妻の失敗を描く後半場面で、白粉《おしろい》と掃墨《はいずみ》を間違えるという趣向を用意するなど、過度な逸脱も認められる。また、しみじみとした情感の漂う前半部でも、元の妻を迎え取った場面で男は「今よりは、さらにかしこへまからじ。かく思《おぼ》しける」と述べているが、女は男への愛情から涙を流しているのではない。ここには誤解が存していようが、それは男と女のずれであると同時に、二人妻説話的展開と本物語のずれでもあろう。二人妻説話の物語を知っている読者を相手に、敢えて変化球で挑んでいるという趣である。

このように、これらの物語は、読者が登場人物に感情移入し、ハラハラドキドキするような結構とはなっていない。むしろ、既存の物語世界や話型を前提にして、それをずらしたり誇張したりすることで楽しませる仕掛けとなっているのである。それは一面の後退ではありながら、しかし物語文学の成熟を示すものでもあるだろう。

（吉田幹生）

伊勢物語人物系図

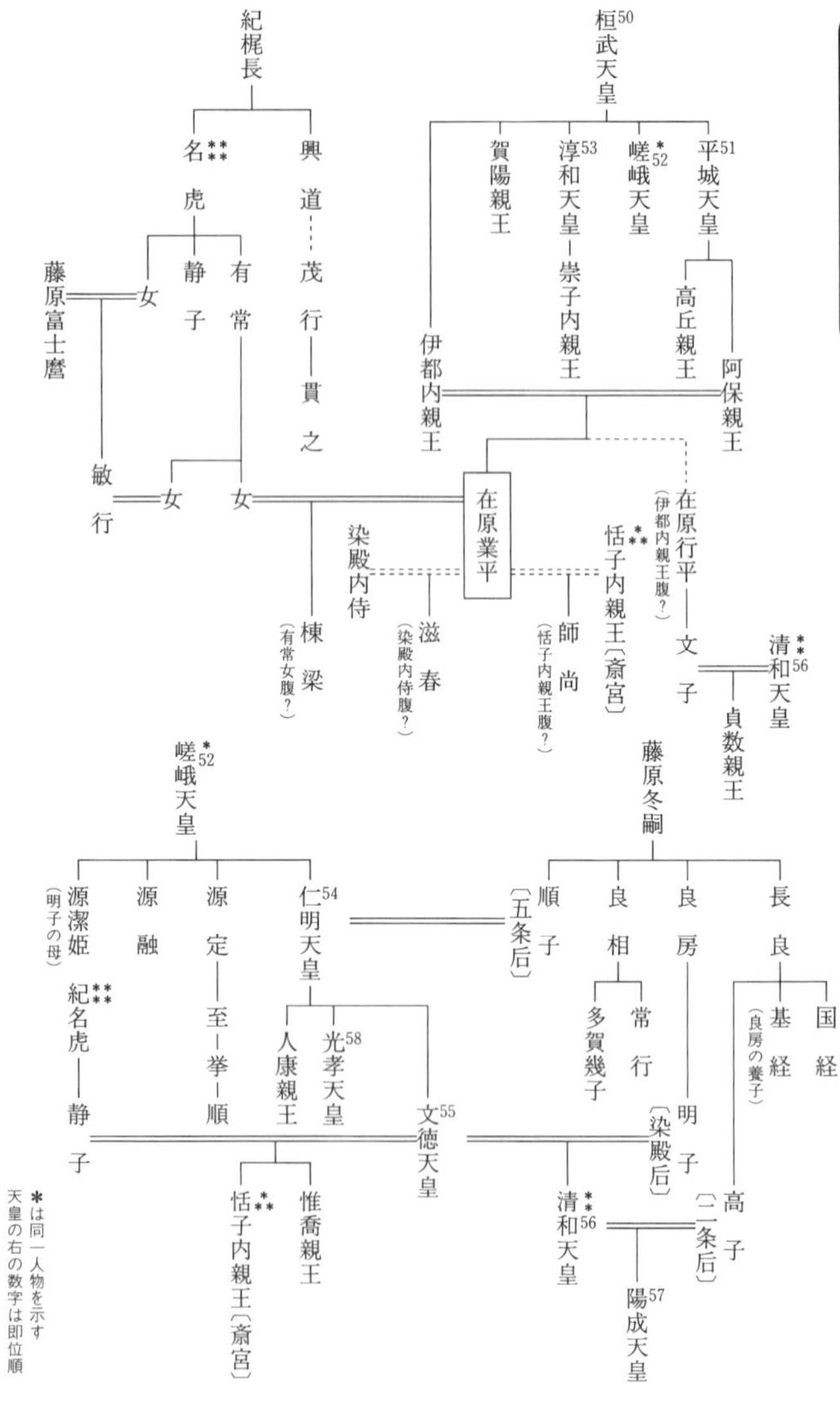

桓武天皇 50
平城天皇 51
嵯峨天皇 *52
淳和天皇 53
賀陽親王
伊都内親王
高丘親王
阿保親王
崇子内親王
在原業平
在原行平（伊都内親王腹？）
文子
清和天皇 **56
貞数親王
恬子内親王（斎宮）**
師尚（恬子内親王腹？）
染殿内侍
滋春（染殿内侍腹？）
棟梁（有常女腹？）
紀梶長
名虎***
興道
茂行
貫之
有常
静子
女
藤原富士麿
敏行
女
女
嵯峨天皇 *52
源潔姫（明子の母）
源融
源定
至
挙
順
仁明天皇 54
人康親王
光孝天皇 58
文徳天皇 55
紀名虎***
静子
恬子内親王（斎宮）**
惟喬親王
藤原冬嗣
順子（五条后）
良相
良房
長良
多賀幾子
常行
明子（染殿后）
基経（良房の養子）
国経
高子（二条后）
清和天皇 **56
陽成天皇 57
*は同一人物を示す
天皇の右の数字は即位順

校訂・訳者紹介

片桐洋一――かたぎり・よういち

一九三一年、大阪府生れ。京都大学卒。平安文学専攻。大阪女子大学名誉教授。主著『伊勢物語の研究』『古今和歌集の研究』『拾遺和歌集の研究』『中世古今集注釈書解題』ほか。

福井貞助――ふくい・ていすけ

一九二五年、新潟県生れ。東京大学卒。平安文学専攻。静岡大学名誉教授。主著『伊勢物語生成論』『歌物語の研究』ほか。二〇〇四年逝去。

稲賀敬二――いなが・けいじ

一九二八年、旅順市生れ。東京大学卒。平安文学専攻。広島大学名誉教授。主著『源氏物語の研究――物語流通機構論』、編著『論考平安王朝の文学』ほか。二〇〇一年逝去。

日本の古典をよむ⑥

竹取物語・伊勢物語 堤中納言物語

二〇〇八年五月三一日　第一版第一刷発行

校訂・訳者　片桐洋一・福井貞助・稲賀敬二
発行者　八巻孝夫
発行所　株式会社 小学館
〒一〇一‐八〇〇一
東京都千代田区一ツ橋二‐三‐一
電話　編集　〇三‐三二三〇‐五一一八
販売　〇三‐五二八一‐三五五五
印刷所　図書印刷株式会社
製本所　牧製本印刷株式会社

　ISBN978-4-09-362176-2